천사
혈성

장담 新무협 장편 소설
FANTASTIC ORIENTAL HEROES

천사혈성 6

장담 新무협 판타지 소설

초판 1쇄 찍은 날 § 2007년 12월 7일
초판 1쇄 펴낸 날 § 2007년 12월 17일

지은이 § 장담
펴낸이 § 서경석

편집장 § 문혜영
편집책임 § 서지현
편집 § 유혜림

펴낸곳 § 도서출판 청어람
등록번호 § 제1081-1-89호
등록일자 § 1999. 5. 31
어람번호 § 제2-1361호

주소 § 경기도 부천시 원미구 심곡1동 350-1 남성B/D 3F (우) 420-011
전화 § 032-656-4452 팩스 § 032-656-4453
http://www.chungeoram.com
E-mail § eoram99@chollian.net

ⓒ 장담, 2007

ISBN 978-89-251-1069-1 04810
ISBN 978-89-251-0862-9 (세트)

天死血皇

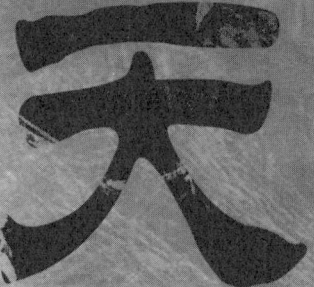

6

위진천하(威震天下)

천사혈성

장담 新무협 판타지 소설

FANTASTIC ORIENTAL HEROES

도서출판 청람

目次

第一章
구천혈마령

千秀芳景深夏掩中露　兩間容重現改

草閣披遠天下　深此知名敬家界

長庭前再拜禮一天師與

道言廣為傳

日弟子趙孟頫敬書　至大改元四月

死星
天血

선두에서 싸우던 사진옥은 마음이 조급해졌다.

적은 생각보다 강했다. 광기로 인해 고통조차 느끼지 못하고, 피를 보면 더욱 미친 듯이 날뛰었다.

"전력을 다해서 막아! 팔다리가 잘린 놈도 무시하지 마라!"

그가 칼을 휘두르며 악을 썼다.

단순히 광기에 젖은 놈들이 아니다. 무위가 자신들과 큰 차이가 없다.

더구나 세 배에 가까운 숫자는 더욱 위협적이어서, 틈만 보이면 순식간에 일행을 위험에 빠뜨릴 정도다.

자신조차 표향귀도를 전력으로 펼치고도 세 명의 광인과 대등하게 싸울 수 있을 뿐, 여유를 부릴 틈은 애초부터 없는 상황이다.

어디 그뿐인가? 미친놈들이 갑자기 아무에게나 달려드는 바람에 옆의 싸움까지 신경을 써야 할 판이다.

"흐트러지지 마라! 옆에 놈도 신경 써!"

사진옥만 상황이 어려운 게 아니었다.

다른 사람들 역시 그보다 나은 사람이 없었다.

"개새끼들! 뭐 이런 놈들이 다 있어?!"

광인의 어깨를 철곤으로 내려친 상유상이 질린 목소리로 소리쳤다.

어깨가 으스러졌는데도 킬킬거리며 칼을 휘두르는 광인이다.

"이 멍청아! 방심하지 마란 말이야!"

커다란 검으로 광인의 칼을 쳐낸 예종이 빽! 고함을 질렀다.

뒤로 한 걸음 물러선 광인이 예종의 아래위를 훑어보고 킬킬거렸다.

"킬킬킬, 이 계집은 꽤나 사나운 것이 고기가 질길 것 같아."

"그럼 너는 비켜! 내가 잡을 테니까!"

먹잇감을 앞에 놓고 다투는 광포한 늑대들마냥 광인들이 앞다투어 예종에게 달려들었다.

"이런 씨부랄 놈들이! 달린 거 없다고 얕본다, 이거지?! 에라 이 미친 새끼들!"

예종이 벌게진 얼굴로 버럭 소리치고는, 앞으로 튀어나가며 광인의 목을 천붕의 기세로 후려쳤다.

쾅!

"이 미친년이!"

킬킬거리던 광인이 주르륵 물러서며 눈을 부라렸다.

그러나 예종은 꿈쩍도 하지 않고 다시 시퍼런 검기를 뿌리며 광인에게 달려들었다.

"이 미친놈아, 헛소리하지 마!"

완전 아수라장이었다. 누구도 예외가 없었다.

소림의 자랑이라는 백보신권을 펼치는 위헌양도, 물속에서 기어나와 현천무상검을 펼치는 진성자도 광인을 상대하며 제정신으로 싸울 수는 없었다.

더구나 청무와 당위를 지키려다 보니 손발이 흐트러지기 일쑤였다.

십여 초를 싸우는 사이, 자잘한 상처들로 인해 청의가 피로 물들어 검게 변색되었다.

그나마 사진옥 등이 앞을 가로막고 있어 옆만 지키면 되는데도 버거울 지경이었다.

참을 수 없는지, 미친놈들보다 더 미친 듯이 설치는 진성자의 고함 소리가 계곡을 울렸다.

"망할! 원시천존은 뭐 하고 이런 귀신들을 안 잡아가는 거야!"

"제기랄, 부처님께서도 이런 미친놈들을 때려죽이는 것은 눈감아주겠지!"

항상 말을 조심하던 위헌양의 입에서도 욕지거리가 튀어나왔다.

백보신권에 정통으로 맞고도 다시 일어나는 광인들에게 질린 기색이 역력했다.

그런 와중에서도 오직 고후명만이 한마디도 하지 않고 신중하게 적을 상대했다.

그러나 그의 단혈홍도 일검일살이라는 말이 무색해진 지 오래였다.

번쩍!

그가 내뻗는 일검은 곧 벼락이었다.

한데도 허공만 가른다.

인간이라 하기 어려울 정도의 반사신경. 거의 본능에 가까운 광인들의 움직임이다.

일 검, 이 검… 몇 번의 헛손질이 이어지자, 광인을 노려보는 그의 이마에 땀방울이 맺혔다.

그런 한편으로 은근히 오기가 솟는 그였다.

'대형이 보고 있는데 헛손질이라니!'

혼자만 대형의 진신 무공을 얻었다고 얼마나 부러움을 샀던가.

그걸 생각하니 부끄러움에 분노가 끓었다.

"죽엇!"

그 때문인가, 무의식적으로 뻗은 일검에 은은한 청광이 어린다.

분노의 일검!

펼치는 자신조차 볼 수 없을 정도의 빠름이다!

"켁!"

일곱 자 앞에서 낄낄거리던 광인의 목에서 피가 솟구쳤다. 튀어나올 듯 부릅뜬 눈은 무슨 일이 벌어졌는지 알 수 없다는 표정이다.

검을 펼친 고후명도 놀란 표정을 지었다.

"설마 거, 검… 강?"

자신이 펼친 것이 검강인지 아닌지 정확하지는 않다.

하지만 느낌은 분명 검강인 듯하다. 검이 반 자 정도 못 미친 것 같았는데, 미친놈의 목에 구멍이 뚫리지 않았는가 말이다.

"이봐! 정신 차려!"

그때 옆에서 광인 하나와 드잡이질을 벌이던 진성자가 소리쳤다.

뒤통수로 다가오는 싸늘한 느낌.

고후명은 반사적인 몸놀림으로 홱 방향을 틀고는, 비홍을 뻗어 우측을 후려쳤다.

쩌정!

비홍과 부딪친 광인의 거치도가 얼굴을 스친다.

싸늘한 느낌, 짜릿한 통증!

고후명은 아찔한 가운데 정신이 번쩍 들었다.

"너도 죽어!"

또다시 비홍이 번쩍이며 단혈홍이 펼쳐졌다.

그리고 이번에는 고후명도 확실하게 볼 수 있었다. 자신의 애검 비홍의 끝에서 파란 빛줄기가 한 자가량 뻗어나가는 것을.

비록 완벽하지 않고, 미리 피하는 바람에 광인의 목거죽만 훑고 지나갔지만, 그것은 분명 검강이었다.

"다시 덤벼봐!"

일갈을 내지르는 고후명의 목소리에 힘이 들어갔다.

하지만 전무심은 고후명이 검강을 펼치는 걸 보고도 기뻐할 수가 없었다.

진전은커녕 시간이 갈수록 광인들의 기세가 더욱 거세진다.

이대로는 일각을 버티지 못하고, 자신을 제외한 모두가 이곳에 뼈를 묻어야 할지도 몰랐다.

'무리를 해서라도 광인들의 숫자를 줄이고 보자!'

결심은 곧 행동으로 옮겨졌다.

전무심이 좌수에 공력을 집중시키자, 지옥혈심표가 붉은 빛을 더욱 강하게 뿜어냈다.

순간 광기에 찬 눈빛을 번들거리며 천천히 걸음을 옮기려던 헌원무강이 움찔, 걸음을 멈추고 전무심의 좌수를 노려봤다.

동시였다!

전무심의 좌수가 쫙 펼쳐지며 뿌려지고,

쒜에에엑!

한 마리 혈조(血鳥)가 차디찬 대기를 가르며 울음을 터뜨렸다.

지옥혈심표!

마침내 그것이 피를 갈구하며 날기 시작한 것이다!

귀청을 찢을 듯한 기음이 터진 순간, 미쳐 날뛰던 광인들이
홱 고개를 틀었다.

"뭐, 뭐야?"

"끄어억!"

"케에엑!"

순식간에 두 명의 광인이 피를 뿌리며 나뒹굴었다.

팔이 잘린 자, 목이 반쯤 끊어진 자. 그들의 얼굴이 악귀처
럼 일그러진다.

하지만 목이 잘린 자만 일어나지 못할 뿐, 팔이 잘린 자는
다시 벌떡 몸을 일으킨다.

그때 전무심의 좌수가 방향을 틀었다.

쐐에에엑!

칠 장을 날아간 지옥혈심표가 그의 손짓을 따라 선회했다.

그걸 바라보는 광인들의 눈빛이 혼돈으로 물들었다.

다른 광인들도 싸우다 말고 물러서서 허공을 선회해 동료들
의 육신을 가르는 지옥혈심표를 바라보았다.

"으헉!"

"켁!"

찰나간.

피를 머금은 채 유유히 허공을 선회하는 지옥혈심표를 제외

하고 모든 움직임이 멈췄다.

한데 바로 그때였다. 멈칫하며 뒤로 한 걸음 물러섰던 헌원무강이 노호성을 내지르며 달려들었다.

"이놈! 감히 내 앞에서 허튼 수작을 부리다니!"

우려한 대로다. 진기가 분산되며 생긴 바늘 끝만큼의 틈을 놓치지 않는다.

제정신이 아닐 텐데도 절대지경의 고수다운 반응이다.

'과연 헌원무강!'

전무심은 지옥혈심표와 이어진 좌수의 진기를 유지한 채, 우수에 또다시 내력을 집중했다.

무리한 면이 없지 않았다. 그러나 물러설 수도 없었다.

어차피 각오한 터!

'물러설 수 없다면 정면돌파를 하는 수밖에!'

천천히 무정을 들어 올리는 전무심의 표정이 단호한 마음으로 굳어졌다.

고오오오!

무정의 검신을 주욱 달려간 시퍼런 검강이 검첨에 둥근 구슬로 맺혔다.

달려들던 헌원무강의 눈이 커진다 싶은 순간, 검첨에 맺혔던 시퍼런 구슬이 그를 향해 쏘아졌다.

눈을 부릅뜬 헌원무강이 시뻘건 쌍수를 휘둘렀다.

콰과광!

"크어억!"

이 장을 튕겨진 헌원무강의 입에서 비명다운 비명이 처음으로 터져 나왔다.

"으음……."

지옥혈심표와 검강탄주공을 한꺼번에 펼친 전무심의 입에서도 나직한 신음이 새어 나왔다.

심장이 미친 듯이 고동친다.

흔들린 진기가 숨통을 틀어막을 것 같다.

진기를 두 가닥으로 나누어 절대의 고수를 상대한 대가였다.

하지만 이제 시작일 뿐!

전무심은 앞으로 나아가며 좌수를 앞으로 뻗었다.

쒜에에엑!

터져 나오는 기음! 꼬리를 물고 날아가는 붉은 광채!

다시 한 번 지옥혈심표가 허공을 길게 가르며 울음을 터뜨렸다.

동시에 전무심의 신형이 지옥혈심표를 따라 움직였다. 이미 한 번 당했기에 두 번째는 쉽게 당하지 않을 거라는 생각에서였다.

아니나 다를까, 광인들은 정면격돌을 하지 않고 지옥혈심표의 공격 범위를 벗어나려 몸을 날렸다.

하지만 다는 벗어나지 못하고 다시 두 명의 광인이 지옥혈심표에 선혈을 뿌리며 꺼꾸러졌다.

동시에 무정이 아침햇살을 난자하며 대기를 붉게 물들였다.

허공으로 치솟는 붉은 핏줄기!

"피, 피해!"

"이 씨발……!"

전무심의 검을 피해 주르륵 물러서는 광인들.

기회라는 듯 전무심이 소리쳤다.

"모두 이곳에서 벗어나시오!"

그 말이 떨어지자마자 진성자와 위헌양이 당위와 청무를 잡아끌고, 네 명의 친구와 황무곤이 그들의 뒤를 막았다.

"우리가 막을 테니 먼저 가시오!"

전무심은 되돌아온 지옥혈심표를 갈무리하고는 엉거주춤한 광인들 사이로 뛰어들었다.

무령풍이 펼쳐지며 서넛으로 갈라지는 신형에 광인들이 당황하며 미친 듯이 소리를 질러댔다.

"어, 어떤 놈이 진짜야?"

"아무거나 찌르면 되지 뭘 따져, 이 미친놈아!"

순간!

쩌저저적!

무정이 시퍼런 검강을 토해내며 사방을 휩쓸고,

"크억!"

"끄어어어!"

소용돌이치는 무정의 검세에 휩쓸린 두 명의 광인이 피분수를 뿜어내며 튕겨졌다.

그때다!

"뭐 하느냐! 한꺼번에 덤벼서 저놈을 죽여!"

헌원무강이 미친 듯이 소리치며 몸을 날렸다.

참으로 지독하다. 평상시라면 쉽게 움직이지 못할 정도의 내상을 입은 게 분명하다. 한데도 내뻗는 혈수의 강기가 조금 전이나 별 차이가 없다니!

'환락단의 영향 때문이겠지.'

전무심은 우수에 무정을, 좌수에 지옥혈심표를 움켜쥐고 고개를 쳐들었다.

"너희들도 따라가서 저들을 지켜라!"

"대형!!"

네 사람이 말도 안 된다는 듯 동시에 소리친다.

하지만 대답할 틈이 없다. 이 장 허공의 헌원무강은 물론이고, 상대를 잃은 십여 명의 광인마저 자신을 향해 다가든다.

전무심은 대답이나 다름없는 일갈을 터뜨리며 무정을 쳐들었다.

"잊지 마라! 내가 누구인지!"

그 말에 사진옥을 비롯한 네 사람은 가슴이 터질 것만 같았다.

절대지독에 중독된 채 일류고수 백 명의 협공을 받고도 살아난 사람!

천하의 누구도 죽일 수 없는 사람!

그게 바로 자신들의 대형 천유옥, 아니, 전무심이 아니던가!

네 사람이 벌떡거리는 가슴을 억누르기도 전이었다.

콰르르릉!

전무심과 헌원무강이 정면으로 맞부딪쳤다.

"커억!"

허공으로 튕겨진 헌원무강의 입에서는 거친 신음이 터져 나온 반면, 그 자리에 우뚝 선 채 흑의를 펄럭이는 전무심은 오연하다.

충격의 여파에 휘말려 정신없이 물러서는 광인들. 그들을 쓸어보며 전무심이 소리쳤다.

"가라! 이들 정도로는 나를 어쩔 수 없다!"

세상 그 무엇도 어쩔 수 없을 것 같은 패기!

그렇다! 저 사람이 바로 우리의 대형이다!

사진옥은 가슴이 뜨겁게 달아올랐다.

"가자! 우리가 가야 대형께서 마음 놓고 싸울 수 있다!"

"지미, 이제는 도움이 될 수 있을 거라 생각 했는데……."

"시끄러! 대형이 우리 때문에 걱정되서 못 싸운다잖아!"

"저놈들 따위로는 대형의 코털도 건드리지 못할 테니까, 걱정 말고 가서 기다리자고."

사진옥과 고후명이 더 볼 것 없다는 듯 몸을 돌리더니, 촌각도 망설이지 않고 몸을 날린다.

그 뒤를 상유상과 예종과 황무곤이 뒤따랐다.

망설이면 떠나지 못한다. 누구보다도 자신들이 더 잘 안다. 그리고 대형이 힘들어질 것이다.

다시는 이런 일이 없기를 바랐는데. 죽을 둥 살 둥 무공을 익힌 이유가 뭔데!

젠장! 제기랄!

"으아아! 씨바아아아아알!!"

절곡을 울리는 외침과 함께 친구들이 멀어진다.

악쓰며 달려가는 그들의 마음을 어찌 모를까.

하나 지금의 상황은 그들이 가는 게 나았다.

좁은 협곡에서 전력으로 공력을 개방하다 보면, 자칫 자신이 펼친 공세에 친구들이 다칠지도 모르는 것이다.

그리고…… 지금부터 일어나는 일을 그들이 알면 안 되기 때문이었다.

'좋아! 어디 이제 한번 해보자!'

전무심은 뱃속에서 치솟는 핏덩이를 내리누르고 천라혈왕공을 극성으로 끌어올렸다.

순간 전무심의 동공이 붉게 물들었다.

괴이한 일이 벌어진 것은 바로 그때였다.

정신없이 물러선 광인들이 다시 달려들려다 말고, 호랑이를 만난 병든 늑대들처럼 덜덜 떨었다.

동시에 전무심의 심장 어림에서 모란보다 더 붉은 빛이 은은하게 스며 나왔다.

마침내 심장에 심어진 기운 중 첫 번째, 구천혈마령이 움직이기 시작한 것이다.

'어차피 언젠가는 이런 상황이 올지 모른다. 아니, 이보다 더 어려운 상황이 온다고 봐야겠지. 그렇다면 그나마 약간의 여유가 있을 때 알아보겠다. 그 힘을 쓰면 어떻게 되는지!'

우우우웅!

전무심의 전신에서 흘러나오는 묘한 공명음.

몸을 떨던 광인들이 뒤로 물러서며 공포에 질린 눈빛으로 사방을 둘러보았다. 마치 어떤 명령이 내려지기를 기다리는 듯.

그사이 심장 어림에서 시작된 붉은빛이 전무심의 두 팔에까지 이어졌다.

일순간, 동아줄처럼 꼬인 붉고 푸른 강기가 무정의 검신을 따라 주욱 뻗어나가고, 지옥혈심표는 붉은 빛이 더욱 붉어져 핏빛 광채를 뿜어냈다.

스스로도 억제할 수 없을 정도로 거세게 휘몰아치는 구천혈마령이다.

'정말 지독하군!'

전무심은 더 이상 들끓는 기운을 견디지 못하고 허공으로 떠올랐다.

거의 동시! 지옥혈심표가 핏빛 강기를 동반한 채 대기를 가르고, 무정에서 솟은 핏빛 강기가 한자 크기의 검환으로 변해 쏘아졌다.

바로 그 시각.

느닷없이 황홀해 보일 정도의 붉은 기운이 절곡 아래쪽에서 뻗치는 것을 보고, 백리군악이 대경해 소리쳤다.

"철수시켜라! 어서!"

공오는 미처 의문을 표할 새도 없이 황급히 피리를 입가로 가져갔다.

휘이이이이익!

피리 소리가 길게 울렸다.

하지만 이미 늦은 듯 절곡 아래에서 기다란 비명 소리가 줄을 이었다.

"으아아아!!"

"끄아아아!"

공오는 질린 안색으로 백리군악을 바라보았다.

"대체 어찌 된 일입니까? 설마⋯⋯?"

백리군악의 표정은 딱딱하게 굳어 있었다.

"우리가 모르는 뭔가가 있다."

"대체 그것이 뭐기에 광혼대법을 거친 헌원무강과 광마귀 이십이 저리 몰린단 말입니까?"

"글쎄, 그게 뭔지는 모른다. 그러나 분명한 것은 전무심이 우리 예상보다 훨씬 더, 어쩌면 두 배 이상 강하다는 것이다."

"맙소사⋯⋯."

공오의 떨리는 목소리에도 아랑곳하지 않고, 백리군악은 계곡 아래를 내려다봤다. 이를 악문 그의 눈빛이 묘한 빛을 발했다.

'유옥, 과연 너답다. 네가 진정 그리 강해졌다면, 이제야말

로 한번 해볼 만하겠구나.'

구천혈마령이 일으킨 핏빛 강기는 누구도 막지 못했다.

공포에 질린 비명!

피를 뿌리며 일시지간에 무너지는 광인들!

절곡이 사방에서 솟구친 피분수로 시뻘겋게 물들었다.

자신이 펼쳤으면서도 진저리가 쳐질 정도의 강한 위력!

이제 서 있는 자는 헌원무강과 일곱 명의 광인뿐이다.

지옥혈심표를 회수한 전무심은 다시 무령풍을 펼쳐 허공으로 떠올랐다.

'모조리 죽인다!'

그때였다.

휘이이이익!

휘파람 소리의 소성(簫聲)이 급박하니 울렸다.

순간 광인들이 정신없이 도망치기 시작했다. 동료들이 죽고 사는 것쯤은 자신들과 아무런 상관이 없다는 듯.

심지어 헌원무강조차 안간힘으로 몸을 날리고, 엄중한 부상으로 바닥을 기던 광인들마저 다시 몸을 일으켜 그 뒤를 따랐다.

그 순간 다시 한 번 지옥혈심표가 하늘을 날았다.

쒜에에에엑!

"커억!"

"케에엑!"

부상을 입은 몸으로 뒤처져 달려가던 세 명의 광인이 지옥 혈심표의 제물이 되어 바닥을 뒹굴었다.

동료들이 죽어가는 데도 살아남은 자들은 뒤도 돌아보지 않고 자신들의 삶을 찾아 달렸다.

전무심은 그들을 쫓아가지 않고, 비릿한 혈향을 실은 바람만이 남은 절곡에 우뚝 서서 그들이 사라져 가는 것을 지켜보았다.

그리고 어느 순간, 그들의 모습이 완전히 사라졌다는 확신이 들고 나서야 그 자리에 무너지듯이 주저앉았다.

장강삼협의 격류가 아무리 거세다 한들 이만할까? 사지백해를 미친 듯이 달리는 진기의 흐름은 결코 인간의 의지로 제압할 수 있는 것이 아니었다.

몸을 터뜨려 버릴 것 같은 광포한 기운은 그의 정신조차 갉아먹는 듯했다.

하늘조차 거부할 수 있는 미증유의 힘을 얻을 수 있다더니, 아버지의 말은 결코 허언이 아니었다.

"크읍!"

앙다문 잇새를 뚫고 거친 신음이 흘러나왔다.

모든 것을 구천마령의 힘에 맡기고서 이대로 폭주하면 세상의 그 무엇이라 해도 무너뜨릴 수 있을 것만 같았다.

다만 그러기 위해선 자신의 의지를 버리고 구천마령의 힘에 모든 것을 맡겨야만 한다.

그러나 그것은 그가 원하는 것이 아니었다.

의지가 없으면 전무심도 없는 것이다.

'일개 마령의 힘에 굴복할 수는 없다!'

그는 혼신을 다해 천라혈왕공을 운기했다.

흡탄(吸彈), 전회(轉回), 망라(網羅), 염폭(念爆), 공파(空破).

천라혈왕공의 다섯 가지 구결에 의해 본신진기가 요동치며 구천혈마령과 부딪쳤다.

동시였다. 차라리 죽음이 생각날 정도의 극심한 고통이 전신을 찢어발길 듯이 밀려왔다.

억지로 구천혈마령을 누른 대가였다.

푸헉!

어느 순간 그의 입에서 피분수가 뿜어졌다.

한데 피분수를 뿜어내고 나자 가슴이 시원해지면서 구천혈마령의 기운이 주춤거렸다.

비록 일수유의 순간에 불과했지만, 흐름을 바꾸는 데는 그것이면 족했다.

전무심은 기회를 놓치지 않고 전력을 다해 천라혈왕공으로 구천혈마령의 기운을 빨아들였다.

그렇게 얼마나 지났을까, 전무심은 계곡 아래에서 달려오는 사람들의 기척을 느끼며 눈을 떴다.

"대형!"

상유상의 목소리가 귀청을 울렸다.

시간이 지나도 별다른 일이 없자 다시 절곡을 거슬러 오는 듯했다.

전무심은 사지백해에 흩어져 있던 기운을 갈무리하고 천천히 자리에서 일어났다.

이미 구천마령의 첫 번째 기운인 혈마령의 잔여 기운은 천라혈왕공에 녹아든 후였다.

복이 될지, 아니면 화가 될지 알 수는 없지만, 우선 당장은 구천혈마령의 기운을 잠재운 것만도 다행이라는 생각이 들었다.

'정말 엄청난 기운이군. 조심하지 않으면 큰일 나겠어. 하마터면 내가 미쳐 버릴 뻔했으니…….'

전무심은 내심 안도의 한숨을 내쉬며 가슴을 슬쩍 들춰보았다.

붉은 점이 보이지 않았다. 이제 가슴에는 여덟 개의 점만이 찍혀 있을 뿐이었다.

문득 아버지의 말이 떠올랐다.

'큭, 점이 하나 사라지면 십 년의 삶이 줄어든다고 했지?'

실감이 나지 않았다. 정말 십 년의 삶이 줄어든다는 말인지, 아니면 그만큼의 진기가 소모된다는 소린지 누구도 모르는 일이었다.

하지만 분명한 것은 있었다. 구천마령의 기운 하나가 족히 십 년간 쓸 진기를 단 하루 만에 소모할 만큼 가공하다는 것.

'아직 여덟 개나 남았는데 뭐. 아버지, 그렇죠?'

어차피 피할 수 없는 운명이라면 속 편하게 생각하기로 했다. 아버지야 하늘에서 방방 뜨며 가슴을 치고 있을지 몰라도.

'대신 나머지는 조심해서 사용하겠습니다.'

전무심은 그렇게 씁쓸한 마음을 털어버리고 전과 다름없는 표정으로 몸을 돌렸다.

계곡의 탁류를 건너뛰는 사진옥과 상유상의 모습이 보였다. 나머지는 하류 쪽에 놔두고 둘만 온 듯했다.

"맙소사! 대형! 괜찮습니까?"

다가온 사진옥이 주위에 널브러진 광인들의 피로 뒤덮인 계곡을 보더니 고개를 내저었다.

"나는 괜찮다. 다른 사람들은?"

"계곡 아래에서 기다리고 있습니다."

"가자. 놈들이 다시올지 모르니까."

상유상이 찔끔한 표정으로 몸을 돌렸다.

"제기랄, 놈들에게 내 쇠몽둥이 맛을 보여줬어야 하는데!"

곧 죽어도 말은 당당한 상유상이었다.

일행들은 계곡 입구 커다란 두 개의 바위 사이에 몸을 숨긴 채 전무심이 내려오기만을 기다리고 있었다.

부상을 입지 않은 사람이 없었다.

성질을 못 이겨 미쳐 날뛰었던 진성자는 물론이고, 위헌양도 청의가 말라붙은 핏물로 인해 검게 변색되었을 정도로 많은 상처를 입은 상태였다.

하지만 그런 두 사람도 청무와 당위에 비하면 양호한 편이었다. 두 사람의 상처는 죽지 않은 것이 다행일 정도로 깊었다.

반쯤 혼절한 청무의 몸은 온몸이 불덩이처럼 달아 있었고, 당위는 정신은 있어도 움직이기가 힘들 지경이었다.

약도 없는 상황. 할 수 있는 치료는 진기요상 정도가 전부였다.

그나마도 두 사람의 상처가 워낙 깊어서, 전무심이 도착하고 나서야 급한대로 내상을 다스릴 수 있었다.

다행히 두 사람의 내상을 치료하는 동안에는 더 이상의 공격이 없었다. 하긴 아무리 천왕교의 힘이 강대하다 해도, 헌원무강과 광인들만 한 전력을 곧바로 또 보낸다는 것은 불가능한 일일 터였다.

일행은 햇살이 계곡 안 깊숙한 곳까지 비출 즈음에야 자리에서 일어났다. 휴식과 치료를 겸하며 계곡에 머무른 지 한 시진이 지난 후였다.

일단 청무는 진성자가, 당위는 상유상이 업고 가기로 했다.

"내가? 내가 왜? 나도 여기저기 다쳐서 안 아픈 데가 없다고."

상유상이 자신도 부상을 당했다며 징징댔다.

그러자 예종이 당위에게 다가갔다.

"그럼 내가 업고 가지 뭐. 자세히 보니 얼굴도 잘생겼는데, 혹시 알아?"

진성자가 슬쩍 한마디 거들었다.

"그 친구가 바로 사천 성도의 제왕, 당가의 둘째 공자네."

더 이상 말할 필요가 없었다.

갑자기 당위를 불끈 들어 올린 상유상이 쇠몽둥이로 바위를 내려치며 껄껄 웃었다.

"음하하하! 그냥 해본 소리라고! 그래도 힘 하면 나, 상유상 아니겠어?"

다른 사람이 혀를 차던가 말던가, 상유상은 당위를 업고 사람들을 쓰윽 둘러봤다.

"갑시다!"

2

"그들과의 연락은 어찌 되었는가?"

"내년이면 준비가 끝날 테니, 움직일 때가 머지않은 듯합니다!"

"백리군악은?"

"모든 일이 자신의 뜻대로 흘러간다 여기고 있을 것입니다."

"조심해야 한다. 그는 보통 놈이 아니다. 한눈팔면 당할 수도 있음이니……."

"명심하겠습니다, 주군."

"천외비각의 괴물들은 아직도 변함이 없느냐?"

"곧 결정을 내릴 것으로 보입니다."

"흠, 그래? 꽤나 신중한 척하는군, 욕심만 많은 늙은이들이."

빼빼 마른 그의 몸에서 만년빙 같은 살기가 일었다.

"그 괴물들이 움직이면 그때부터 시작할 것이다. 철저히 준비를 해놓도록."

"존명!"

*　　　　*　　　　*

"부상자들은 상처를 치료해서 모두 뇌옥에 집어넣었습니다."

"둘은 죽었다고?"

"상처가 너무 심해 살릴 수가 없었습니다."

"나중에 반드시 쓸모가 있을 것이야. 소위 정파인이라는 자들 중에는 의와 협을 자기 목숨보다 중요시하는 인간들이 많으니까."

"속하 역시 그리 생각하고 있습니다, 제군."

고개를 숙인 방운휴의 뒷머리를 바라보며 백리군악이 지나가듯이 물었다.

"그분은 어찌하고 있는가?"

순간 방운휴의 뒷머리가 잘게 흔들렸다.

"천왕과 손을 잡은 것으로 압니다."

"흠, 천왕과? 물론 진심은 따로 있겠지?"

"아마… 그럴 것입니다."

"그대는 그가 무엇을 원한다 생각하는가?"

방운휴는 잠시 숨을 고르고 천천히 고개를 들었다.

"속하들은, 혼돈과 정리라는 결론을 내렸습니다."

"혼돈과 정리라……. 한바탕 흙탕물을 일으킨 후 깨끗하게 정리해서 새로운 세상을 만들겠다는 뜻인가?"

"그렇지 않다면 손을 잡을 이유가 없잖겠습니까?"

백리군악은 방운휴의 반문에 아무런 말도 없이 찻잔을 집어 들었다. 그러다 갑자기 생각났다는 듯 찻잔을 입술에 댄 채로 물었다.

"아! 운휴, 천외비각이 열릴 것 같던데, 그에 대해 아는 게 있는가?"

방운휴의 손가락이 보이지 않게 손바닥을 파고들었다.

"속하도 그저 소문만 들었을 뿐인지라……."

순간적으로 아차 했지만, 이미 떨어진 대답. 방운휴는 재빨리 말을 돌렸다.

"들은 말에 의하면, 며칠 사이에 천외비각의 어르신들 중 몇 분이 밖으로 나온다 합니다."

"흠, 그래? 하긴, 그들이 나온다 해서 달라질 것은 없다만, 그래도 혹시 모르니 그들에 대한 소식을 듣거든 곧바로 보고하게나."

백리군악이 그냥 물어본 것이라는 표정으로 차를 마신다.

방운휴는 안도하며 고개를 숙였다.

"존명!"

백리군악이 입을 연 것은 방운휴가 나가고도 한참이 흘러서였다.

　"완벽한 내 사람은 없는 법이지. 공오, 자네는 어찌 생각하나?"

　"저도 믿지 마십시오. 그러시면 됩니다."

　"걱정 말아라. 나는 너를 믿지 않으니까."

　그리 대답할 줄은 모른 듯 공오가 잠시 시간을 두고 물었다.

　"은천비원은 그냥 놔두실 겁니까?"

　"때로는 적이 친구보다 더 믿음이 갈 때도 있다. 친구는 속마음을 속이더라도 적은 속마음을 다 드러내거든."

　'내가 유옥에게 그러했듯이.'

　"하지만 자칫하면 주군의 계획에 걸림돌이 될 수도 있습니다."

　이번에는 백리군악이 잠시 뜸을 들였다.

　그러더니 고저없이 나직이 대답했다.

　"그때는 누구든 치우고 갈 것이다. 그게 누구라도……."

　탁!

　찻잔을 소리 나게 내려놓은 백리군악은 서탁에서 서신 하나를 집어 들어 허공으로 던졌다.

　"공손강에게 비바람이 불 때가 되었다고 전해라."

　허공에 떠오른 서신이 사라지자 백리군악이 다시 말을 이었다.

　"혈곡이 움직여 화산과 종남을 견제하는 것도 괜찮겠지."

대답은 들려오지 않았다.

그러나 자신의 명이 한 치의 오차도 없이 시행될 거라는 것을 그는 확신하고 있었다.

공오, 그는 자신의 분신이나 마찬가지니까.

지금도 그렇지만, 나중에 그때가 오더라도.

第二章
형제들과 함께 강호로!

死星
天血

1

무당이 지척인 보강(保康)까지는 이틀이 걸렸다.

그 즈음에는 청무와 당위가 스스로 걸을 정도가 되어 업혀 가는 신세는 면할 수 있었다.

그리고 다음날, 저 멀리 무당산이 보이자 전무심은 미련없이 발길을 돌렸다.

"잉? 그냥 가겠단 말인가?"

눈을 동그랗게 뜬 진성자를 보고 전무심이 말했다.

"무당은 내가 머물 만한 곳도 아니고, 반길 사람도 없는 곳이오. 더구나 급히 찾아봐야 할 사람이 있소. 다음에 봅시다."

그러자 당위가 급히 말했다.

"전 형! 그냥 가시면 나더러 어디 가서 은혜를 갚으란 말이오!"

몸을 반쯤 돌린 전무심이 당위를 바라보았다.

"사천무련과 신마성의 싸움이 어떻게 되어가고 있는지 아는 게 있소?"

"현재는 소강상태로 알고 있소이다. 하나 환락단이 신마성에서 나왔다는 것이 알려지면서 사천의 크고 작은 세력들이 모두 신마성에 등을 돌린 상태요. 내 생각대로라면 머지않아 한바탕 큰 싸움이 벌어질 것이오."

"그럼 그때 가서 봅시다."

"전 형이 사천에 오시겠단 말이오?"

"어쩌면. 지켜야 할 약속이 있으니까."

"그렇다면서 쌍수를 들고 환영하겠소이다!"

"자신은 하지 마시오. 세상일이란 것이 생각대로만 흐르는 것은 아니니까."

"이 당위는 무슨 일이 있어도 전 형 편이오."

그 말에 청무가 나섰다.

"나 청무도 마찬가지요."

"나도 끼면 안 될까?"

그러자 진성자가 슬그머니 끼어들었다.

그들을 향해 전무심이 말했다.

"내 가슴에는 커다란 멍자국이 있소. 어쩌면 영원히 사라지지 않을지도 모를 만큼 진한 자국이오. 그 자국이 사라지기 전에는, 아마 여기 있는 친구들을 제외하고는 누구도 믿지 못할 것이오. 그래도 좋다면, 다음에 봅시다."

돌아서는 전무심의 등에 회색빛 그늘이 내려앉은 듯 보였다.

당위도 청무도 아무 말도 하지 못했다.

그때 멍하니 전무심의 등을 바라보던 진성자가 조그맣게 중얼거렸다.

"친구가 넷이나 있으면서 욕심도 많네. 나는 하나도 없는데……. 제길."

그렇게 진성자와 헤어진 지 한 시진.

아무도 입을 열지 않았다. 마침내 강호로 간다는 생각에 가슴이 두근거려 입이 열리지 않는 것이다.

그나마 사진옥이 격동을 최대한 누르고 태연한 척 말했다.

"하 낭자도 같이 왔으면 좋았을 텐데……."

전무심의 눈빛이 찰나간 흔들렸다.

"이미…… 만났다."

'언제?!'

그런 뜻이 담긴 네 사람의 눈이 전무심을 향했다.

하지만 누구도 입 밖으로 내뱉지는 않았다.

'대체 무슨 일이 있었던 것일까?

미치게 궁금했지만 결코 묻지 않았다.

네 사람이 입을 꾹 다물고 있자 전무심이 여전히 하늘을 올려다보며 말을 이었다.

"그리고 하 원주는 나중에 만나기로 했다."

짧게 말을 맺은 전무심은 네 사람을 둘러보며 씩 웃었다.

"그보다 너희들, 강호에 나온 것을 축하한다! 그래, 강호에 나가면 뭘 하고 싶으냐?"

억지웃음. 별로 즐겁지 않은 표정이었다.

하지만 네 사람은 세상에서 제일 즐거운 사람들마냥 호들갑을 떨며 웃어댔다. 그래야 대형이 무안하지 않을 것 같았다.

"음하하하! 강호야 기다려라! 이 상유상 어른이 가신다!"

"오호호호! 공기가 다른 것 같지 않아? 나는 제일 먼저 맛있는 것을 먹고 싶어."

"누가 먹보 마누라 아니랄까 봐. 나는 그런 것보다 마음껏 돌아다니고 싶다! 이 세상은 죽을 때까지 돌아다녀도 다 못 돌아다닐 만큼 넓다잖아!"

"아마 강호에는 예쁜 여자들이 많을 거야. 그중에 딱 하나만 골라야지."

그런데 모두의 목소리가 살짝 떨려 나왔다.

심지어 아무 말 없이 따라오는 황무곤조차 눈빛이 잘게 떨렸다.

어쩌면 당연한 반응이었다.

마침내 강호로 간다!

겉으로는 옆집 싸움 구경 가듯 태연한 표정이지만, 속으로는 심장이 미칠 듯이 두 방망이질을 치고 있는 다섯 사람이었다.

상처로 얼룩진 출발이다. 그러나 그 끝에 무엇이 있을지는 아무도 모르는 일이었다.

다만 한 가지만큼은 분명했다.

천하가 눈앞에 펼쳐져 있다는 것!

어찌 가슴이 뛰지 않으랴!

2

이틀 후.

회색 빛 침침한 구름에서 떨어지는 것이라 믿을 수 없을 정도의 하얀 눈이 하늘거리며 떨어지는 날, 전무심 일행은 영안촌이 내려다보이는 언덕에 도착했다.

영안촌은 한 달 전 그때처럼 조용하게 그를 맞이했다.

변한 것이라면 눈이 내려 하얗게 변했다는 것 정도였다.

"궁사한이라는 사람, 어떤 사람입니까?"

사진옥이 언덕을 내려가며 물어보자, 전무심이 사진옥을 바라보았다.

고후명이 뭔가를 눈치 채고 고개를 끄덕였다.

"성질깨나 있겠군요."

사진옥이 고후명을 째려보고 다시 물었다.

"설마 소미하란이라는 여인도 그러지는 않겠지요?"

오면서 궁사한과 소미하란에 대해 말해주었다.

두 사람은 운남 백은궁 출신이며, 곤명에서부터 자신과 만리 길을 함께 헤쳐 왔다는 것. 자신이 올 때까지 이곳에서 기다리기로 했다는 것. 그리고 두 사람의 무공이 다섯 사람의 아래가 아니란 것까지.

그 말만으로도 다섯 사람이 관심을 가지기에는 충분했다.

그런데 같은 여자이기 때문인지 예종은 소미하란의 얼굴에 대해 많은 관심을 기울였다.

전무심은 솔직히 말했다.

운남뿐이 아니고 중원에서도 보기 드문 미인이라고.

아마 그때부터였던 것 같다.

고후명과 사진옥의 눈에 열기가 돌았다.

당연(?)하게도 상유상은 절대 무관심으로 일관했다.

전무심은 잠시 입을 닫고 걸음을 옮기다 조용히 말했다. 역시 솔직하게.

"그녀의 비도는 차갑고도 날카롭다네. 십팔마신 중 하나가 그녀의 비도에 목이 뚫려 죽었지."

"……사납겠군요."

객잔의 문을 열자 훈기가 확 밀려오며 눈발이 안으로 날려 들어갔다.

순간 사람들의 시선이 일제히 전무심 일행을 향했다. 그러나 대부분의 사람들이 여섯 사람의 허리와 등에 꽂힌 무기를 보더니 슬그머니 고개를 돌렸다.

전무심은 망설이지 않고 구석진 곳을 향해 걸음을 옮겼다.

그들이 자리에 막 앉았을 때다. 점소이가 굳은 얼굴로 다가 왔다.

마치 기다리고 있었다는 듯이.

'왔군.'

이십여 일 전이었다. 한 사람이 객잔을 찾아와 장기 숙박을 요청했다.

평범한 상인처럼 보이는 데다 객지사람이라는 것을 안 점소 이는 몰래 선창의 건달 형님들에게 연락했다.

괜찮은 손님이 장기 숙박을 하고 있습니다, 형님들!

그리고 이틀이 지난 자정 무렵에 선창의 형님들이 객잔을 찾았다.

다음날, 날이 새자마자 점소이는 영안촌의 선창을 주름잡는 건달 세력의 주인이 바뀌었다는 것을 알았다.

점심때가 되기도 전, 선창가로 끌려간 점소이는 눈앞에 펼 쳐진 광경을 보고 그만 오줌을 싸고 말았다.

선창가 모래사장에는 추위에 새파랗게 질린 건달 형님들이 머리만 밖으로 드러낸 채 땅에 묻혀 있었다.

모든 것을 체념한 눈빛, 말라붙은 핏자국, 갈라진 목소리.

숨만 쉴 뿐이지 산 사람들이라 할 수가 없는 그들의 모습을 보고 점소이는 사지가 떨려 서 있을 수가 없었다.

결국 오줌을 내갈기고 그 자리에 주저앉은 점소이에게 평범한 상인이 말했다. 평상시 가끔 있는 일이라는 듯 담담한 표정으로.

"자네 말이야, 혹시 자네 객잔에 키가 크고 무심한 표정의 젊은 무사 분이 오시거든……."

그 말을 듣는 순간 그는 한 사람이 떠올랐다.

아니나 다를까, 상인 차림의 그 악마가 위아래를 쳐다보더니 말했다.

"얼굴이 자네보다 열 배는 잘생겼으니까, 알아보는 것은 어렵지 않을 거야."

그제야 확신이 들었다. 자신의 생각이 틀리지 않았다는 것을.

그리고 전무심이 얼마나 무서운 사람인지를 알고 일전에 자신이 판단이 얼마나 옳았는지 다시 한 번 절감했다.

'이 멀대처럼 키만 큰 작자가 혼자서 선창의 형님들 열둘을 땅에 파묻은 그 악귀의 주인이었다니……'

한 달 전쯤 엽차만 시킨다고 대들었으면 어떻게 되었을까?

그 생각만 하면 지금도 오줌이 찔끔거렸다.

쪼르르륵!

점소이는 그날의 일을 생각하며 잔뜩 긴장한 채, 거의 무아지경의 상태에서 뭉쳐진 여섯 개의 잔에다 한꺼번에 엽차를 따랐다.

기가 막히게도 여섯 개의 잔에 따라진 물 높이는 일 푼의 차이도 없이 똑같았다. 바라보던 상유상이 눈을 휘둥그렇게 떴다.

"기가 막힌 재주군."

그제야 번쩍 정신이 든 점소이는 자신이 따른 찻잔을 바라보았다.

정말이었다. 넘치지도 않고 남지도 않게 잔의 끝까지 엽차가 따라져 있었다.

문제는 엽차가 너무 가득 따라져서 옮기려면 흘러넘칠 것이 뻔하다는 것이었다.

점소이의 안색이 창백하게 변했다.

엽차를 흘렸다고 날건달 같은 삼류무사들에게 된통 당한 적이 한두 번이 아닌 그였다.

게다가 상대는 악귀의 주인과 옷에 피가 검게 말라붙어 있는 살인귀들이다.

'씨발! 나 종옥의 인생도 여기서 끝인가?'

그때였다.

전무심이 찻잔을 잡더니 아무렇게나 좌우로 던졌다.

순식간에 여섯 개의 찻잔이 각자의 앞으로 날아 내렸다. 한 방울도 흘리지 않고서.

'역시 악귀들의 대장!'

멍하니 바라보는 점소이 종옥을 향해 전무심이 말했다.

"할 말이 있는가? 없다면 식사를 주문했으면 싶은데."

악귀대장이 묻는다. 종옥은 황급히 고개를 숙이며 떨리는 목소리로 말했다.

"가슴에 검은 꽃을 심은 어른께서 동쪽 선창가의 도방에서 기다리신다고 하셨습니다.”

검은 꽃. 흑화라면 곧 화운곡이 자신을 기다리고 있다는 말
이었다.

'음, 도방(賭房)이라…….'

의외긴 했다. 궁사한과 소미하란을 찾아 자신을 기다리라
했더니 웬 도방이란 말인가.

하나 거기에는 그만한 이유가 있을 터.

“일단 식사부터 하지.”

도방은 종옥의 말대로 동쪽 선창가의 끝에 위치해 있었다.

종옥을 따라 안으로 들어가자 뿌연 연기가 안개처럼 밀려오
며 코를 찔렀다.

도방 안의 사람은 모두 이십여 명 정도.

마작을 하는 자든, 주사위를 하는 자든 앞만 뚫어지게 바라
볼 뿐 전무심 일행의 등장에 대해서 크게 신경 쓰는 사람은 없
었다.

마치 골패를 보지 않으면, 공중에 떴다 떨어지는 주사위에
서 눈을 떼면 세상이 망하기라도 할 것 같은 눈빛들이었다.

전무심이 무표정한 얼굴로 그들을 쓸어 볼 때다.

“뭐요? 도박을 하러 왔소?”

뺨에 기다란 칼자국이 난, 도방의 일꾼으로 보이는 자가 턱
을 치켜들고 전무심이 있는 곳으로 다가왔다.

전무심 일행이 모두 무사라는 것을 알고도 그는 끄떡도 하

지 않았다. 그 정도로는 자신의 턱을 내리게 할 수 없다는 듯 자신만만한 태도였다.

"종옥, 네가 데려온 손님이냐?"

종옥이 힐끔 전무심을 눈짓을 가리키며 빠르게, 조용히 입을 열었다.

"흑화님께서 찾으시는 분을 모시고 왔습니다, 칼자국 형님."

순간 얼굴이 흙빛으로 굳어버린 장한은 치켜든 턱을 내릴 생각도 못하고 눈알만 굴려 전무심을 바라보았다.

다행히 전무심의 키가 그보다 한 뼘은 더 커서, 턱을 치켜든 것이 그리 이상하게 보이지는 않았다.

"고, 공자께서……."

"그는 어디 있소?"

"흑화님께선 안에 계십니다! 저를 따라오시지요, 공자!"

전무심의 단도직입적인 물음에 장한은 즉시 고개를 숙이고 깍듯이 대답했다. 대체 화운곡이 이들에게 얼마나 독하게 했으면 저럴까 싶을 정도였다.

전무심이 칼자국을 따라가는데도 사진옥을 비롯한 나머지 일행들은 전무심을 따라가지 않았다.

"대형, 저희들은 이곳에서 기다리겠습니다."

사진옥의 말에 전무심은 가볍게 고개를 한 번 끄덕이고는 내실 쪽으로 들어갔다.

전무심이 보이지 않자, 사진옥이 품속에서 작은 주머니를 슬며시 꺼내며 뒤를 돌아다보았다.

"우리는 이곳에서 기다리자고."

방 안에 들어가자 잔뜩 긴장한 화운곡과 기대감에 얼굴이 붉게 상기된 궁사한과 들뜬 마음을 감추지 못한 채 안절부절 못하는 소미하란이 각기 다른 표정을 지은 채 뻣뻣이 서 있었다.

"왜들 그런 표정이오?"

전무심이 묻자 대답도 각기 달랐다.

"전 공자를 뵈니 반가워서……."

"이제는 저희도 데려가십시오, 공자."

"돌아와 주셨군요."

하지만 전무심은 무심하다 못해 목석같은 표정으로 터벅터벅 걸어가 의자에 앉았다.

그제야 미적미적 세 사람이 의자에 앉았다.

전무심은 이들이 어떻게 이곳에 있는지 굳이 묻지 않았다. 그 일에 대해 말할 만한 일이 있다면 묻지 않아도 이야기할 테니까.

대신 강호의 동향에 대해 물었다.

"알아낸 사실 중 내가 새겨들을 만한 것이 있으면 말해보시오."

기다렸다는 듯 화운곡이 즉시 입을 열었다.

"섬서의 남부가 심상치 않게 돌아가고 있습니다. 그 시작은 공손세가였는데…….”

화운곡은 근 반 시진에 걸쳐서 흑화령의 수하들이 물어다준 정보를 하나하나 정리했다.

전무심은 내심 감탄하지 않을 수 없었다.

그리 긴 시간이 아닌 만큼, 중구난방으로 들어온 소식을 나름대로 꿰어 맞췄을 게 분명했다. 그런데도 그리 큰 구멍이 보이지 않았다. 그것은 그만큼 화운곡의 정보처리 능력이 뛰어나다는 말.

화운곡이 이야기를 끝마치자 전무심이 짧게 물었다.

“혈곡에도 사람을 배치했소?”

“물론입니다. 분위기는 무겁게 가라앉아 있는데, 아직 본격적인 움직임은 없는 상탭니다.”

“아무래도 정천무맹 때문에 최대한 조심하고 있을 거요. 게다가 내부 정리도 해야 할 테고.”

“마도의 무리들이 천왕교에 반기를 들겠습니까?”

화운곡이 고개를 갸웃거리며 말하자 전무심은 무심한 눈으로 화운곡의 눈을 응시했다.

“마도의 무리라 해서 무조건 천왕교를 따르는 것은 아니오. 마존궁만 해도 천왕교와 거리를 두고 있는 상황이니까.”

“그건 그렇습니다만…….”

“그리고 그대가 그런 말을 한다는 게 조금은 우습구려.”

화운곡이 흠칫했다.

그러고 보면 자신 역시 마도의 인물이 아니던가.

"그, 그거야……."

"이 기회에 그대들을 부르는 호칭을 바꿔야겠소."

"예?"

"천왕교를 상대하면서 계속 흑화령이라는 이름을 쓸 수는 없지 않겠소?"

틀린 말이 아니었다. 앞으로는 정파와도 협력해야 할지 모르는데, 사천의 마도문파인 흑화령의 이름을 쓴다면 분명 득이 되지 않을 게 분명했다.

인정은 하지만 그렇다고 마음까지 좋을 수는 없는 일. 화운곡이 뚱한 표정으로 물었다.

"그럼 뭐라고 부르실 겁니까?"

"흑화는 어둠에 피는 꽃, 이제 어둠을 상징하는 '흑' 자를 떼어내도록 하고 무화단(無花團)이라고 부르겠소."

"무화… 단요?"

옆에서 궁사한이 고개를 끄덕이며 한마디 했다.

"그거 멋진 이름입니다."

소미하란도 거들었다.

"흑화령보다는 훨씬 낫게 들리는군요."

두 사람은 사소한 장난도 잘 하지 않는 사람들이다. 지난 이십여 일을 같이 지내본 화운곡이 알고 있는 두 사람은 분명 그랬다. 그러니 지금의 칭찬도 장난스레 하는 것이 아닐 터.

"뭐 좋습니다. 그럼 앞으로는 무화단이라는 이름으로 움직이겠습니다."

하지만 그는 몰랐다. 성도를 떠난 이후, 궁사한과 소미하란이 지금까지 전무심의 말에 반대해 본 적이 없다는 것을.

어쨌든 화운곡은 섬서의 이야기가 매듭지어지자 넌지시 한 가지 이야기를 꺼냈다.

"며칠 전에 사천에 있는 수하들에게서 연락이 왔습니다, 공자."

"사천? 무슨 급박한 일이라도 벌어졌소?"

"그게…… 갈은산의 총단이 신마성의 공격을 받았습니다."

"신마성이 흑화령의 총단을 공격했단 말이오?"

"예, 다행히 사전에 제가 배치한 수하의 연락을 받고 모두 대피한 상태라 큰 희생은 없었던 것 같습니다."

"그대의 사형은?"

화운곡은 힐끔 궁사한과 소미하란을 바라보고는 입술을 깨물고 대답했다.

"사형이나 원로들은 별다른 피해를 입지 않아서 살아남은 제자들을 데리고 일단 곤명으로 갔다고 들었습니다. 그곳까지는 신마성이 쫓아가지 못할 테니까요."

아니나 다를까, 그 말에 궁사한과 소미하란의 눈이 커졌다.

그때 전무심이 다시 물었다.

"곤명이라… 백은궁이 가만있겠소?"

"곤명에는 오래전부터 저희들이 기반을 닦아놓아서……. 저… 공자께서 하루 묵으셨던 만수점도 저희 지부나 마찬가지인 곳입니다."

전무심의 눈이 살짝 커졌다.

"만수점이? 그럼 손호방이라는 노인이?"

"그분이 바로 흑화령의 사대장로 중 한 분이십니다. 전부터 흑화령의 운영방침을 그리 좋아하지 않으셔서 따로 떨어져 지내셨지요."

"흠, 정말 놀라운 일이군. 내가 흑화령의 지부에서 하룻밤을 지냈다니."

의외긴 의외였다. 자신이 흑화령의 장로와 한 자리에서 이야기를 했었다니.

그러나 중요한 것은 그것이 아니었다.

"그래, 이제 그대의 사형이 어떻게 할 것 같소? 여기 궁 형과 소 낭자가 백은궁 사람이라는 것은 알고 있을 테고, 확실한 이야기가 있어야 할 것 같은데."

"오래 있지는 않을 겁니다. 신마성의 추격만 잠잠해지면 바로 중원으로 들어올 생각이니까 말입니다."

"중원으로 들어온다? 사천은 아닐 것 같은데, 그럼 귀주를 거쳐 호남 쪽으로?"

화운곡이 고개를 끄덕였다.

"시간이 걸리더라도 안전하게 움직인다고 하셨습니다. 아마 내년 봄쯤이면 호남을 거쳐 호북으로 올라오지 않을까, 하는 생각입니다."

화운곡이 흑화령의 일을 지나칠 정도로 자세한 이야기를 했을 때는 그만한 목적이 있기 때문. 전무심도 화운곡의 목적을 완전히 모르지는 않았다.

"흠, 내년 봄이라……."

얼핏 전무심의 머릿속에서 어설픈 밑그림이 하나 그려졌다.

그러나 말 그대로 어설픈 그림이었다. 그것을 어떻게 다듬느냐에 따라 완성된 작품이 될 것인지, 아니면 폐기 처분할 쓰레기가 될 것인지 결정될 터였다.

어쨌든 변수를 하나 틀어쥐고 있다는 것 자체는, 다양한 계획을 짤 수 있으니 결코 나쁜 일은 아니었다.

"그분들이 호남으로 들어왔다는 연락이 오거든, 바로 나에게 이야기해 주시오."

전무심이 자신의 생각을 알아챈 것 같자, 화운곡은 한시름 놓인 표정으로 기분 좋게 대답했다.

"알겠습니다, 공자."

전무심은 변함없는 표정으로 다음 이야기를 꺼냈다.

"그건 그렇고…… 마존궁에 사람을 좀 보내야 할 것 같소."

"마존궁이요?"

"그렇소. 그곳에 가서 한 사람을 만나 내 이야기를 하고 서신을 하나 전해주라 하시오. 아마 박대하지는 않을 것이오."

"언제까지 가야 합니까?"

전무심이 화운곡을 지그시 바라보며 말했다.

"최대한 빨리."

순간 화운곡의 얼굴이 와락 일그러졌다.

이곳에 있는 흑화령, 아니, 무화단의 사람들 중 가장 발이 빠른 사람은 당연히 자신이다. 그러니 최대한 빨리 가라는 말은 자기더러 가라는 말이 아니고 무엇이란 말인가!

'젠장! 그놈의 성질은……'

불만이야 많았다. 어떻게 된 게 수하들보다 더 바쁘다.

그러나 자신이 택한 길. 죽이 되든 밥이 되든 이제는 어쩔 수 없었다.

화운곡이 콕콕 찍는 말투로 대답했다.

"제가, 직접, 갑죠."

전무심은 당연히 그럴 줄 알았다는 듯 식어버린 찻잔을 입으로 가져가며 말했다.

"다시 만날 장소는 안강쯤이 좋겠소."

3

바람이 불기 시작했다.

시작은 그리 크지 않았다. 그리고 조용히 흘렀다.

공손세가에서 발원된 바람은 서서히 가랑비를 동반하더니, 사람들이 느끼기도 전에 그들의 옷깃을 적셨다.

사람들은 바람과 비에서 피비린내가 풍겼는데도, 처음에는 그저 지나가다 멈추는 바람 정도로 생각했다.

주위에서 진한 피비린내가 풍겨 나올 즈음에야 사람들은 공손세가를 향해 고개를 돌렸다.

그러나 그사이 섬서의 남쪽은 공손세가에 의해 반 이상이 잠식당한 후였다.

어쩌면 공손세가 정도가 뭘 어떻게 할 수 있으랴 하는 얕보는 마음 때문인지도 몰랐다. 오만과 자만의 세월이 너무 길었기 때문인지도 몰랐다. 혈풍이 자신들의 발아래까지 밀려오자 그제야 마존궁과 화산과 종남이 눈을 크게 뜨고 대처에 골몰했다.

그때 한 가지 소문이 섬서를 강타했다.

─공손세가의 뒤에 천왕교가 있다!

그 소문에 충격을 받은 것은 섬서의 문파들만이 아니었다.

어렴풋이나마 짐작하고 있던 호북의 무당은 물론이고, 정천무맹의 총단조차 사실 확인을 위해 제자들을 파견했다.

하지만 그들은 모르고 있었다.

그 시각, 또 다른 바람이 동쪽에서 불기 시작했다는 것을. 보다 더 진한 피바람이.

*　　　　*　　　　*

철컹! 철컹! 철컹!

허리띠에 매달린 무기들이 유난히 고막을 울린다.

마치 들으라는 듯 검병과 도병을 쥔 손들이 좌우로 흔들리며 소리를 키운다.

쿵! 쿵! 쿵!

건물을 뒤흔드는 발자국 소리.

기다란 회랑을 통과하는 십여 명의 무사 눈이 전면을 향한 채 움직일 줄을 모른다.

비장한 표정. 그들의 앙다문 입에선 금방이라도 핏물이 흘러내릴 것만 같다.

"멈추시오!"

무사 하나가 해쓱하니 질린 얼굴로 소리치며 그들의 앞을 막는다.

"비켜라!"

"대장로전입니다! 이게 무슨 소란입니까!"

"소란? 지금 소란이라고 했나! 자네 눈에는 나, 거승이 소란이나 피우는 막돼먹은 놈으로 보이는 건가!"

"그게 아니라……."

무사가 움찔하며 고승의 기세에 짓눌려 얼버무릴 때다. 방문이 덜컹 열리더니 한 사람이 걸어나왔다.

"흥! 혈도옹 거승이 소란 피운 게 어디 하루 이틀인가?"

"놈!"

거승의 눈이 전면을 향했다.

빼빼 마른 중년인이 두 손을 늘어뜨린 채 서 있었다.

얄팍한 입술, 꼬리가 치켜 올라간 눈매, 양 어깨 위로 삐죽이 솟은 두 개의 창날. 팔마혈 중의 한 사람이며, 자신과는 천적관계라 할 수 있는 마심쌍창 양록이라는 자였다.

"양록! 너 따위와 입씨름을 하기 위해 온 것이 아니다. 대장로께 기별을 올려라! 거승을 비롯한 외사당(外四堂)의 당주들과 팔대기주들이 만나 뵙기를 청한다고!"

"훗! 미친놈, 대장로께서 너와 한담이나 나눌 정도로 한가하신 분인 줄 아나?'

쾅!

거승의 뒤에 서 있던 홍곽열이 발을 굴렀다.

"양가야! 지금 우리와 말장난하자는 것이냐?"

양록도 지지 않고 홍곽열을 노려보았다.

"이렇게 몰려와서 어쩌자는 거지? 지금 반역이라도 하겠다는 거냐?"

"반역은 무슨! 대체 언제부터 대장로와 뜻이 다르면 반역이라는 소리를 들었단 말이냐! 어디 말해봐라! 본 곡이 두 동강 나게 생겼는데, 그럼 가만히 있어야 된단 말이냐!"

그때였다. 방 안 깊숙한 곳에서 차분한 노인의 목소리가 들렸다.

"양록, 그들을 들어오라 해라."

거봐라는 듯 거승과 홍곽열의 턱끝이 쳐들렸다.

"이제 비켜주시지."

못마땅한 듯 양록의 눈매가 가늘어졌다.

그러나 명이 떨어진 이상 어길 수는 없는 일. 양록은 거승과 홍곽열을 비롯한 열두 명의 무인이 지나갈 수 있게 한쪽으로 물러섰다.

"퉤! 더러운 새끼."

거승이 양록의 곁을 지나치며 바닥에 침을 뱉어냈다.

양록은 가늘게 뜬 눈으로 거승의 뒤통수를 노려보았다. 하지만 발작을 하지는 않았다.

그러자 거승의 뒤를 따라가던 외사당의 당주들과 팔대기주들이 비릿한 조소를 흘리며, 무기를 잡은 손을 더욱 크게 흔들었다.

철컹! 철컹! 철컹!

양록의 몸이 다시 정면으로 돌아선 것은 그들이 모두 사라진 뒤였다.

"문을 닫아라."

끼이익!

처음에 거승의 앞을 막아섰던 무사가 방문을 굳게 닫았다.

양록은 문이 완전히 닫히자 천천히 돌아서서 히죽, 차가운 살소를 베어 물었다.

"지금은 마음대로 웃어라. 어차피 잠시 후면 웃지도 못할 테니까. 두 동강? 미친놈들, 사리판단을 그렇게 못하니 네놈들은 죽어도 싸다."

그날 밤, 피바람은 혈곡의 내부에서부터 불기 시작했다.

4

무당을 떠난 전서구가 남양(南陽)의 정천무맹에 도착한 것은 전무심 일행이 영안촌에 도착한 다음날 아침이었다.

전서구가 첩밀각(諜密閣)에 내려앉은 지 반 각도 되지 않아서였다. 정천무맹의 군사인 첩밀각주 제갈경은 자리에서 튕기듯이 일어나 정천전으로 달려갔다.

그리고 일각, 맹주전인 정천전에 각파의 대표들이 침중한 표정으로 모여들었다.

제갈경이 그들에게 상황을 보고하려 하자 몇 사람이 무당에서 온 전서를 그대로 읽어보라고 했다.

"제가 전서의 내용을 간추려서 설명해 드리는 게……."

"아니오, 군사. 자칫하면 사견이 들어갈 수 있으니, 일단 전서의 내용부터 정확히 알고 군사의 설명을 듣는 게 나을 것 같소이다."

하는 수 없었다.

제갈경은 그들의 눈치를 보며 무당으로부터 전해진 전서를 띄엄띄엄 읽어 내려갔다. 그리고 한 줄이 넘어가기도 전에 각파 대표들의 표정이 묘하게 일그러졌다.

"…헛소리만 믿고 겁대가리없이 들어갔다가……. 결국 죽어라 도망쳐서……. 미친 새끼들을 만나……. 하마터면 다 뒈질 뻔……. 험, 험! 에…… 축 처진 부…처럼 되어서 겨우 무당에 도착……. 저희들은 무당에서 맹의 명령을 기다리겠습니다. 첩은단 단원 진성자."

참담해야 할 분위기가 서신 한 장에 우스꽝스럽게 변해 버렸다.

눈을 동그랗게 뜨고 입을 반쯤 벌린 사람, 헛기침을 하는 사람, 눈을 감고 염주만 돌리는 노승, 연신 도호를 외우며 고개를 푹 숙인 노도장 등등…….

'휴우…….'

제갈경이 마지막 글을 읽고 벌게진 얼굴을 들었을 때다.

탕!

"대체 어떻게 이런 일이 벌어질 수 있단 말이오!"

탁자를 치며 일어선 중년인이 노성을 내질렀다. 팽가의 대표로 정천무맹에 와 있는 척산도 팽독이 바로 그였다.

"그러게 조금 더 신중을 기하자 했거늘. 허어, 이런……!"

오십이 조금 넘어 보이는, 눈썹이 칼날처럼 긴 도인이 주먹을 움켜쥐고 의자의 손잡이를 연신 두들겼다.

자신의 사질인 상양이 돌아오지 못했다. 공동에선 본래 다른 사람을 보내려 했는데, 마침 장문인의 제자인 상양이 맹에 들르자 그가 상양을 천거해 첩은단에 합류시켰다. 분명 장문 사형이 그에게 책임을 물을 것은 뻔한 일.

그때 조용히 앉아 있던 중년인 하나가 천천히 고개를 들더니, 옆에 앉아서 연신 염주만 돌리고 있는 초로의 승려에게 물었다.

"대사께선 이번 일에 대해 반대를 하셨었지요? 어찌 생각하십니까? 그들이 살아 있을 거라 생각하십니까?"

남궁세가주의 바로 아랫동생인 남궁수한의 물음에 연신 염주만 돌리고 있던 초로의 승려가 불호를 외며 조용히 대답했다.

"일전에 날아온 서신이 잘못 전해진 정보라면, 소승은 그들이 살아 있을 거라 생각하고 있소이다."

"잘못된 정보기에 살아 있다? 무슨 뜻입니까?"

"비등하면 죽여야 제압할 수 있지만, 힘에서 많은 차이가 나면 굳이 죽이지 않고도 제압할 수가 있는 법 아니겠습니까? 너무 걱정 마십시오. 곧 돌아올 수 있을 겁니다. 천왕교가 본 맹과 원수지고 싶지 않은 다음에야……."

소림 여공 대사의 느긋한 말투에 눈을 감고 있던 여승이 눈을 치켜떴다.

"거 태연한 말씀을 하십니다. 소림의 제자는 무사히 돌아왔으니 되었다, 이 말씀이십니까?"

"어찌 그럴 리가? 소정 사태께선 빈승을 너무 본 파 제자의 안위만 생각하는 사람으로 보시는구려."

"아니라면 그들을 구할 방도를 생각해야 하거늘, 걱정 말고 기다리자니요!"

아미 소정 사태의 목소리가 높아가자 상석에 앉아 있던 노도장이 태사의의 손잡이를 톡톡 두드렸다.

"그만들 하시고……. 어찌할 것인지 머리를 맞대봅시다. 지금은 서로의 감정을 드러내 힘을 분산할 때가 아니지 않소이까?"

당금 정천무맹의 맹주이며 우내오존(宇內五尊)의 한 사람, 무당의 허경 진인이 바로 그였다.

장내의 사람들 중 그의 말에 토를 달 배짱이 있는 사람은 아무도 없었다.

갑자기 침묵에 빠진 장내에 허경 진인의 목소리가 울렸다.

"내 생각으로는, 일단 본 맹 산하 모든 문파에 소집령을 내려야 할 것 같소. 저들이 일제히 천왕곡을 나선다면, 현재 본 맹의 힘만으로는 감당할 수가 없소이다."

"하오면 각파에서 어느 정도의 제자들을 소집하실 생각이십니까?"

"제갈 각주."

허경 진인이 제갈경을 불렀다. 이미 말이 오간 듯 그의 말이 떨어지자마자 제갈경이 다시 일어섰다.

"현재 본 맹 산하에는 대문파가 이십여 곳, 중소문파가 백여 곳 정도 등록되어 있습니다. 많은 숫자보다는 정예가 필요한 상황이라는 것을 유념해 주시고, 이할 정도의 제자들을 석 달 안에 정천무맹으로 보내주셨으면 합니다."

그때 당호승이 신중한 표정으로 입을 열었다.

"사천무련은 신마성으로 인해 그 정도의 인력을 빼내기가 쉽지 않소이다."

청성의 정우자와 아미의 소정 사태가 고개를 끄덕였다.

그러자 제갈경이 말했다.

"저도 알고 있습니다. 하나 그리 말한다면 섬서의 문파들은 마존궁과 혈곡 때문에 제자들을 보낼 수 없을 것이고, 하남이나 안휘의 문파들도 또 다른 칠대마세를 견제해야 하니 마찬가지 상황일 것입니다."

"하지만 그들은 아직 도발하지 않은 상태잖소. 그들에 비해 신마성은 당장 발등에 떨어진 불과 같은 상태외다."

"그래서 석 달의 말미를 드린 것이지요."

정우자가 답답하다는 투로 입을 열었다.

"허어, 신마성과의 싸움이 석 달 안에 끝날 수 있을 거라 생각하시는 것은 아니시겠지요?"

"그럼 이렇게 합시다."

보다 못한 허경 진인이 설전을 막고 나섰다.

모두의 시선이 그를 향했다.

"일단 사천무련에선 일 할만 보내주시오. 그리고 칠대마세의 위협에서 그나마 자유로운 문파가 조금씩 더 제자들을 차출하도록 합시다. 대신 사천무련에 속한 문파들은 그만큼 재정적인 지원을 더 해주도록 하시오."

그것까지는 반대할 수가 없었다.

당호승과 정우자와 소정 사태가 눈을 마주치더니 고개를 끄덕였다.

"그렇게 하도록 하겠습니다. 맹주님의 선처에 감사드립니다. 신마성과의 싸움이 매듭지어지는 대로 제자들을 더 보내도록 하겠습니다."

第三章
협상(協商)

死星
天血

1

휘이잉!

바람이 이 빠진 칼날처럼 얼굴을 스쳐 간다.

살갗을 스치는 머리카락이 마치 바늘 끝처럼 느껴진다.

서리바늘이 할퀴고 지나갈 때마다 고통이 느껴질 정도다.

그러나 전무심은 미동도 하지 않고 살얼음으로 덮인 한수를 바라보았다.

묘한 감정이었다.

전에는 타의에 의해, 이번에는 자의로 천왕교를 나왔다.

그리고 아버지와 자신이 쫓겨났던 장안으로 다시 가려 한다.

이 얼마나 우스운 일이란 말인가!

한바탕 대소를 터뜨리고 싶은 마음이었다.

하지만 엉켜 버린 가시덩굴 속에 갇힌 웃음은 처절히 몸부림만 쳤을 뿐, 밖으로 터져 나오지 못했다.

'모든 것을 하나하나 행하다 보면 언젠가는 정리가 되겠지.'

전무심은 질곡의 세월을 되새기며 하늘을 올려다봤다.

하늘은 뿌연 회색빛으로 물들어 있고, 조금 전부터 바람에 섞여 흩날리던 하얀 눈이 조금씩 굵어지기 시작하고 있었다.

"어어어어이!"

뜻밖의 목소리가 바람을 타고 들려온 것은 바로 그때였다.

고개를 돌리자 저 멀리 영안촌 언덕 위에서 한사람이 날듯이 달려 내려오고 있었다.

뿌연 눈보라 속에 희미하게 보이는 자. 그는 종남의 진성자였다.

그는 단숨에 전무심이 서 있던 한수가로 달려오더니, 숨을 헐떡이며 흘러내린 머리카락을 쓸어 올렸다.

전무심이 의아한 표정으로 물었다.

"웬일이십니까?"

진성자가 숨을 가다듬으며 씩 웃었다.

"웬일은? 무당의 말코들은 종남보다 더 답답하더군. 뭐, 말이 통해야지?"

"이곳은 어떻게 알고……?"

"영안촌으로 간다고 하지 않았나? 이 사람 저 사람 붙잡고 물어봤더니, 알고 있는 사람이 있더군."

지나가듯이 한 말을 잊지 않은 듯하다.

'아마 영운이나 영호 도장에게 물어봤나 보군.'

왠지 씁쓸했다. 실수라면 실수였다. 자신의 위치를 그토록 쉽게 알려지게 하다니.

"정천무맹에서 찾지 않겠습니까?"

"찾든지 말든지."

천왕교의 정확한 상황을 알기 위해서 분명 급박한 호출이 있을 터였다. 그런데도 태평자답게 무슨 걱정이냐는 투다.

전무심으로서도 해가 될지 득이 될지 당장은 판단이 서지 않았다.

"우리는 이곳을 떠날 생각입니다."

"어디로?"

"섬서가 전장이 될 것 같습니다. 이미 시작된 것 같기도 하고. 해서 우리는 상황을 살피면서 장안으로 갈 생각입니다."

"장안? 그럼 천가장으로?"

"일단은… 그럴 생각입니다. 바로 갈지는 모르겠습니다만."

"그럼 당연히 따라가야지!"

2

영안을 떠난 지 닷새.

표화령 정상에 올라선 전무심 일행은 걸음을 멈추었다.

황혼에 물든 드넓은 백색평원을 보는 순간, 그들은 더 이상 걸음을 옮길 수가 없었다.

난생처음 보는 광경. 전무심과 진성자를 제외한 다섯 사람은 넋을 잃고 앞만 바라보았다.

보는 것만으로도 가슴이 울렁거린다.

고동치는 심장이 터져 버릴 것만 같다.

천하!

백색천하가 발아래 있다!

황금빛이 은은히 깔린 백색천하가!

"하아, 정말 굉장하군!"

누구라 할 것도 없었다. 입을 연 사진옥을 비롯한 다섯 사람 모두가 같은 마음이었다.

첩첩산중, 평생을 거산준봉으로 둘러싸인 천왕곡에서 살아온 그들로서는 상상도 못했던 광경이었다.

보는 것만으로도 천하를 향한 웅지가 절로 솟구치지 않는가 말이다!

한데 진성자가 어깨에 쌓인 눈을 털어내며 별것 아니라는 투로 사정없이 분위기를 깨버렸다.

"안강평원이네. 그만 가지? 별로 볼 것도 없는데."

붉게 달아오른 표정으로 백색평원을 바라보던 다섯 사람이 획 고개를 돌려 진성자를 노려보았다.

칼날보다 더 날카로운 눈빛이 뒤통수에 꽂히자 진성자가 슬며시 고개를 돌렸다.

"진짜라니까. 동쪽의 평원에 비하면 저건 평원도 아니야. 그냥 집 앞의 마당 정도에 불과하지."

거짓말! 말도 안 돼!

다섯 쌍의 눈이 진성자의 뒤통수를 후벼 팠다.

그때 전무심의 입에서 무심한 목소리가 흘러나왔다.

"세상은 생각했던 것보다 넓다. 상상하기 힘들 정도로. 그리고 사람도 많지."

표현을 안 해서 그렇지, 사천의 광활한 평원을 봤을 때 얼마나 놀랐던가.

어쩌면 그가 밖에서 싸울 생각을 한 것도 천하의 드넓음을 알았기 때문인지도 몰랐다.

'어쩌면 백리군악의 가장 큰 적은 천왕도, 나도 아닌 천하일지도 모른다.'

전무심이 상념에 잠기고, 사진옥 등 다섯 사람의 눈빛이 조금 누그러지자 진성자가 재빨리 전무심을 재촉했다.

"눈이 더 쌓이기 전에 가야 할 것 같군. 가세, 전 도우."

*   *   *

안강에서 공손세가의 본가가 있는 석천까지는 삼백 리의 거리. 전이었다면 공손세가의 안강 지부가 동쪽의 마지막 지부임과 동시에 타 세력과의 경계라 할 수 있었다.

그러나 작금의 안강 지부는 공손세가의 동남쪽을 아우르는 중심 지부로 탈바꿈한 상태였다. 그들은 돈으로 회유하고, 무력으로 윽박지르며 안강 동남부의 십여 개 중소 세력을 모조리 수하로 끌어들인 것이다.

그러고는 그것도 모자라 동북부로 세력을 뻗치는 중이었다.

그 모든 것이 단 한 달 사이에 벌어진 일로, 정천무맹조차 미처 손을 쓰기 전에 벌어진 일이었다.

전무심 일행이 안강으로 들어서자 내리던 눈이 더욱 굵어졌다.

"분위기 한번 더럽군."

진성자가 안강의 중심을 가로지르는 대로를 걸어가며 투덜거렸다.

아직 완전히 어두워지지 않았는데도, 거리에는 지나다니는 사람이 없어 을씨년스러운 눈보라만 휘몰아쳤다.

"전 도우, 눈이 너무 내리는데 일단 방이라도 잡고……."

제아무리 무공이 절정에 달한 고수들이라 해도 장시간 눈길을 걷는 게 좋을 리 없었다. 사진옥 등도 진성자의 말에 동의한다는 표정으로 전무심을 바라보았다.

그러자 전무심이 눈으로 한곳을 가리켰다.

"저곳으로 갑시다."

주위에는 커다란 객잔과 주루가 늘어서 있었다. 그런데 전무심이 가리킨 곳은 그중에서도 제일 작은, 그야말로 장사를 하는지 안 하는지 모를 정도로 초라한 주루였다. 아마 깃발만 걸리지 않았다면 누구도 들어가지 않을 정도였다.

하지만 누구도 불만을 표하지는 않았다. 당장 눈보라를 피하고 따뜻한 불을 쬘 수만 있다면, 완전히 쓰러진 사당도 마다할 상황이 아닌 것이다.

더구나 전무심이 사람들의 반응을 보지도 않고 안으로 쑥 들어가지를 않는가 말이다.

"쩝, 더 좋은 곳도 많은데……."

다행히 주루 안은 겉보기보다 따뜻하고 아늑해 보였다. 그리고 사람도 많지 않아서 조용히 쉬어 가기에는 안성맞춤이었다.

한데 그들이 자리에 앉고 점소이가 다가와 엽차 잔을 내려놓았을 때다.

"뭘 드시겠……."

"예약된 방이 있는지 모르겠군."

점소이의 말을 끊으며 전무심이 검지로 찻물을 찍어 탁자에 그림을 하나 그렸다.

순간 점소이의 눈이 반짝 빛을 발했다.

"혹시 전씨 성을 쓰시는 공자님이 아니십니까?"

전무심이 고개를 끄덕였다.

"저를 따라오시지요. 예약된 방이 준비되어 있습니다."

난데없는 전무심과 점소이의 대화에 모두가 어리둥절한 표정을 지었다.

그러다 무슨 생각을 했는지 전무심이 탁자 위에 그린 그림을 바라보았다.

　탁자에 스며들며 사라지는 한 송이 작은 꽃의 흔적이 보였다.

　그때 전무심이 일어섰다. 그러자 진성자를 제외한 모두가 그제야 깨달았다는 듯 고개를 끄덕이며 자리에서 일어났다.

　진성자는 머리를 쥐어짜며 탁자 위의 꽃을 바라보고는, 붉게 달아오른 표정으로 천천히 몸을 일으켰다.

　'저게 어쨌다는 거야? 아, 제기랄! 나만 모르는 거 같잖아?'

　점소이는 주루의 가장 깊숙한 곳으로 향하더니, 그곳에 있는 낡은 문을 열고 밖으로 나갔다. 조금은 의외였지만, 전무심은 묻지 않고 그 뒤를 따라갔다.

　한데 문밖은 결코 밖이 아니었다. 땅도 나무도 온통 백색천지인 그곳은 작은 장원의 후원이었다.

　발자국 하나 찍혀 있지 않은 후원에는 앞서가는 점소이의 발자국만이 찍혀 있을 뿐이었다.

　장원은 세 채의 건물로 이루어져 있었는데, 점소이는 망설이지도 않고 그중에서 중앙에 있는 커다란 건물로 전무심 일행을 안내했다.

　방은 겉보기보다 훨씬 넓었다.

　전무심 일행이 모두 들어갔는데도 그리 좁아 보이지 않았다.

방 한가운데에는 화운곡이 두 명의 장년인과 나란히 서 있었는데, 전무심이 다가가자 제법 정중한 표정으로 포권을 취하며 나름대로 전무심의 격을 높여주는 배려를 했다.

"오셨습니까, 공자."

"수고했소. 손님들이 오래 기다리시지는 않았는지 모르겠군요."

"아닙니다. 두 분을 모시고 이각 전에 도착해서 이제 겨우 차 한 잔 마셨을 뿐입니다."

두 사람이 간단한 인사말을 나누고 나자 한쪽에 서 있던 두 명의 중년인 중 한 사람이 슬며시 웃으며 아는 체했다.

"이렇게 다시 보다니 정말 반갑소이다, 전 공자."

그는 전무심도 잘 알고 있는 사람이었다.

마존궁 철패단의 단주인 모용창, 바로 그였다.

"오랜만입니다."

전무심은 마주 인사를 하고 모용창의 옆에 서 있는 중년인을 바라보았다. 모용창과는 비교할 수 없는 강함이 그에게서 느껴졌다.

절정의 경지를 오래전에 올라선 자. 전무심이 만나본 강호의 무인들 중 백은 장초량을 제외하고 가장 강한 자였다.

모용창이 그를 소개했다.

"본 궁의 삼태상 중 한 분이신 낙우릉 어른이시오."

겉모습만 봐서는 사십 전후로 보였다. 그러나 결코 겉으로 보이는 것이 다가 아니었다.

"헛! 마월(魔月) 낙우릉?"

놀란 진성자가 무심결에 낙우릉의 이름을 내뱉고 입을 가렸다.

마월 낙우릉.

그는 마존궁에서 다섯 손가락 안에 꼽히는 고수로, 전무심이 읽은 강호인물전에도 나와 있는 자였다.

"전무심입니다."

"낙우릉이라 하네. 보기보다는 나이를 조금 많이 먹었다네. 말을 놓아도 이해하게나."

"편하실 대로 하시지요."

책에 적힌 대로라면 그의 나이는 작년에 회갑을 보냈으니 올해 예순둘이었다. 오히려 존댓말을 하면 거부감이 생길 정도의 나이 차였다.

낙우릉은 전무심이 순순히 대답하자 진성자를 바라보았다.

"종남의 제자인 듯한데, 자네를 보니 한 사람이 생각나는군."

"예?"

눈을 동그랗게 뜬 진성자를 향해 낙우릉이 물었다.

"한중에서 말썽 피우고 도망갔다는 종남의 제자가 혹시 자네 아닌가?"

눈을 떼굴떼굴 굴린 진성자가 어색한 웃음을 흘렸다.

"하.하. 말썽은 무슨……. 단지 어리석은 도우들에게 진리를 깨우쳐 주려고 손을 좀 썼지요."

낙우룽은 진성자의 아래위를 살펴보더니 고개를 갸웃거렸다.

"거참, 겉은 천방지축인데, 속은 제법 찬 것 같군."

"뭐, 조금 그런 편……."

'지미, 욕이여, 뭐여?'

진성자가 속으로 구시렁댈 때다.

전무심이 낙우룽을 직시한 채 물었다.

"우선 한 가지, 천왕교에 대한 마존궁의 생각을 알고 싶습니다만."

어찌 보면 건방져 보이기까지 한 말투였다. 그러나 낙우룽은 별다른 표정 변화를 보이지 않고 조금 돌려서 대답했다.

"궁주께선 본 궁을 아래로 보는 자들과는 어떤 타협도 하지 않는 분이시네."

그러고는 신중한 어조로 말을 이었다.

"사실 모용단주가 우기지 않았다면, 우리는 자네를 만나려 하지 않았을 거네. 혼란기에 움직인다는 것이 그리 쉬운 일은 아니니까 말이야. 해서 말이네만, 자네가 우리와 어떤 일을 하려 한다면 자네에게 그만한 자격이 있음을 보여줘야 한다고 생각하는데, 자네 생각은 어떤가?"

마존궁 정도의 세력이 뭐가 아쉬워서 천 리 길을 달려가 일개 개인, 그것도 새파랗게 젊은 전무심을 만난단 말인가.

낙우룽의 말인즉, 너에게 과연 그만한 자격이 있느냐, 있다면 어디 한번 보여줘 봐라, 하는 뜻이었다.

은근히 압박하는 낙우룽의 말에 방 안의 분위기가 착 가라 앉았다.

그때 전무심이 뜬금없이 되물었다.

"귀 궁에선 천왕교의 힘을 어찌 평가하고 있습니까?"

천왕교라는 이름이 튀어나오자 낙우룽이 움찔했다.

그러나 노회한 강호의 노고수답게 그는 평정을 유지한 채 느긋이 입을 떼었다.

"천왕교의 사람들을 제외하고, 그곳의 힘을 제대로 알고 있는 사람이 천하에 누가 있겠는가?"

"철패단을 보내 조사하려 했다면, 그래도 나름대로 생각해 봤을 거라 생각합니다만."

"물론 생각이야 해봤지. 하나 생각은 생각일 뿐이네."

"그럼 귀 궁과의 비교도 해봤겠군요?"

계속된 질문에 낙우룽의 표정이 살짝 굳었다.

"물론 해봤네."

"어떻게 생각하셨습니까? 혹시 귀 궁보다 조금 강한 정도로 생각하지 않으셨습니까?"

전무심은 태연히 물었지만, 결코 간단한 질문이 아니었다.

낙우룽이 미간을 찌푸린 채 천천히 고개를 끄덕였다.

"그리 생각했지. 그래도 명색이 전설의 문판데 본 궁보다 약하다 생각할 수는 없었으니까."

"그럼 귀 궁과 한중의 대문파인 영천문이 힘을 합하면 상대할 수 있을 거라 생각했을지도 모르겠군요."

전무심의 목소리가 낮게 깔렸다.

낙우릉은 별다른 생각을 하지 않고 곧바로 대답했다.

"그 정도면 되지 않겠나?"

순간 전무심은 낙우릉을 직시한 채 무심히 말했다.

"사흘 정도는 버틸 수 있겠지요. 영천문에서 태백산까지 가려면 그 정도는 될 테니까."

낙우릉이 어리둥절한 표정을 지었다. 전무심의 말을 알아듣지 못한 것마냥.

그러나 시간이 지나면서 전무심의 말뜻을 깨닫고 헛웃음을 터뜨렸다.

"허허허허, 사흘이라……. 농담이 심하군."

"농담이나 하려고 귀 궁과 만나자고 한 것이 아닙니다."

여전히 담담한 전무심의 말에 낙우릉의 표정도 굳어졌다.

"지금 본 궁을, 노부를 놀리겠다는 건가?"

"놀리는 걸로 들리십니까?"

"훗! 자네 말대로라면, 본 궁과 천왕교가 싸울 경우 본 궁이 사흘도 견디지 못한다는 말이 아닌가?"

"어쩌면 그보다 짧을지도 모르지요."

"허허, 아하하하하! 내가 여태껏 제정신이 아닌 사람하고 이야기했나 보군."

한바탕 대소를 터뜨린 낙우릉이 갑자기 정색하고 전무심을 노려보았다.

"농담이 지나치면 욕이 된다네. 그 정도는 알 거라 생각했거늘……."

상황이 이상하게 흘러가자 모용창이 다급히 나섰다.

"어르신, 전 공자는 나쁜 뜻으로 말하려 한 것이 아닐 겁니다. 고정하시지요."

하지만 전무심이 타오르는 모닥불에 기름을 끼얹었다.

"귀하는 마존궁을 대단한 세력으로 생각하겠지만, 내가 보기에는 마존궁 역시 강호의 그저 그런 문파들 중 하나일 뿐이오."

"뭐라! 그대가 감히 나와 말장난을 하자는 건가!"

노성을 내지른 낙우릉의 전신에서 폭풍 같은 기세가 일었다.

사이에 끼어들었던 모용창이 대경해 뒤로 물러서고, 일순간 낙우릉의 기세가 그대로 전무심을 압박했다.

그때 전무심이 사진옥을 불렀다.

"진옥."

"예, 대형."

"내가 말장난하는 것처럼 보이느냐?"

"대형께서는 진실을 말씀하셨습니다."

"그런데도 저분께선 내 말을 믿지 못하시는 것 같군. 아마도 그러한 판단을 내릴 자격이 없어 보인다는 거겠지."

"대형이 자격이 없다면, 하늘 아래에는 모두 떨거지들만 있다는 말이지요."

한 치도 흔들림이 없는 두 사람의 대화다.

낙우릉은 어이가 없다는 표정으로 두 사람을 번갈아 보고는 냉랭히 코웃음 쳤다.

"흥! 갈수록 가관이군. 모용창, 내가 아직도 이 자리에 있어야 한다고 생각하느냐?"

"어르신……."

"과대망상에 젖은 자를 만나기 위해 천 리 길을 달려와야 했다니, 어이가 없구나."

낙우릉은 분노에 치를 떨었다.

마존궁의 삼태상 중 하나인 그가 언제 이런 대접을 받아본 적이 있던가.

그는 억지로 분노를 누르고 전무심을 노려보았다.

"내 손님으로 왔으니 손을 쓰지는 않겠다. 하나 이것만은 알아두어라! 본 궁은 결코 그대들 따위가 이러쿵저러쿵 할 곳이 아니라는 것을 말이다! 가자, 모용창!"

그러나 전무심은 조금도 동요를 하지 않고 천천히 입을 열었다.

"그대들 따위라……. 무사는 실력으로 자격을 논해야 하는 법. 그렇지 않습니까?"

막 돌아서려던 낙우릉이 냉랭히 대답했다.

"흥! 모용창에게 네가 강하다는 말은 들었다. 그러나 나는 믿을 수 없으니, 너에게 정말 그 정도의 실력이 있다면 어디 보여봐라!"

전무심이 무정의 검병을 손가락으로 툭 건들고 말했다.

"진옥, 네가 상대해 봐라."

"그러지요."

사진옥이 담담히 대답하고는 고개를 돌려 낙우릉을 쳐다보 았다.

"방이 넓은데 이곳에서 하시겠습니까, 아니면 밖으로 나가 시겠습니까?"

낙우릉의 얼굴이 붉어졌다.

분노가 한계에 달하면 귀에서 연기가 난다고 했던가?

현재 낙우릉이 딱 그런 기분이었다.

"건방진……. 네놈들이 감히!"

하지만 그는 분노의 말을 미처 다 꺼내지도 못하고 입을 다 물어야만 했다.

"뭐, 아무 곳이나 상관없다면……."

말을 흐리며 천천히 돌아서는 사진옥이다.

전신에서 흘러나오는 싸늘한 냉기!

마치 잘 갈린 한 자루 칼을 보는 듯하다.

조금 전과는 완전히 다른 모습.

낙우릉은 타오르던 분노를 가라앉히고 눈을 가늘게 떴다.

"제법이군. 허풍선은 아니다, 이 말인가?"

딸각, 사진옥은 아무런 대답도 하지 않고 엄지로 도격을 밀 어 올렸다.

일순간 서릿발 같은 도기가 낙우릉을 향해 몰려갔다.

그제야 낙우릉도 신중한 표정으로 옆구리에 매달려 있던 반

원 형태의 기이한 무기, 두 자루의 월인도(月刃刀)를 꺼내 쥐었다.

후우웅!

찰나였다. 누가 끼어들 시간조차 없이 살을 에는 듯한 무형의 예기가 두 사람을 중심으로 휘돌았다.

바람도 없는데 펄럭거리는 옷자락. 금방이라도 살이 갈라져 피가 튈 것만 같았다.

두 사람의 간격은 이 장 정도.

하지만 무형의 기세를 뻗어낸 두 사람에게 이 장의 간격은 아무런 의미가 없었다.

이미 서로 간의 기가 얽혀든 상태. 이 장 정도 떨어져 있으나, 바로 코앞에 마주하고 있으나 두 사람에겐 마찬가지였다.

팽팽한 긴장감에 물러서 있던 사람들이 오히려 더 조바심을 내며 상황을 지켜보았다.

그때 전무심이 한 걸음 앞으로 나서며 손을 휘저었다.

"집을 다 부술 것이 아니라면 밖으로 나갑시다."

순간이었다. 두 사람 사이의 칼날 같던 예기가 눈 녹듯 사라져 버렸다.

낙우릉은 딱딱하게 굳은 표정으로 눈을 부릅떴다.

두 사람이 펼친 무형의 예기를 누르기 위해선 두 사람보다 훨씬 강한 내력을 지녀야만 가능하다. 가볍게 손짓 하나로 잠재울 수 있는 성질의 기운이 아니란 말이다.

한데 믿을 수 없게도 전무심은 가벼운 손짓 한 번으로 두 사람의 모든 기운을 잠재워 버렸다.

자신이 보지 못했다면 절대 믿지 않았을 일.

"좋아, 나가서 하지."

씹듯이 말을 뱉어내는 낙우릉의 얼굴이 결연한 표정으로 굳었다.

그사이 사진옥은 삐죽 튀어나온 도를 집어넣고 방문 쪽으로 돌아섰다.

절정고수들의 정식 대결.

하얀 눈밭에서의 결전은 사람들의 흥미를 자아내기에 충분했다.

사진옥의 무공에 대해 잘 알고 있는 사람들은 두 사람의 비무 결과를 추측하며 오히려 즐기는 분위기였다.

선공은 사진옥부터 시작되었다.

사진옥은 단혼십삼도의 쾌도식으로 공격의 물꼬를 트고 낙우릉을 압박해갔다.

비스듬히 올려치는가 싶은 데도 수십 개의 도영이 춤을 춘다.

절제된 움직임 속에 숨어 있는 신랄한 쾌도의 변화는 그 방향을 알고도 막기가 쉽지 않다.

그런데도 낙우릉은 당황하지 않고 신중하게 두 자루의 월인도를 교차시켜 사진옥의 공격을 막았다.

쩌저저정!

눈 깜박할 사이, 두 사람의 무기가 열두 번을 부딪치며 불꽃을 튀겼다.

그러고도 모자라는지 또다시 얽혀든다.

보는 것만으로도 눈이 어지러울 정도의 빠름이다.

쩡!

어느 순간, 대기가 터져 나가는 굉음이 일더니 사진옥의 도와 낙우릉의 월인도가 달라붙은 채 허공에서 멈췄다.

그 상태 그대로 두 사람은 한 걸음도 물러서지 않고 서로를 노려보았다.

"굉장하군."

낙우릉이 먼저 입을 열었다.

"이제 시작일 뿐이오."

거의 동시, 두 사람은 서로의 무기를 밀어내고는 그 반동을 이용해 간격을 이 장 거리로 벌였다.

그리고 다시 서로를 향해 달려들었다.

두 사람의 비무가 펼쳐진 지 십여 초. 백중지세의 상황은 좀처럼 바뀔 것 같지가 않았다.

이미 하얗던 눈밭은 누런 땅바닥을 드러낸 지 오래였다.

그렇게 막상막하의 접전이 이십여 초를 넘어가자, 마침내 두 사람의 무기에 은은한 강기가 어리기 시작했다.

서로가 상대의 무공을 인정하고 본격적인 실력을 드러내기 시작한 것이다.

"젠장, 저 엉큼한 놈이 그동안 본 실력을 드러내지 않았단 말이잖아?"

상유상의 투덜거림에 고후명이 차갑게 맞받아쳤다.

"실력을 드러내지 않은 게 아니라 네가 못 알아본 거겠지."

"뭐야? 그럼 너는 알고 있었단 말이야?"

"당연하지. 나도 발을 디뎠는데, 나보다 강한 진옥이가 강기를 쓰지 못한다면 말이 안 되잖아."

"하긴……."

예종이 속닥거리는 두 사람을 흘겨봤다.

"조용히 해. 본격적으로 싸우기 시작했어. 이제부터 진짜 볼 만하겠는걸?"

"너는 진옥이 걱정되지도 않냐?"

"무슨 걱정이야? 대형이 저렇게 지키고 있는데."

예종이 별걱정 다한다는 투로 시큰둥한 반응을 보일 때다.

"타앗!"

사진옥이 처음으로 기합을 내지르며 도를 휘둘렀다.

마침내 그가 표향귀도를 펼치기 시작한 것이다.

츠츠츠츠츠!!

종잇장처럼 찢겨나가는 대기!

도첨에서 뿜어진 실낱같은 도강이 낙우룽의 전신을 뒤덮는다.

"하앗!"

대경한 낙우룽도 한 소리 내지르고는, 한 쌍의 월인도를 교차시키며 둥근 강기막을 펼쳤다.

그가 평생을 수련한 쌍수월인십삼도였다.

까가가강!

사진옥의 도강이 절대 뚫리지 않을 것 같은 낙우릉의 도막을 정면으로 파고들었다.

두 줄기의 기운이 정면으로 부딪치자, 갈기갈기 찢기고 잘게 부서진 강기의 파편이 두 사람을 중심으로 휘돌았다.

이제는 단순한 비무가 아니었다.

한 치 앞도 내다볼 수 없는 예측불허의 격전이었다.

생사의 대결을 펼치는 것마냥 치열한 승부!

바로 그때였다!

조용히 지켜보던 전무심의 신형이 빨리듯이 두 사람 사이로 스며들었다. 순간,

쿠구궁!

묵직한 저음이 고막을 무겁게 짓누르는가 싶더니, 죽기 살기로 달려들던 두 사람이 약속이라도 한 듯 뒤로 주르륵 물러섰다.

동시에 두 사람을 감싼 채 휘돌던 굉렬한 기세도 한순간에 대기 속으로 흩어졌다.

"더 할 필요는 없을 것 같군요."

단 한 수.

전무심이 천강벽월수로 두 사람을 갈라놓고 조용히 입을 열었다.

자욱하게 피어올랐던 눈보라가 고요히 서 있는 그의 어깨

위로 내려앉는다.

가라앉은 침묵을 들썩이며 흘러나오는 거친 숨소리.

사진옥이 숨을 깊게 몰아쉬고 먼저 도를 내렸다.

비록 승부를 보지는 못했지만, 그리 불만은 없었다. 상대는 칠대마세의 하나인 마존궁에서도 다섯 손가락 안에 들어간다는 고수가 아니던가.

물론 전무심의 일수에 밀린 것은 더 생각할 것도 없었다. 당연한 일이었으니까.

하지만 낙우릉의 마음은 그와 달랐다.

이를 악물고 몸을 세운 그는 눈을 부릅뜬 채 앞만 바라보았다.

강할 거라 예상 못한 바는 아니었다. 하나 그렇다고 해서 단일수에 밀리다니. 그것도 비무가 한참 고조되고 있는 상황이 아니었는가 말이다.

두 사람을 혼자서 상대할 수 있는 실력이 없다면 어림도 없는 일. 그렇다면 자신 정도의 고수가 둘이 덤벼도 전무심을 감당할 수 없단 말이란 것인가?

낙우릉은 뇌리를 후벼 파는 충격에 등줄기로 식은땀이 흘러내렸다.

고요히 서 있는 전무심이 만년거암처럼 보였다.

그때 전무심이 사진옥에게 물었다.

"진옥, 천왕교에 너를 상대할 수 있는 사람이 얼마나 될 거라 생각하지?"

"글쎄요. 오십은 되지 않겠습니까?"

사진옥의 대답에 전무심이 고개를 저었다.

"너는 너 자신을 너무 과대평가하는 것 같다. 내가 아는 대로라면, 대충 추려도 아마 백 명이 넘을 것이다."

조금은 불만인 듯 사진옥의 입술이 위로 올라갔다.

그러자 전무심이 말했다.

"천왕가의 사람들을 잊지 말아라, 진옥. 그들을 모르고는 천왕과 백리군악을 상대할 수 없다."

그제야 전무심의 말뜻을 눈치 챈 사진옥의 낯빛이 굳어졌다.

"그러고 보니 부끄럽게도 그들에 대해 자세히 아는 게 없군요."

낙우릉은 두 사람의 이야기를 들으며 들끓어오른 내력을 다스리다 말고 어이가 없었다.

듣다 보니 가라앉으려던 내력이 다시 끓어오르는 것만 같다.

진옥이라는 젊은 자의 실력은 자신과 비슷했다. 직접 손을 나누어봤으니 인정하지 않을 수가 없었다.

한데 뭐라? 그와 비슷한 고수가 백 명이나 된다고?

웃기는 소리다. 말도 안 되는 소리!

'미친놈들!'

한데 그 와중에도 묘한 기분이 들었다.

그들의 대화에는 중요한 뭔가가 있다. 그런데 그게 뭔지 바로 생각이 나지 않는다.

공연히 가슴이 답답하고 숨이 막힌다.

뭘까? 뭔데 꼭 수렁에 빠진 것처럼 질척거리는 기분이 드는 걸까?

한데 그때 덩치가 커다란 곰 같은 놈이 쇠몽둥이로 이마를 치며 말한다.

"제길, 천왕대전에 한번 들어가 볼 걸 그랬나?"

그리고 남이야 죽든 말든, 턱까지 괴고 남의 싸움을 구경하던 계집도 한 소리 거든다.

"천왕가의 사람들이 사는 곳은 고위간부도 함부로 들어가지 못하는데, 네가? 아예 죽으려고 환장했다면 몰라도……."

그러자 다리 한쪽을 절룩거리던, 순한 얼굴을 한 놈이 이마를 좁히고는 눈빛을 빛낸다.

"가만, 그럼 대형은 천왕가에 들어가 봤다는 거야?"

순간 낙우룡의 머릿속에 벼락이 떨어졌다.

천왕교! 천왕대전! 천왕가!

'뭐, 뭐야? 그럼 이자들이 천왕교에서 나왔다는…… 말?'

휙 고개를 돌려 전무심을 바라보는 낙우룡의 눈이 튀어나올 듯이 커졌다.

문득 전무심과 낙우룡의 눈이 마주쳤다.

"들어가시죠? 할 이야기가 많으니까."

전무심은 눈이 마주치자 짧게 말하고는, 대답도 듣지 않고 몸을 돌렸다. 더 이상은 억지로 붙잡지 않겠다는 듯이.

그러자 다른 사람들도 우르르 전무심을 따라 방 안으로 들어갔다.

정원에 남은 사람은, 창백하게 얼굴이 굳은 낙우릉과 석상처럼 얼어붙은 모용창, 그리고 어정쩡한 표정의 화운곡뿐.

낙우릉은 전무심의 말을 듣고도 쉽게 움직이지 않았다. 아니, 움직일 수가 없었다.

상대가 자신의 정체를 드러냈다는 것. 바로 그것 때문이었다.

이제는 그냥 돌아가려 해도 고이 보내줄 것인지, 그것조차도 장담할 수가 없었다.

'완전히 체면 구겼군.'

마월이라는 이름으로 드넓은 섬서 일대를 좁다하고 수십 년간 활보했던 그가 아니었던가.

한데 이제는 십여 장에 불과한 마당에 서서 머리가 빠개지게 고민하고 있다.

그냥 가야 하나, 아니면 구겨진 체면 한 번 더 구겨진다 생각하고 들어가야 하나.

그냥 가자니 뒤가 찜찜하고, 들어가자니 조금 전까지 큰소리친 것이 부끄럽기만 하다.

그야말로 미치고 환장할 일이다.

그때 화운곡이 어깨를 으쓱 들어 올리며 말했다.

"이왕 이렇게 된 거, 안으로 들어가시죠."

낙우릉은 기회를 놓치지 않고 고개를 쳐들었다.

"어차피 눈이 많이 내려 밤길을 떠나기도 그러니 하루 머물고 가겠네."

살짝 붉어진 얼굴이 함박눈에 가려진다.

오늘 따라 함박눈이 고마워지는 낙우릉이었다.

'원로원의 늙은이들이 알면 배꼽을 잡고 뒹굴겠군. 젠장! 성주도 그렇지, 얼굴이 좀 젊어 보인다고 나를 보낼 게 뭐람……'

분위기는 조금 전과 완전히 달랐다.

모용창과 낙우릉은 굳은 얼굴로 전면을 바라보았다. 전무심의 말을 한마디도 놓치지 않겠다는 듯 바짝 신경을 곤두세우고서.

"들어서 아셨겠지만 저희는 천왕교에서 나왔습니다."

"으음……."

하지만 전무심의 말이 시작되자마자 낙우릉의 입에서 절로 신음이 흘러나왔다.

"그러나 저희더러 천왕교의 사람이냐 물으면 그렇다고도 할 수 있고, 아니라고도 할 수 있습니다."

"좀 더 자세히 말해줬으면 하네만."

"천왕교에서 자랐으니 천왕교의 사람이긴 하지만, 작금의 천왕교와 다른 길을 가고 있으니 아니라고도 할 수 있다, 이 말이지요."

"천왕교가 둘로 나뉘었다는 말처럼 들리는군."

"그렇게 생각할 수도 있겠지요."

"끄응, 복잡하군."

"복잡하게 생각할 것 없습니다. 천왕교의 사람들이라고 해서 모두가 욕심에 물든 사람은 아니라는 말이니까요."

"그럼 간단히 하나만 묻지. 자네가 원하는 것이 뭔가?"

전무심의 무심한 눈이 낙우룡의 눈에 꽂혔다.

"일차적으로 천왕교의 외부세력 중 하나인 공손세가를 무력화시키려 하는데, 마존궁이 협조해 주었으면 합니다."

"협조?"

도움이 아니라 협조라 한다.

대등한 관계를 유지하겠다는 말.

"마존궁으로서도 손해 갈 것은 없습니다. 힘이 커지면 마존궁이라 해서 무사할 수만은 없을 테니까 말이지요."

전이었다면 코웃음 쳤을 말이었다. 그러나 지금은 그럴 수가 없었다.

그래도 자존심을 굽힐 수는 없는 일. 낙우룡은 그 정도야 별거 아니라는 투로 말했다.

"공손세가가 본 궁에 위협이 될 거라 생각하나? 공손세가 정도는 우리 힘만으로도 충분히 견제할 수 있네. 마음만 먹으면 무너뜨리는 것 역시."

하지만 그가 생각하고 있는 공손세가와 전무심이 생각하고 있는 공손세가는 결코 같지 않았다.

"천왕교의 두뇌라 할 수 있는 사람이 공손세가의 일을 꾸몄습니다. 그리고 제가 아는 대로라면, 그는 지금쯤 혈곡마저 손아귀에 쥐었을 겁니다. 아직 인식을 하지 못해서 그렇지, 이미 섬서는 한 치 앞도 볼 수 없는 전쟁터나 마찬가집니다."

낙우릉의 눈이 커졌다.

"그들이 혈곡을?"

"아니었으면 좋겠지만, 그럴 확률이 십중팔구는 확실합니다."

공손세가에 혈곡마저 천왕교의 주구일지 모른다는 말은 낙우릉에게도 충격일 수밖에 없었다.

"게다가 곧 천왕교가 본격적으로 움직일 겁니다. 그들이 쏟아져 나오면, 그때부터 폭풍이 몰아칠 겁니다. 피의 폭풍이 말이지요."

잠시 침묵이 흘렀다.

앞에 놓인 찻잔 속의 차는 이미 식은 지 오래였다.

낙우릉은 식어버린 차를 단숨에 마셔 버리고 천천히 입을 떼었다.

"성주께 말씀드리겠네. 하나 그전에 자네가 하고자 하는 방법을 알았으면 좋겠군. 또한 우리가 어떻게 협조했으면 좋겠는지, 하는 의견까지 말이야."

전무심은 낙우릉의 눈을 직시한 채 한 자 한 자 씹어뱉듯이 말했다.

"우리는 천왕교에서 나온 자들을 중점적으로 처리할 것입니다. 그들이 열이든, 백이든. 천왕율을 어긴 자들은 모두 우리의 적이니까 말입니다."

말만으로도 핏물이 뚝뚝 떨어지는 듯했다. 눈앞에 혈해가 펼쳐진 것만 같았다.

낙우릉은 자신도 모르게 탁자 아래에 놓인 주먹을 움켜쥐었다.

그때 전무심이 말을 이었다.

"하나 무턱대고 그들을 찾아 돌아다닐 수도 없는 일. 더구나 우리는 숫자가 적은 만큼 정보를 얻기가 쉽지 않습니다. 해서 드리는 말씀입니다만, 마존궁의 정보망을 이용할 수 있었으면 합니다. 결코 마존궁에 해가 되지는 않을 겁니다."

해는커녕 그 정도의 조건이라면 오히려 대환영이었다.

낙우릉은 생각보다 전무심의 요구가 단순하자 내심 안도의 숨을 내쉬었다.

그 정도라면 궁의 원로회의에서 반대할 사람도 없을 듯했다.

그는 보다 가벼워진 마음으로 입을 열었다.

"어차피 있는 정보망을 활용하는 것이니 그건 그리 어렵지 않을 것이네. 게다가 공손세가의 서쪽 진출에 대해선 본 궁도 보고만 있지는 않을 것이니, 손발만 잘 맞추면 더 좋은 결과를 가져올 수도 있을 것이네."

마치 모든 것이 결정된 것처럼 말하는 낙우릉이다.

전무심은 그런 낙우릉을 바라보며 조용히 고개를 끄덕였다.

마존궁이 보고만 있지 않을 거라는 것은 누구나 알고 있는 일. 하기에 굳이 말하지 않았다.

"우리는 시기가 될 때까지 장안에 머무를 것입니다. 천왕교의 움직임이 간파되면 천가장으로 사람을 보내십시오. 그리고 당분간은 꼭 말해야 하는 사람이 아니면 우리의 정체에 대해서는 입을 다물어주시기 바랍니다."

"아무래도 그렇게 해야겠지. 우리 역시 자네들의 정체로 인해 오해를 받고 싶지는 않으니까. 한데… 천가장이라고 했나? 장안검협 천수경의 천가장?"

의아해하는 낙우릉을 향해 전무심이 말했다.

"전에 그곳에서 호장무사로 보표 일을 한 적이 있습니다. 당분간은 그곳의 신세를 지려 합니다."

호장무사란다. 보표를 했단다. 절정의 고수 둘이 힘을 합해도 이길 수 있을지 장담할 수 없는 고수가.

낙우릉은 어이가 없는 정도를 떠나 허탈한 웃음이 나올 지경이었다.

"천가장이 몰락했다더니, 헛소문이었나 보군. 자네 같은 고수를 보표로 썼다니 말이야."

"한 달에 은자 열 냥씩 받았지요."

"……!"

낙우릉은 또다시 머리가 지끈거렸다.

'끄응, 이놈이 지금 나를 놀리는 거 같은데…….'

온 세상이 하얗게 변한 아침. 식사를 마치자마자 낙우릉과 모용창이 떠나갔다.

그들의 모습이 보이지 않자 사진옥이 물었다.

"저들을 믿을 수 있겠습니까? 굳이 우리의 정체를 밝힐 필요는 없었을 것 같았는데요."

"상관없다."

"예?"

"어차피 천왕의 무리와 싸우다 보면 알려질 수밖에 없다. 그리되면 오히려 같은 편도 떨어져 나간다. 그럴 바에는 차라리 처음부터 선을 긋는 게 나아."

잠자코 있던 소미하란이 오랜만에 입을 열었다.

"저도 전 공자님의 생각이 옳다고 생각해요. 나중에 뒤통수 맞는 것보다는 적아를 구분해 놓는 것이 훨씬 편할 테니까요."

순간 사진옥을 비롯해 상유상과 예종과 고후명이 흠칫하고는, 흘깃 전무심을 쳐다보았다.

전무심은 그들의 반응을 이해하고 쓰디쓴 미소를 지었다.

"너무 깊게 생각할 것 없다. 겪어보면 알겠지만 생각보다 험한 곳이 강호. 힘만이 능사가 아닌 곳이야. 마존궁 정도라면 우리에게 적지 않은 도움이 될 것이다."

그 말에 고후명이 물었다.

"그런데 대형, 마존궁의 힘이 어느 정도나 됩니까?"

"글쎄, 내가 아는 대로라면 과거의 집마원보다 조금 큰 정도일 거다."

"음……. 제법이군요."

낙우룽이 들었으면 기가 막혀 뒤로 넘어갔을 말을 아무렇지도 않게 하는 두 사람이다.

진성자는 그 생각을 하자 웃음이 나왔다.

하지만 그것도 잠시, 그는 좀 더 생각을 하고는 몸을 부르르 떨었다.

'그럼 천왕교 전체의 힘을 합하면 얼마나 강하다는 거야?'

한 번 겪어봤는데도 도무지 짐작할 수가 없다.

그래서 물어봤다.

"정천무맹이라면 상대할 수 있지 않을까?"

전무심이 대답했다.

"정천무맹이 전력을 다한다면 가능할지도. 하지만 그게 가능할지 모르겠소."

진성자는 뜨끔한 표정으로 고개를 돌렸다.

전무심이 정천무맹의 약점을 정확히 집어낸 것이다.

아마 종남도 그리하지 않을 게 분명하다. 하물며 소림이, 무당이, 다른 어느 문파가 본산을 비우고 전력을 정천무맹에 보낼 것인가.

'입만 열면 염불이나 외우고 도호나 외쳐 댈 줄 알지, 제 식구만 챙기려는 사람들이 그렇게 할 리가 없지.'

진성자는 쓸쓸한 마음에 깊은 한숨을 내쉬었다.

"휘유……. 관을 보고 나서야 눈물을 흘리려는 건지……."

상유상이 그런 진성자를 향해 말했다.

"도장, 한숨만 쉬지 말고 심심하면 대련이나 해봅시다. 구대

문파의 검이 어떤 건지 한 번 구경이나 해보게 말이오."

진성자가 샐쭉한 눈매로 상유상을 흘겨보았다.

'답답한데 저놈이나 두들겨 패? 보아하니 제일 약한 듯한데……'

더구나 덩치가 커서 몇 대 때린다고 표도 나지 않을 것 같았다.

진성자는 속으로 사악한 웃음을 지으며 고개를 끄덕였다.

"그럴까? 그러잖아도 자네들의 무공이 궁금했었는데 잘됐군."

결국 진성자는 적어도 몇 달은 후회할 일을 한순간에 결정해 버리고 말았다. 하긴 예종의 성격을 잘 모르는 그로선 어쩔 수 없는 일이었다.

"갑시다!"

활기찬 상유상의 목소리가 들리자 진성자는 어기적거리며 밖으로 나갔다. 물론 속으로야 실실거렸지만.

그러자 사진옥과 고후명과 예종이 흥미 가득한 표정으로 따라 나가고, 황무곤과 궁사한과 소미하란이 미적거리며 뒤따라갔다.

그리고 잠시 후, 아침 햇살이 환하게 비추는 가운데 비무가 벌어졌다.

第四章
살 가치가 없는 자는 죽어도 싸다

日弟子趙孟頫敬書 至大改元四月

道古廣為傳

長壁前再拜禮一天師輿

千秀芳景深愛掄本籬 雨開容董現改

芽開放近天下 潭興和名放家 畀

死
星
天
血

1

장안으로 가는 길은 배우 평탄했다. 봄이었다면 초록색으로 물들어 있을 들판이, 산이 하얗게 변해 있는 것도 제법 운치가 있었다.

시도 때도 없이 터져 나오는 콧소리만 아니었다면 분명 모두가 발이 시린지도 모르고 즐겁게 걸었을 길이었다.

예종의 송곳 같은 콧소리만 아니었다면 말이다.

"흥! 흥!"

예종의 콧소리가 커지면 두 사람이 고개를 돌리고 죄없는 하늘만 욕했다.

"어, 더럽게 맑다."

"지미, 뭔 놈의 눈이 이렇게 많이 내린 거여? 하늘이 미쳤나?"

하늘을 올려다보며 투덜거리는 상유상의 눈두덩이 시퍼렇게 물들어 있다.

진성자와의 비무로 인한 결과였다.

'썩을 놈의 엉터리 도사 같으니라구. 검을 썼으면 끝까지 검을 써야지, 왜 갑자기 주먹을 써?'

물론 진성자도 멀쩡한 것은 아니었다.

고후명보다는 덜하지만 절뚝거리며 걷는 걸음이 분명 정상은 아니었다.

'제기랄! 뭔 여도우가 저렇게 사나워?'

갑자기 자기하고도 싸우자며 달려드는 바람에 하마터면 허벅지가 꼬치처럼 꿰일 뻔했다.

'매일같이 투닥거려서 사이가 안 좋은 줄 알았더니, 그게 아니었나?'

여자를 잘 모르는 진성자로선 죽었다 깨어나도 이해하지 못할 터였다.

하지만 살짝 찔린 허벅지는 나으면 그뿐, 진짜 문제는 그것이 아니었다.

"남의 남자를 너구리로 만들다니. 두고 봐! 종남의 제자들 눈탱이를 밤탱이로 만들고 말 테니까!"

말하는 투로 보나, 하는 행동으로 보나 정말 그럴 것 같았다. 그래서 문제였다. 그러잖아도 말썽만 부린다고 찍힐 대로

찍혔는데, 오늘 일로 인해서 어떤 일이 벌어진다면 새까만 후배들도 기어오를 것이 아닌가 말이다.

걱정이 태산처럼 짓누르니 다리가 더 아픈 것 같았다.

진성자는 어디 쉬어갈 데가 없는지 좌우를 훑어보았다.

하지만 보이는 것은 눈, 눈, 눈, 온통 눈에 쌓인 산과 들뿐이었다.

아니, 다른 것이 보이기도 했다.

"어?"

진성자는 자신이 잘못 본 것이 아닌가 하고 눈을 비볐다.

그런데 전무심이 말한다.

"큰 싸움이 벌어졌던 것 같군요."

자신이 잘못 본 것이 아니었다. 하얀 눈 바탕에 붉게 물든 자국. 그것은 분명 핏자국이었다.

"내가 가보지."

예종의 코웃음 소리에서 벗어날 수 있는 절호의 기회였다.

진성자는 언제 절뚝거렸냐는 듯 잽싸게 몸을 날렸다.

그 뒤로 예종의 코웃음이 날아갔다.

"흥! 역시 엄살이었어! 좀 더 깊게 찔렀어야 했는데!"

날 듯이 뛰어가던 진성자의 신형이 휘청거렸다.

그러나 이미 엎질러진 물. 그는 두 다리에 힘을 주고 걸음을 더 빨리했다.

그러던 어느 순간,

"헉!"

급히 걸음을 멈춘 그의 입에서 헛바람 빠지는 소리가 새어
나왔다.

근 백여 장에 달하는 계곡 전체가 피로 얼룩져 있었다.

그나마도 반 이상이 눈으로 덮여 있어서 그렇지, 눈이 녹으
면 지옥이 따로 없을 터였다.

"혈곡의 무사들이군."

그때 갑자기 바로 뒤에서 나직한 목소리가 들려왔다.

"어헉!"

진성자는 대경하며 홱 몸을 돌렸다.

언제 왔는지 바로 앞에 전무심이 서 있었다.

'귀신도 아니고……. 하마터면 간 떨어질 뻔했잖아!'

진성자는 가슴을 쓸어내리며 떨리는 목소리로 말했다.

"백 명도 넘게 죽은 것 같네."

"아무래도 일이 벌써 시작된 것 같소."

백여 구에 달하는 시신. 그것도 모두가 혈곡의 무사들로 보
인다. 그것이 뜻하는 바는 한가지였다.

혈곡의 무사들끼리 싸웠다는 것.

왜 싸웠을까 하는 것은 굳이 깊게 생각할 것도 없었다. 조금
은 예상하고 있던 일이었으니까.

다만 생각보다 빠르다는 것, 그것이 문제였다.

"일단 주위를 살펴봅시다. 혹시라도 살아 있는 자가 있을지
모르니."

전무심은 말을 마치자마자 계곡 아래로 몸을 날렸다.

뒤이어 다른 사람들도 굳은 얼굴로 계곡 안쪽을 바라보고는 곧바로 아래로 내려갔다.

계곡은 그리 깊지 않았다. 경사도 완만해서 오르고 내리는데 그리 어렵지 않았다. 눈이 많이 쌓인 것이 걸리적거리긴 했지만, 그들과 같은 고수들에게는 그리 문제될 것이 없었다.

생존자를 처음 발견한 사람은 전무심이었다.

그러나 팔이 잘리고 가슴에 구멍이 뚫린 그는 한마디도 남기지 못한 채 그대로 절명하고 말았다.

그리고 잠시 후, 궁사한이 또 다른 생존자를 발견했다.

그는 내장이 쏟아지다시피 했는데도 한 가닥 숨이 붙어 있었다.

다행히 근처에 있던 전무심이 바로 손을 쓴 덕에 그는 잠깐이나마 정신을 차릴 수 있었다.

"탈주……. 다른 사람… 구해……. 혈웅당주……."

결국은 몇 마디 남기지도 못하고 숨을 거두었지만, 그가 남긴 마지막 한마디는 전무심의 머릿속에 하나의 그림을 그리게 했다.

혈웅당주라면 혈도웅 거승을 말함일 터. 전무심은 일의 전말을 대충 짐작할 수 있었다. 그리고 시신들 속에 거승이 이끄는 십팔웅의 모습이 보이는 않는 것을 보고는, 어쩌면 그들이 살아 있을지 모른다는 생각이 들었다.

'거승이 결국 뭔가를 알아챘다는 말. 어쩌면 홍곽열도 쫓기

고 있을 것이다. 그리고 또 다른 사람도 있겠지.'

그렇다면 머뭇거릴 여유가 없었다.

싸움이 벌어진 것은 두어 시진 남짓. 멀리 갔다면 이백 리 이상 갔을 것이고, 싸우면서 도주하고 있다면 백 리 이내에 있을 게 분명했다.

"궁 형, 사람들과 함께 작수의 객잔에서 기다리시오!"

전무심은 궁사한에게 빠르게 말하고는 즉시 허공으로 몸을 뽑아 올렸다.

다른 사람들과 함께 가다 보면 헤어질지도 몰랐다. 어차피 거리가 벌어지고 흩어지면, 도움이 되기보다는 불필요한 시간만 소모될 뿐이었다.

사람들이 고개를 들었을 때, 이미 전무심의 신형은 계곡 위를 날아 넘고 있었다.

거승의 도주로를 짐작하는 것은 그리 어렵지 않았다.

그는 수하들을 이끌고 혈곡이 있는 혈전산에서 싸움이 벌어진 소하구까지 계속 서쪽으로만 달려왔다.

무엇 때문인지, 어디로 가려는지 그것은 알 수가 없었다. 다만 그가 계속 서진을 했다는 것은, 서쪽의 어딘가로 가려 했다는 것이다.

물론 적을 피하기 위해 갑작스럽게 방향을 틀 수도 있었다. 그러나 계곡에서 이어진 흔적으로 봐선 근접거리로 추적을 당하는 듯했다. 그렇다면 굳이 방향을 틀지 않았을 게 분명했다.

그럴 바에는 한시라도 원하는 곳으로 가는 게 나았을 테니까.

아니나 다를까, 이십여 리를 가기도 전에 싸움의 흔적을 발견할 수가 있었다.

눈에 덮이긴 했지만, 못 알아볼 정도는 아니었다. 오히려 드러난 흔적은 눈으로 인해 더욱 뚜렷해서 그 방향까지 확연히 알 수 있을 정도였다.

전무심은 흔적이 이어진 방향을 따라가며 속력을 배가했다.

하얀 눈 위에 검은 장포의 전무심.

마치 한 마리 검은 새가 바람을 타고 눈 위를 날아가는 듯했다.

그렇게 삼십여 리를 가자 바람에 비명이 섞여 들려오기 시작했다.

아직은 까마득히 멀어서 소리만으로는 바람 소리인지 비명 소리인지 분간이 가지 않았지만, 전신의 신경을 올올이 곤두세우는 느낌은 그 소리가 사람의 비명이라는 것을 확신케 해주었다.

그러더니 완만한 산 하나를 넘어갔을 때다.

비명이 메아리치며 들려온다.

십여 리, 이제 코앞이었다.

다행히 상황이 끝나지는 않은 것 같았다.

무기 부딪치는 소리, 비명 소리. 그리고 악다구니를 써대는 소리.

"개새끼들아! 형제같이 지냈던 네놈들이 어떻게 나에게 이럴 수 있단 말이냐!"

문득 숲속에서 거승의 목소리가 들려온다.

순간 전무심의 입가에 싸늘한 냉소가 맺혔다.

형제들에게 검을 겨눈 자들. 한낱 욕심으로 형제의 가슴에 검을 꽂는 자들!

가슴 깊은 곳에서는 시퍼런 불길이 휘돌았다.

화아아악!!

휘돌던 불길이 순식간에 전신으로 퍼져 나간다.

너무도 뜨거워 세상 무엇이라도 태워 버릴 것만 같은 뜨거운 불길이!

'살 가치가 없는 자들은 죽어도 싸다!'

어느 순간, 전무심의 신형이 송림 위로 날아올랐다.

그리고 서서히 아래를 향해 떨어져 내렸다.

오른손에 무정을 빼어 든 채!

고오오오오오!

격전을 벌이고 있던 자들은 백여 명. 그중 거승과 거승을 따르는 사람들을 공격하는 자는 칠십여 명이다.

전무심은 그들 한가운데로 천천히 하강했다.

동시였다. 전무심이 천라혈왕공을 일으켜 휘돌리자, 송림을 덮고 있던 눈들이 눈보라를 일으키며 사방으로 비산한다.

미친 듯이 싸우던 자들이 하나둘 고개를 쳐든 것은 바로 그때였다.

"저, 저……!"

"웬… 놈이냐?!"

햇살에 반사된 눈보라가 눈부시다.

그 가운데 검은 장포를 휘날리며 천천히 내려서는 한 사람. 그의 손에 들린 검에서 시퍼런 검강이 주욱 뻗는다.

고개를 쳐든 사람들의 표정이 경악으로 물들었다.

와중에 거승이 그를 알아보고 소리쳤다.

"전무심?!"

그에 대한 대답은 눈부신 하늘에서 쏟아진 날벼락이었다!

"크억!"

"으아악!"

"케에엑!"

벼락이 휩쓸고 지나간 곳에서 자욱한 피안개가 피어올랐다.

동시에 지상에 내려선 전무심이 지옥의 검무를 추기 시작했다.

시퍼런 벼락이 사방으로 퍼져 나간다.

더욱 짙어지는 붉은 피안개.

그건 경이였다. 공포의 경이!

빤히 보고 있으면서도 누구 하나 손을 쓰지 못했다.

심지어 거승조차 제발 그만두라며 말리고 싶었지만, 입이 떨어지지 않았다.

삽시간이었다.

십여 초가 지나기도 전, 이십여 명이 전신이 난도질당한 채

고혼이 되었다.

살아남은 자들은 물러서기에 바쁘고, 그들을 이끌던 자들은 창백하게 질린 얼굴로 정신없이 소리친다.

"죽여! 공격해! 놈은 하나다!!"

"물러서는 놈은 내 손에 죽는다!"

그들 중 한 놈이 발악하며 설친다.

양손에 두 자루의 짧은 단창을 들고 있는 자. 마심쌍창 양록, 바로 그였다.

하지만 그들에 앞서 전무심이 먼저 그들을 향해 쇄도했다.

칭!

찰나였다!

그의 손가락 사이에서 가벼운 소음이 들리는 듯했다.

쒜에에에엑!

동시에 지옥혈심표가 그의 손을 떠나고, 붉은 번개가 숲속을 한 바퀴 휘돌았다.

비명! 공포에 질린 아우성!

아름드리 소나무도 부러지고, 일류고수라 자부하던 무사들의 허리도, 목도 잘렸다.

또다시 십여 명이 저항도 해보지 못하고 쓰러진다.

"형제들에게 검을 겨눈 자는 누구도 이곳에서 살아나가지 못한다!"

그리 크지 않은 목소리였다.

그러나 염왕의 노성이었다.

"전 공자……!'

거승이 떨리는 목소리로 전무심을 불렀다.

전무심이 뒤도 돌아보지 않고 말했다.

"귀하를 따르는 사람들은 모두 엎드리라고 하시오. 서 있는 자들은 모두 죽을 테니까."

그가 왜 분노하는지는 알 길이 없었다.

그러나 따르지 않으면 죽는다는 것 또한 분명한 사실이었다.

우수에 무정을, 좌수에 지옥혈심표를 쥔 전무심이 곧 지옥염왕이었다.

그때 몇 사람이 숲을 빠져나가기 위해 몸을 날렸다.

순간 전무심의 좌수가 흔들렸다.

쒜에에엑!

귀청을 찢을 듯한 울음소리.

이어서 몇 차례의 비명이 이어지며 숲을 빠져나가려던 자들은 하나도 성공하지 못하고 모두 고혼이 되었다.

"전 공자!"

그때 거승이 뒤에서 빽 소리쳤다.

"그냥 보내주시오! 비록 나를 죽이려고 온 자들이지만, 한때나마 내 형제였던 자들이오!"

"저들은 당신을, 그리고 당신을 따르는 사람들을 죽이려 한 자들이오."

"저들 중에는 원하지 않는 자들도 있소! 가족이 있으니, 형제가 있으니 어쩔 수없이 따르는 자들도 있단 말이외다!"

전무심이 천천히 돌아섰다.

전신이 피로 물든 거승이 보였다.

찢어진 옷 사이로 계속 배어 나오는 핏물이 바닥으로 뚝뚝 떨어진다.

그런데도 거승은 눈에 힘을 주고 전무심을 마주 보았다.

"부탁이오. 갈 사람은 그냥 가게 놓아주시오."

전무심의 눈매가 꿈틀거렸다.

자신을 죽이려 한 자들을 놓아주라니. 생각지도 못했던 말이다.

한데 눈 한 번 깜박하지 않는 것이 진심인 듯하다.

전무심은 고개를 돌리고 무심히 말했다.

"당신도 누구만큼이나 멍청한 사람이오, 거승."

그때였다.

"거 당주님!"

"크윽! 당주님!"

적들 중에 이십여 명이 털썩 무릎을 꿇으며 울먹였다.

그 광경에 행여나 전무심이 또 손을 쓸세라 거승이 다급히 말했다.

"뭐 해, 이 새끼들아! 빨리 안 가!"

적들 중 그때까지도 서 있던 자들이 무기를 쥔 손에 힘을 준다.

적에게 등을 보이는 자는 용서치 않겠다는 듯한 표정이다.

그러자 전무심의 입이 열리고 나직한 음성이 잇새로 새어 나왔다.

"그들을 막지 마라."

엉거주춤, 일어서는 수하들을 향해 눈을 부라리던 자들이 부르르 몸을 떨었다.

순간이었다.

땡그랑!

한 사람이 칼을 내던지고는 울먹이며 소리쳤다.

"그만두겠어! 더는 도저히 못하겠어. 왜 우리가 거 당주님을 죽여야 하는 거지? 말해봐! 왜 우리가 거 당주님을 죽여야 하느냔 말이야! 이 개새끼들아!"

철컹, 투둑…….

십여 명이 무기를 내려놓았다.

"나도 못하겠어. 지금까지 한 것만으로도 미칠 것 같아. 명령? 지미, 그런 건 개나 물어가라고 해!"

"맞아! 돌았어! 모두가 돌았어! 대체 장로원에선 무슨 생각을 하고 있는 거야?"

남은 자는 이십여 명. 그러나 그들 중 반 수 가까이가 슬며시 고개를 돌린다. 동참할 수 없어 미안하다는 표정으로.

누구도 그들을 뭐라 하지 않았다. 그들은 대부분이 혈곡에 가족을 둔 사람들이니까.

전무심은 대충 적아의 구분이 나누어지자 주춤거리며 물러서는 자들을 노려보았다.

그때 거승이 으르렁거리듯 말했다.

"전 공자, 염치없지만 한 가지 부탁을 더 해도 되겠소?"

"말해보시오?"

거승이 검지를 들어 올려 한 사람을 가리켰다.

"저놈을 죽여주시오. 형제들을 웃으면서 죽인 저 양가 놈을. 저놈만큼은 살아가면 안 되오."

찰나였다.

전무심의 신형이 길게 늘어졌다.

동시에 양록의 신형이 튕기듯이 뒤로 날아갔다.

그러나 채 삼 장을 날아가기도 전이었다.

전무심의 좌수가 양록의 뒷목으로 떨어져 내렸다.

항거할 수 없는 기세를 동반한 수룡금나!

"너는 갈 수 없다!"

고막을 후벼 파는 지옥사신의 목소리다.

시퍼렇게 질린 양록은 홱 몸을 돌리며 손에 들린 쌍창을 휘둘렀다.

쩡!

전무심은 우수에 들린 무정으로 두 자루의 창대를 한꺼번에 튕겨내고, 좌수를 쫙 뻗어 양록의 목을 움켜쥐었다.

콰직!

"꺼억!"

그리고는 억눌린 신음을 토해내는 양록을 아름드리 소나무에 그대로 처박아 버렸다.

비명을 지를 틈도 없이!

쾅!

우수수, 나무 위에 쌓였던 눈들이 두 사람에게 쏟아졌다.

전무심은 소나무에 반쯤 박힌 양록을 쳐다보며 나직이 말했다.

"형제의 죽음을 즐기다니, 너는 누워서 죽을 자격도 없다."

하얀 눈과 붉은 피. 그 위에 널브러진 시신들.

살아서 돌아간 자는 이십여 명. 남은 자도 이십여 명이었다.

거승과 십팔혈응객 중 여덟 명. 홍곽열과 그가 이끄는 열두 명의 혈수귀 중 일곱 명. 그리고 팔대기주 중 세 명이 살아남았다.

거승은 전신에 크고 작은 상처를 입었지만 다행히 근맥이 잘리는 중상은 면한 상태였다.

그러나 홍곽열과 세 명의 기주는 그렇지 못했다.

홍곽열은 손가락 두 개가 잘리고, 옆구리에도 내장이 보일 정도의 큰 상처를 입은 상태였다. 더구나 깊게 파인 어깨는 뼈가 완전히 부러져서 상처가 낫는다 해도 한 팔을 쓸 수 없을 듯했다.

또한 팔대기주 중 살아난 세 사람도 그 상처가 홍곽열과 별반 다르지 않았다.

"곡주가 주화입마에 빠진 그날, 몰래 곡주를 찾아간 것을 본 사람을 찾았소. 해서 현오량을 추궁하기 위해 찾아갔는데, 함께 현오량을 찾아갔던 사람들 중 반이 놈의 방을 빠져나오지도 못하고 죽었소."

급한 대로 상처를 싸매고 나자 거승이 처연한 표정으로 입을 열었다.

"미리 수하들을 대기시켜 놓지 않았다면, 우리 역시 그 자리에서 뼈를 묻었을 것이오."

"다른 원로들은 지켜보기만 했단 말이오?"

거승이 이를 앙다물었다.

"원로들 중 태반이 놈의 말에 넘어간 상태였소. 그나마 끝까지 그를 반대하던 원로들조차 모두 놈에게 당한 것 같고……."

"당했다? 갇히거나 죽은 것이 아니고, 당했다?"

"정확한 것은 아니오. 단지 원로들의 눈빛이 정상이 아니어서 그리 생각한 것뿐이오. 악착같이 반대하던 분들이 며칠 사이에 갑자기 현오량을 지지하다니……. 나는 그분들이 마음을 바꾼 것과 눈빛에 광기가 떠도는 것 사이에 어떤 관계가 있지 않을까 생각하고 있소."

광기?

전무심의 눈빛이 깊어졌다.

"혹시 약물에 당한 것 같지는 않았소?"

"확실한 것은 모르겠소. 하나 그것 역시 배제할 수는 없을 것이오."

환락단!

문득 전무심의 머릿속에 그 이름이 떠올랐다.

확실하지는 않다. 그러나 만일 그의 생각대로 혈곡의 원로들을 굴복시킨 약물이 환락단이라면, 그 문제가 혈곡만으로 끝나지 않을 터였다.

헌원무강과 광인들. 그리고 이번에는 혈곡이다. 다음에는 어디에다 사용할지 누가 안단 말인가?

만일 정파에 사용한다면?

그것은 진정 두려운 일이었다.

'환락단에 대해 더 자세히 알아봐야겠어.'

전무심이 환락단을 생각하고 있을 때다. 시신과 부상자 처리를 지휘하던 십팔혈웅객의 첫째 대응이 거승에게 다가왔다.

"당주, 시신들을 모두 묻었습니다."

거승이 고개를 끄덕이고는 소나무에 기대 앉아 있는 홍곽열을 바라보았다.

"홍가야, 어떻게 할래? 계속 마존궁으로 갈 거냐?"

"아니면, 다른 방법이라도 있어? 마도인을 반길 곳이, 현오량 그 늙은이를 상대할 수 있는 곳이 마존궁 말고 있으면 말해봐."

그랬던가? 이들이 가려고 했던 곳이 마존궁이었던가?

이해할 수 있는 일이었다.

정파가 이들을 받아줄 리 없으니 종남이나 화산으로 갈 수도 없고, 그렇다고 중소 마도문파로 가면 더 위험하다. 혈곡과 척을 질 생각이 아닌 이상, 오히려 칼을 겨누지 않으면 다행이다.

결국 어차피 동쪽으로 가지 않은 이상, 이들이 갈 곳은 혈곡과 힘이 비슷한 마존궁밖에 없는 것이다.

아니면 떠돌이 낭인이 되어 멀리 떠나야 되는데, 그렇게 되면 복수를 포기해야 될지 모르는 상황. 아마 그럴 수는 없었을 것이다. 자신들이 존경하던 곡주를 죽음이나 다름없는 길로 내몰고, 혈곡을 남의 뒤치다꺼리나 하는 하부 문파로 전락시킨 현오량, 놈을 죽여야 한다는 일념으로 혈곡을 떠난 사람들이니까.

"마존궁의 사문천이 괜찮은 사람이라는 것은 나도 알고 있네. 섬서의 마도세력 중 현오량을 상대할 수 있는 곳도 그곳뿐이고. 하지만 뭔가 찜찜해. 그는 자존심이 강한 만큼 욕심도 많은 사람이야. 복수를 한다 해도 많은 것을 내놔야 할 거네."

거승의 말에 홍곽열이 대뜸 열을 냈다.

"누가 그걸 모르나? 하지만 방법이 없잖아!"

거승이 나직이 말했다.

"아주 없는 것은 아니지."

말을 꺼낼 때부터 뭔가 생각이 있었다는 듯한 말투다.

홍곽열의 눈이 커졌다.

"말해봐. 뭐야? 뭔데 그렇게 뜸을 들여?"

거승이 천천히 고개를 돌려 전무심을 바라보았다.

홍곽열의 고개도 거승의 눈길을 따라 돌아갔다.

"너, 설마……?"

"물론 전 공자가 받아줘야 하겠지만."

홍곽열의 눈에서 열기가 피어올랐다.

전무심에 대해 아는 것이 거의 없는 그다. 기껏해야 전무심이 정파의 사람도 마도의 사람도 아니라는 것, 무공이 절정고수인 자신들을 가지고 놀 정도라는 것만 알 뿐이다.

그러나 그 모든 것을 젖혀놓더라도, 그는 마존궁보다 전무심이 더 마음에 들었다. 절망적인 상황에서 자신들의 목숨을 구해준 사람이 아닌가 말이다.

"안 받아주면?"

"그럼…… 무조건 따라가는 거지 뭐."

"그래? 그럼 나도 따라간다. 설마 죽이기야 하겠나?"

아예 결정을 했다는 말투다.

죽일 테면 죽여봐라, 그래도 따라갈 테니까, 하는 표정이다.

전무심은 고개를 내려 자신을 바라보는 두 사람을 직시했다.

이미 두 사람의 말을 다 들은 그였다. 두 사람의 말이 뭘 뜻하는지 모르지도 않았다.

그 역시 사람이 필요한 상황. 거승이나 홍곽열이라면 많은 도움이 될 게 분명했다.

그러나 제약이 있는 것 또한 사실이었다.

우선은 그것부터 해결하고 봐야 했다.

"나를 따라가면 무조건 내 말을 들어야 하오. 듣지 않을 거면 아예 따라오지도 마시오."

거승이 열기를 담아 대답했다.

"그거야 당연한 일이오."

전무심이 또다시 말했다.

"나는 장안으로 갈 것이오. 내가 가고자 하는 곳에는 종남과 화산의 제자들이 있소. 소란은 절대 용납하지 않겠소."

종남과 화산이라는 말에 홍곽열이 미적거리며 고개를 끄덕였다.

"뭐, 할 수 없지. 그렇게 하리다."

어차피 죽여도 따라가겠다는 생각을 굳힌 터. 그 정도의 조건쯤은 아무것도 아니었다.

두 사람이 순순히 대답하자 전무심이 마지막 조건을 말했다.

"그리고 옷을 바꿔 입으시오. 다른 색으로."

솔직히 '나 혈곡 사람이오' 하는 표가 확연히 나는 옷을 입고 장안으로 가기에는 문제가 있었다.

거승이 어색한 표정으로 물었다.

"어떤 색이 좋겠소?"

"짙은 청색으로 입으시오."

언젠가 천소령이 말했었다.

천가장의 사람들은 전통적으로 짙은 청색의 옷을 즐겨 입었다고.

2

굵은 황촛불 아래 앉아 있는 두 노인은 쌍둥이처럼 닮아 보였다.

통통한 얼굴, 살짝 들린 코, 조금 크게 느껴지는 눈에 기다란 눈썹. 언뜻 보면 분간하기가 힘들 정도였다.

하지만 그들은 쌍둥이도 아니었고, 가까운 형제도 아니었다.

백리군악은 그 사실을 누구보다도 잘 알고 있었다.

"이렇게 천외비각의 두 분을 모시게 되어 영광입니다."

"쿵, 영광은 무슨…… 오히려 천왕조차 버겁게 하는 자네를 만난 우리가 영광이지."

백리군악은 빙그레 웃으며 우측의 노인을 향해 말했다.

"백 어르신께선, 외숙부님께 들었던 것보다 더 젊으신 것 같습니다."

대답은 좌측의 노인이 했다.

"흥, 그놈은 소씨고, 내가 백씨야!"

"허, 제가 그만 실수했습니다, 어르신."

백리군악이 눈을 크게 뜨고 고개를 젓자 우측의 노인이 말했다.

"킬킬킬, 사실 요즘 기분이 좋아서 주름이 늘어날 새가 없지."

"얼씨구, 시비 하나 새로 들이더니 아주 신났군, 신났어!"

"그런 일이 있었습니까? 그럼 제가 백 어르신 거처에도 새로운 시비를 하나 넣어드릴까요? 아주 참한 아이가 하나 있는

데 말입니다."

좌측의 노인, 백자명이 힐끔 곁눈질을 했다.

"커험! 뭐, 나야 필요없지만… 자네 생각이 그렇다면야……."

그제야 빙그레 웃은 백리군악이 넌지시 물었다.

"한데… 요즘 천왕가가 조금 시끄럽다고 하던데, 무슨 일이라도 있습니까?"

기분이 어느 정도 풀린 백자명이 코를 찡긋거리며 말했다.

"그놈들이야 심심하면 투닥거리는 놈들 아닌가? 뭐, 듣기로는 이번 강호 진출에 대해 의견이 갈려서라고는 하는데……."

그때 우측의 노인 소선망이 재빨리 끼어들었다.

"아무리 그래도 결정을 바꿀 수는 없을 거네. 이미 천외비각에서 승인이 떨어진 일이니까 말이야."

"누가 네놈더러 끼어들랬어?"

백자명이 빽 소리쳤다. 하지만 소선망은 아무렇지도 않다는 듯 계속 말을 이었다.

"그래, 언제쯤 본격적으로 일을 시작할 건가? 서문자휘 말로는 슬슬 움직일 때가 되었다고 하던데."

그 질문에는 백자명도 궁금한지 토를 달지 않고 백리군악을 바라보았다.

백리군악이 담담한 목소리로 대답했다.

"외숙부께서 그리 말씀하셨나 보군요. 하나 이미 물꼬를 터 놨으니 굳이 서두를 필요는 없을 듯합니다."

원했던 답이 아닌지 두 노인의 얼굴에 실망감이 떠올랐다.

그걸 본 백리군악이 조용히 말을 이었다.

"그래도 정리할 것이 많으니, 일단 날이 밝는 대로 두 분께서 먼저 움직여 주셨으면 합니다."

언제 그랬냐는 듯 두 노인의 얼굴이 확 풀렸다.

"그래?"

"예, 본 교의 무사들이 본격적으로 진출하기 전에 몇 가지 정리되어야 할 일이 있습니다. 현재 본 교에서 그 일을 할 수 있는 분이 거의 없는지라……"

살짝 띄워주자 백자명이 헛기침을 하며 손을 저었다.

"어험! 걱정 말게. 어떤 일인지는 몰라도 우리가 나서서 안 될 일이 뭐 있겠나?"

"당연한 말씀이십니다. 아마 천동쌍마 어르신들께서 나가시면 강호가 들썩거릴 겁니다."

"음하하하! 그거야 당연하지. 비록 사십 년 전, 천왕교에 몸담은 이후로 강호사에 관여하지 않았지만, 그전만 해도 제법 날렸지."

제법 정도가 아니었다.

천하제일의 악동, 천동쌍마!

심심풀이로 천왕교에 들어왔다가 눌러앉기 전만 해도, 무려 삼십여 년 동안 그렇게 불린 두 사람이다.

아마 노고수들이 두 노인의 이름을 들으면 천 리 밖으로 도망가려 할 것이 분명했다.

"그래, 우리가 할 일이 뭔가?"

"몇 가지 있습니다만, 그중 제일 중요한 일이 한 사람을 죽이는 것입니다."

"한…… 사람? 겨우?"

"농담하는 거 아니겠지?"

백리군악이 굳은 표정으로 두 노인을 쳐다보았다.

"집마원주 헌원무강이 그에게 당했습니다."

순간 두 노인의 얼굴이 굳어졌다.

하지만 그뿐이었다.

"호오! 그 어린놈, 깝죽대더니 잘됐군."

"제법인가 본데? 헌원 꼬마가 그래도 한가락 하는데 말이야."

백리군악은 속으로 쓴웃음을 지었다.

헌원무강을 꼬마 취급하는 사람들.

과거에는 오직 장천궁만이 그를 꼬마 취급 할 수 있었을 뿐이었다. 천외비각이 열리기 전만 해도 말이다.

그러나 천외비각이 열린 지금, 천왕교에는 적어도 열댓 명이 헌원무강을 꼬마 취급 하는 상황이 되어버렸다.

"어쨌든 당장 두 분을 제외하곤 그 일을 할 수 있는 사람이 없으니 부탁드리겠습니다."

소선망이 흔쾌히 고개를 끄덕였다.

"알겠네. 그 정도야 뭐……. 한데 말이야…… 나간 길에 조금 놀다 와도 되겠지?"

백리군악이 빙그레 웃었다.

"너무 오래만 계시지 않는다면 괜찮습니다. 각주께서도 두어 달 정도는 용납해 주시지 않겠습니까?"

"아무래도 그렇겠지? 좌우간 고맙네. 킬킬킬킬."

백자명도 즐거운지 실실 웃으며 물었다.

"그런데 다른 일도 있다며?"

"예, 어르신. 일단 저희가 그자를 찾을 동안 하남을 먼저 다녀오시지요."

"하남? 하남 어디?"

"숭산에 가서서 한 가지 물건을 가져오십시오."

두 노인의 커다란 눈이 가늘어졌다.

"숭산? 소림? 그거 재미있겠군. 그러잖아도 나가면 가보려고 했는데……."

"그놈이 아직 살아 있을까?

"살아 있겠지. 그렇게 지독한 놈이 죽었을 리 없어."

"좌우간, 이래저래 재미있는 유람이 되겠어. 과거의 빚도 갚고 말이지."

백리군악은 담담한 눈으로 흥분해서 엉덩이를 들썩이는 천동쌍마를 쳐다보았다.

'물론 아주 재미있는 여행이 될 것이오. 당신들 생각과는 조금 다른 재미일 테지만…….'

그때 백자명이 물었다.

"그래, 가져올 물건이 뭐지?"

백리군악이 대답했다.

"한 알의 금강대환단입니다."

천동쌍마의 눈이 휘둥그레졌다.

대환단 중의 대환단. 소림에 있다고만 알려져 있을 뿐, 실체를 본 사람이 없다는 천고의 성약. 그것이 금강대환단이었다.

한데도 눈을 휘둥그렇게 뜬 천동쌍마는 마치 잘 알고 있다는 듯 말했다.

"그놈이 가지고 있는 거잖아?"

"잘됐군. 어차피 만나러 가려고 했는데 말이야."

희희낙락한 두 사람을 향해 백리군악이 넌지시 말했다.

"그걸 가져오시면 제가 천왕동에서 발견한 명옥공의 후반부 구결을 알려 드리겠습니다."

순간 천동쌍마의 표정이 차갑게 굳었다.

그와 동시, 보일 듯 말 듯한 실 같은 기운이 두 사람의 몸에서 흘러나오더니 방 안을 순식간에 덮어버렸다.

조금 전까지의 장난기 많은 천동쌍마와는 완전히 다른 분위기. 금방이라도 백리군악을 쥐어짜 속에 있는 것을 모조리 토하게 만든다 해도 하등 이상할 것이 없는 표정이다.

그러나 백리군악은 조금도 흔들리지 않고 말을 이었다.

"그것은 오직 제 머릿속에만 있습니다."

천동쌍마의 이마에 세로로 길게 주름이 졌다.

"미처 몰랐군. 절정의 무공을 익혔을 거라 생각은 했다만……."

"많은 분들의 도움이 있었지요."

쑥스러운지 백자명이 헛기침을 했다.

"크흠. 그러니까, 금강대환단을 가져오면 된다 이 말이지?"

"물론입니다. 오시면서 전무심이라는 자를 죽이는 것도 잊지 마십시오."

"알겠네. 그럼 날이 밝는 대로 출발하지."

소선망의 말이 끝남과 동시, 두 사람의 모습이 희미하게 사라져 갔다.

그리고 얼마나 지났을까.

"쿨럭!"

백리군악이 한 움큼의 피를 토해냈다.

"주군, 괜찮습니까?"

뒤에서 공오가 튀어나오며 백리군악의 앞에 무릎을 꿇었다.

"너무 소란 피울 거 없네. 혈맥이 조금 흔들렸을 뿐이니까. 사실 천동쌍마의 기분을 건들고 이 정도면 양호한 것 아니겠나?"

"하오나……."

"됐네. 덕분에 천왕조차 모른다는 천외비각의 괴물들 능력을 조금은 짐작할 수 있게 되었어. 나로선 결코 손해를 본 것이 아니야. 후후후후……."

손등으로 입가의 피를 닦아내며 냉소를 흘리는 백리군악이다.

공오는 가슴이 찢어지는 듯했다.

"주군⋯⋯!"

"걱정 말고 가보게. 아직 자네가 할 일이 하나 남았잖은가?"

"예⋯ 주군."

3

거승과 홍곽열이 이끄는 혈곡의 수하들을 데리고 들어가자, 객점은 곧 불난 집처럼 한바탕 난리가 났다.

하나같이 시퍼런 살기를 흘리는 무사들이 피를 뒤집어 쓴 채 이십여 명이나 들어갔으니, 어쩌면 당연한 반응이라 할 수 있었다.

심지어 전무심을 기다리던 일행들도 놀란 눈을 크게 떴다. 와중에 진성자는 놀라서 먹던 음식을 흘리기까지 했다.

만일 전무심이 뒤따라 들어오지 않았다면, 궁사한과 소미하란이 거승과 홍곽열을 알아보지 못했다면, 아마 한바탕 싸움이 일어났을지도 몰랐다.

혈곡의 무사들이라는 것을 안 진성자가 검을 뽑아 들고 용감하게 앞으로 나섰으니까. 비록 전무심이 뒤따라 들어오는 것을 보고 곧 물러서긴 했지만.

전무심은 더 소란스러워지기 전에 곧바로 점소이를 불러 방을 몇 개 부탁했다.

전에 봤던 점소이가 용케 전무심을 알아보고 얼굴을 구겼다.

마치 오늘도 똥 밟았다는 표정이었다.

하지만 전무심이 하나의 은두를 던져 주자, 그는 재신을 모시는 하인처럼 표정이 완전히 달라져 버렸다. 역시 그날처럼 똥이 아닌 돈을 밟았다는 것을 느낌으로 알아챈 것이다.

전무심은 해와 별을 따오는 일이 아니면 뭐든지 할 것 같은 그를 통해 이십여 벌의 옷을 주문하고 의원을 불렀다.

옷 색깔은 당연히 짙은 청색이었다.

그렇게 사흘, 전무심 일행은 작수를 떠나지 못했다.

부상자가 워낙 많아 그들이 움직일 만큼 회복되길 기다리다 보니 훌쩍 사흘이 흘러간 것이다.

그러더니 나흘째 되는 날 아침, 식사를 하는데 화운곡의 수하 하나가 객잔으로 전무심을 찾아왔다.

냉막한 표정의 사나이, 비곡상이었다.

"비곡상이 전 공자를 뵙습니다."

"반갑소. 화 령주에게 말은 들었소. 일전에 신마성 남황 분타의 일을 처리하는 데 혁혁한 공을 세웠다던데, 정말 수고하셨소."

비곡상의 냉막한 표정에 살짝 금이 그어졌다. 비곡상 특유의 웃음이었다.

"과찬이십니다. 저야 뒷간 몇 번 들락거린 것밖에 없었습니다."

고기 한 점을 입에 넣던 진성자가 힐끔거렸다.

비곡상이 말을 이었다.

"뒷간의 배설물을 뒤적거리고, 그곳에서 증거를 수집한 것은 저의 수하들이었습니다."

진성자의 얼굴이 서서히 일그러졌다.

'썩을 놈, 먹는데 못하는 소리가 없어.'

그래도 고픈 배가 먼저였다. 진성자는 억지로 고기를 입 안에 구겨 넣었다.

그때 차를 한 모금 마신 전무심이 진정 감탄했다는 투로 입을 열었다.

"어쨌든 그런 방법으로 증거를 찾아내다니, 나로선 흑화령의 증거수집 능력에 감탄하지 않을 수가 없었소."

그러자 비곡상이 어깨에 힘을 주고 말했다.

"별거 아닙니다. 방금 싼 것을 살짝 찍어서 맛을 보면 쉽게 알 수 있는 일이지요. 물론 오래된 것은 냄새나 맛이 독해서……."

"푸웃!"

진성자가 입 안에 든 것을 뿜어냈다.

잠시 침묵이 흘렀다.

제일 먼저 침묵을 깨고 입을 연 것은 예종이었다.

"엉터리 도장이 이제 별짓을 다 하는군. 먹기 싫으면 먹지 말 것이지 말이야."

그러면서 진성자의 입에서 튀어나온 고기조각으로 범벅이 된 음식을 한 젓가락 집어 먹었다.

사진옥도, 상유상도, 고후명도, 아무렇지도 않은 듯 멈추었던 젓가락질을 다시 시작했다.

그 모습을 황무곤과 궁사한과 소미하란이 빤히 쳐다보았다.

그러자 사진옥이 중얼거리듯 싸늘하게 말했다.

"빛도 불도 없는 동굴 속에서 박쥐 고기만 먹고 이 년 반을 살아봐. 세상에 못 먹을 게 없다는 것을 알게 될 테니까."

빤히 바라보던 사람들이 슬며시 고개를 돌렸다.

그들에게 사진옥의 말은 충격이었다.

전무심을 기다리느라 고생을 했다는 것은 어렴풋이 알고 있었다. 하지만 설마하니 몇 년을 박쥐 고기를 생으로 먹고 견뎠다니.

진성자가 젓가락으로 음식을 콕콕 찍으며 입을 열었다.

"험! 그런 고생을 했었다니, 정말 대단하구만."

그 말에 예종이 피식 웃었다.

"대형은 오 년도 넘는 세월을, 그것도 어린 나이에 혼자서 그렇게 생활하면서 지냈는데 대단하기는, 개뿔이나⋯⋯."

"⋯⋯."

사람들이 일제히 전무심을 향해 고개를 돌렸다.

그러나 전무심은 별거 아니라는 듯 무심한 목소리로 비곡상에게 물었다.

"한데 무슨 일로 온 것이오?"

그제야 생각났다는 듯 비곡상이 고개를 들고 빠르게 말했다.

"총단을 떠나 사천에 스며들었던 대령주께서 비밀스럽게 움직이던 일단의 신마성 무사들을 공격했는데, 그들에게서 환락단이 대량으로 나왔다고 합니다."

"환락단이? 얼마나 나왔소?"

"이백 개 정도라 합니다."

이백 개의 환락단. 결코 적지 않은 양이었다. 아니, 엄청난 양이었다.

전무심이 굳은 표정으로 물었다.

"그중 몇 개를 이곳으로 가져올 수 있소?"

그 말에 비곡상이 품속으로 손을 넣더니 작은 함 하나를 꺼냈다.

"일단 스무 개를 보내왔습니다."

전무심은 함을 받아 들고 뚜껑을 열어보았다.

노란 색의 엄지손톱만 한 단약 스무 개가 함 안에 가지런히 놓여 있었다.

환락단. 말로만 들었던 환락단을 눈앞에 두자 전무심의 머리가 빠르게 회전했다.

어느 순간 전무심이 고개를 돌려 진성자를 쳐다보았다.

"진성자 선배."

"어? 어, 왜 그러는가?"

진성자가 목을 길게 빼고 환락단을 바라보다 화들짝 놀라 대답했다.

"당금 강호에서 단약을 분석하는 데 가장 뛰어난 능력을 지닌 사람을 꼽으라면 누구를 꼽을 수 있겠소?"

진성자가 뜬금없는 질문에 고개를 갸웃거렸다.

"단약 분석? 단약 분석이라…….'

그러더니 몇 사람의 이름을 더듬더듬 뱉어냈다.

"당가의 전대 장로인 당화, 새화타 고이건도 있고……. 융중산의 한충문, 백의성수 황경. 그리고…… 아! 화산의 자명 진인이 또한 그 방면에 대가라고 할 수 있지."

"그분들 중 장안에서 가장 가까운 곳에 있는 사람은?"

"가까운 곳에 있는 사람이라면, 화산의 자명 진인하고, 또…… 황경 정도?"

"그분들을 장안으로 모실 수 있겠소?"

전무심이 묻자 진성자가 손가락을 들어 자신의 코를 가리켰다.

"내가?"

"종남의 제자이니 화산과는 가까운 사이일 것 아니오?"

진성자가 갑자기 빽 소리쳤다.

"싫네!"

뜻밖의 반응에 전무심의 눈초리가 치켜 올라갔다.

뜨끔한 진성자가 얼버무리며 말했다.

"아마 내가 찾아가면, 아마 그 양반 죽어도 안 올 거네. 아니, 말도 꺼내기 전에 맞아 죽지나 않을지 모르지."

의아해하는 전무심을 향해 진성자가 사정을 설명했다.

"조금 사이가 안 좋아. 그 양반하고."

뭔가를 짐작한 전무심이 물었다.

"화산에 가서 말썽이라도 피운 적 있었소?"

"말썽이라기보다는…… 그냥 장난하다 단지 하나를 엎었을 뿐이야. 내가 엎은 단지에 그 양반이 십 년간 연구하던 단약이 달여지고 있었던 게 문제이긴 했지만."

한마디로, 자명 진인의 십 년 연구를 한방에 날려 보냈다는 말.

결국 그 말에 전무심은 진성자를 화산에 보내려던 것을 포기하고 다시 물었다.

"백의성수 황경은 어떻소?"

"그도 안 돼."

진성자가 고개를 젓자 전무심의 부동심이 흔들렸다.

"왜? 황경의 단지도 엎었소?"

"아니, 그건 아니고, 그는 절대로 무림의 일에 관여를 하지 않는데다……."

진성자가 말꼬리를 흐리더니 슬며시 고개를 숙이며 말을 더듬었다.

"어, 어……. 내가 그의 아들을 혼내준 적이 있거든."

지금까지의 상황으로 봐서 단순히 혼을 낸 정도가 아닐 것이다. 적어도 팔다리 정도는 한두 개 부러뜨리지 않았을까 싶었다.

어이없는 대답에 진성자를 쳐다보는 전무심의 눈빛이 깊어졌다.

한심하다는 표정. 진성자도 왠지 그렇게밖에 대답을 못하는 자신이 한심하기만 했다.

'제기랄, 대체 내가 뭘 잘못한 거야?

한편으로는 은근히 화가 났다. 아무리 생각해도 잘못한 것이 없는데 왜 저런 눈으로 쳐다본단 말인가?

한데 그때, 진성자의 뇌리에 한 사람의 얼굴이 번뜩 떠올랐다. 그가 고개를 번쩍 들고 자신있게 말했다.

"대신 황경과 매우 가까운 사람을 알고 있네. 그러면 무림의 일에 관여하지 않으려는 황경의 마음을 돌릴 수 있을 것이네!"

"그게 누굽니까?"

"자네도 알걸? 내 사질인 송정 말이야. 황경이 송정의 조카라네. 비록 나이는 황경이 훨씬 많지만."

생각지도 않은 사람의 이름이 튀어나오자 전무심은 더 이상 진성자에게 묻지 않고 고개만 끄덕였다.

그러고는 비곡상을 바라보았다.

"수고했소. 우리는 이 길로 장안에 갈 것이오. 연락할 것이 있거든 천가장으로 오시오. 만일 그곳에 우리가 없거든 비룡표국 장안 지부에 연락할 곳을 남겨놓으시오."

"알겠습니다, 공자!"

第五章
찾아오는 사람들

死星
天血

1

하얀 눈은 거대한 장안의 성곽조차 하얗게 물들여 버렸다.

날이 추워서인지 성문 앞은 생각보다 한산했다.

게다가 바람마저 불다 보니 성문을 지키는 관병들도 말단졸병이 하나 나와 있을 뿐, 다른 사람들은 안으로 들어가 보이지 않았다.

바람을 피하기 위해 성문 뒤쪽에 서 있던 말단졸병은 새파랗게 질린 얼굴로 전무심 일행의 아래위를 세심히 훑어보았다.

그러다 진성자가 눈을 부라리자 눈에 힘을 주고 창대를 곧추세웠다.

그때였다.

"통과!"

성곽의 안쪽에서 다급한 목소리가 흘러나왔다.

그사이 전무심 일행은 성문을 통과해 장안성 안으로 들어갔다.

전무심 일행이 십여 장 걸어갔을 때다. 뒤에서 고참관병의 잔소리가 들려왔다.

"이 미친 새끼! 너, 우리 죽는 꼴 보고 싶어? 대체 몇 번을 말해야 알아듣겠어? 강호의 무인들은 어지간하면 건들지 말란 말이야. 특히 도사들은. 그러다 성질이 개지랄 같다는 종남의 만둔자에게 걸리면 이마빡으로 얼음판을 기어야……."

진성자가 멈칫하더니 눈을 치켜떴다.

"저, 저런 호랑말코……."

전무심이 고개도 돌리지 않고 말했다.

"추위에 고생하는 사람들이오. 그냥 갑시다."

어리둥절하던 사람들은 뒤늦게 그 말을 깨닫고 진성자를 바라보았다.

예종이 진성자의 위아래를 번갈아 보며 말했다.

"엉덩이가 무거운 도사? 내 눈에는 한 근도 안 나가게 보이는데?"

진성자가 이를 악 물었다.

'내 언제고 저놈들을 이마에 뼈가 드러날 때까지 굴릴 테다!'

전무심은 먼저 비룡표국의 지부를 찾아갔다.

"오랜만에 뵙습니다, 전 공자."

지부장인 정조위가 반갑게 웃으며 전무심을 맞이했다.

"혹시 나에게 온 연락이나, 나를 찾아온 사람은 없었습니까?"

"특별한 연락은 없었습니다만……."

정조위가 머뭇거리는 표정으로 말을 이었다.

"저…… 한 가지 알려 드릴 게 있습니다."

"뭡니까? 말씀해 보시지요."

"관심이 있을지 어떨지 모르겠습니다만, 이틀 전 성도의 본국에서 급전이 날아왔습니다."

급전? 그만큼 급한 연락이라는 말이다.

묻기도 전에 정조위가 말을 이었다.

"사천무련과 신마성이 한바탕 큰 싸움을 벌였다 합니다."

"결과는 어떻게 되었답니까?"

"쌍방 간에 큰 피해만 보고 소강상태에 접어든 것 같습니다."

조금은 의외의 결과였다. 신마성이 아무리 강하다 해도 사천무련과 정면격돌을 하면 불리할 수밖에 없다. 게다가 자신의 손에 죽은 고수들이 몇이던가?

문득 든 생각에 전무심이 물었다.

"혹시 예상치 못했던 자들이 신마성에 끼어 있지는 않았답니까?"

"아무래도… 천왕교의 무사들이 끼어든 것 같습니다. 그 때문에 본 국에서 천왕교에 대한 정보를 모으라는 명령이 떨어졌습니다."

뭔가 바라는 것이 있는 눈치였다.

"저에게 바라는 것이라도 있습니까?"

정조위가 어색해하는 표정을 지으며 입을 열었다.

"비천산장에서 일어난 일, 혹시 전 공자께서 하신 일이 아니신지……?"

전무심이 고개를 끄덕였다.

"그들이 천왕교의 사람들이라 들었습니다. 그리고 일전에 작수에서 벌어진 일도 전 공자께서 관여된 것으로 알고 있습니다. 해서 물어보는 것입니다만, 혹시 전 공자께서 천왕교에 대해 아시는 것이 있으신지요?"

전무심은 정조위를 똑바로 바라보고 물었다.

"무엇이 알고 싶습니까?"

"뭐든 좋습니다. 작은 것이라도."

"비룡표국도 그 싸움에 말려든 겁니까?"

전무심의 질문에 정조위가 답답한 표정으로 한숨을 내쉬었다.

"후우, 어쩌다 보니 본 표국조차 그 일에 말려들었는데, 상황으로 봐서 사천무련의 정보를 담당하게 된 것 같습니다. 그러다 보니 작은 정보라도 표사들의 안전과 직결되는 것인지라……."

전무심은 어렴풋이 돌아가는 상황을 알 수 있을 것 같았다.

송만상이 팔비선 임태민과 당가의 가주 당호문을 삼경에 만난 것을 생각하면, 전혀 짐작 못한 바는 아니었다.

그러나 무림문파와 표국은 동류이면서도 엄연히 가는 길이 달랐다. 표국은 강호문파라기보다는 상인에 가까웠으니까.

물론 물자의 운송 등 간접적인 참여는 할 수 있었다. 그러나 말을 들어보니 단순한 간접적 참여가 아닌, 직접 싸움판에 뛰어든 듯했다. 그것은 한마디로 표국의 운명을 강호문파의 싸움에 걸었단 말이나 같았다.

자신이 아는 한 이해할 수 없는 일이었다. 장사꾼이 보표들을 데리고 직접 전쟁에 참여한 셈이 아닌가 말이다.

'비룡표국주와 신마성 사이에 남들이 알지 못하는 어떤 문제가 있었나?'

이전의 혈정표행건도 그렇고, 아무리 생각해도 이상했다.

그것만 알면 표국주인 송만상이 그러한 결정을 한 이유를 알 듯했다.

어쨌든 그것은 나중 문제. 전무심은 정조위에게 천왕교에 대한 것 중 보편적인 것을 말해주었다.

"공손세가가 천왕교의 사주를 받았다는 것은 알 거라 생각합니다만."

"그건 저희도 소문을 들어 알고 있습니다."

"그럼 혈곡이 천왕교에서 보낸 사람에 의해 장악당했다는 것도 아십니까?"

정조위의 눈이 커졌다.

"혈곡이 말입니까?"

"칠대마세 중 하나인 혈곡이 그들에게 당했습니다. 신마성에 천왕교의 힘이 스며든 것 정도는 하등 이상할 것이 없는 상황이지요."

경악한 정조위를 바라보며 전무심이 쐐기를 박듯이 말했다.

"최선은 그들 사이의 관계를 알려서 본 산에 웅크리고 있는 사천무련의 힘을 최대한 끌어내는 것입니다. 신마성만 생각하고 어영부영 상대하려 하다가는 사천무련과 신마성이 공멸하게 될 것입니다. 그걸 바라는 사람이 있는 한은."

정조위의 얼굴이 딱딱하게 굳었다.

그리되면 비룡표국도 끝장인 것이다.

전무심은 얼어붙은 정조위를 똑바로 바라보고 자신의 생각을 말했다.

"일개 표국이 끼어들기에는 너무 위험합니다. 국주가 무슨 생각으로 끼어들었는지는 모르겠지만 말입니다."

"무슨 뜻입니까?"

"귀 표국의 국주가 과연 정의심만으로 거대 세력 간의 분쟁에 끼어들었다고 생각하십니까? 저는 그렇게 생각하지 않습니다만."

전무심은 정조위에게 한 가지 과제를 남긴 채 집표국을 나섰다. 그리고는 밖에서 기다리던 일행들과 함께 천가장으로 향했다.

처음 가는 것이 아닌데도 가슴이 뛰었다.

전에는 아무것도 확신이 없는 상황에서 찾아갔다. 그러나 오늘은 이용하기 위해서 가는 길이다.

가고자 하는 뜻이 다른데도 가슴이 뛰는 것은 마찬가지였다.

이번에 가면 확인할 것이 있었는데…… 어쩌면 그 때문인지도 몰랐다.

천가장의 정문은 전과 다름없이 웅장한 모습으로 전무심을 맞이했다. 전과 다른 것이라면 지붕 위에 흰 눈을 이고 있다는 것 정도였다.

탕! 탕! 탕!

문을 두드리자 전과 달리 사람이 즉시 나왔다.

"뉘시오?"

한 번 들어본 목소리.

쪽문이 열리더니 고개를 내민 자는 전에도 자신을 마중 나왔던 왕이였다.

"어? 전 공자!"

"오랜만……."

왕이는 미처 전무심이 인사할 틈도 없이 획 돌아서서 안을 향해 외쳤다.

"전 공자가 오셨다!"

천가장이 시끌벅적해졌다.

순식간에 수십 명의 사람들이 정문 쪽으로 쏟아져 나왔다.

반 정도는 천가장의 사람들이었고, 반 정도는 종남과 화산의 제자들로 보이는 도인들이었다.

뜻하지 않은 상황. 전무심은 쓴웃음을 지으며 안으로 들어갔다. 나머지 일행들도 그를 따라 우르르 장원 안으로 들어왔다.

갑자기 많은 사람이 안으로 들어오자 쏟아져 나오던 자들이 움찔하며 멈춰 섰다.

그때 누군가가 튀어나오면서 소리쳤다.

"진성 사숙!"

"어? 너 잘 만났다. 그러잖아도 너 찾으러 본산에 가려고 했는데!"

송정, 바로 그였다. 백의성수 황경의 나이 어린 숙부.

진성자가 반갑게 부르는데도 송정은 인상을 쓰며 소리쳤다.

"어떻게 된 겁니까?"

"어떻게 되긴, 전 도우와 함께 왔지."

"무당에서 왜 사라진 거냔 말입니다! 지금 사숙 때문에 무슨 일이 벌어진지 아시기나 하십니까?"

"나 때문에? 내가 뭘?"

"맹에서 사숙을 찾는데 사라졌으니……. 어휴, 대체 언제 철들려고……."

"뭐야! 처어얼?! 송정, 너어어어!"

진성자의 눈썹이 역팔자로 꺾어졌다.

하지만 믿는 구석이 있는지 송정은 꿈쩍도 하지 않았다.

"이미 장문 사숙조의 명령이 떨어진 상황입니다."

흠칫, 진성자의 기세가 반쯤 꺾였다.

"뭐? 자, 장문인께서? 무슨… 명령인데?"

"보는 즉시 묶어서 끌고 오라고 하시더군요."

그제야 진성자의 역팔자로 꺾어진 눈썹이 슬며시 제자리로 돌아왔다.

그는 전무심을 바라보며 구원의 눈빛을 보냈다.

그러나 전무심은 송정만 바라보았다.

"오랜만이오."

"예. 전 도우, 오랜만입니다."

"한 가지 물어볼 게 있소만, 잠시 시간을 좀 내주실 수 있겠소?"

"예? 예, 그러지요."

영문을 모르는 송정은 일단 고개를 끄덕였다.

"그럼 일단 장주를 뵌 다음에 봅시다."

전무심은 나중을 기약하고 몸을 돌렸다.

그때였다.

"진성이 왔다고? 진성, 네 이놈!!"

안쪽에서 노호성이 들려오고, 진성의 얼굴이 지붕의 눈만큼이나 하얗게 변했다.

"헉! 혀, 현호 사숙이……."

"이놈! 도망가면 다리몽댕이가 부러질 줄 알아라!"

뒤이어 이불 먼지 터는 소리가 울렸다.

픽! 빡!

"아이고, 사숙!"

전무심은 진성자의 곡소리를 뒤로하고 안으로 걸음을 옮겼다. 그렇게 내원으로 다가갈 때다.

"전 공자……."

가냘픈 목소리가 들려왔다. 천소령의 목소리였다.

내원의 안쪽에서 달려나오다 말고 우뚝 서서 환하게 웃는 그녀. 자신을 부른 그녀의 두 눈에 뿌연 안개가 서려 있다.

전무심은 빙그레 웃으며 살짝 고개를 끄덕였다.

"내가 온다고 하지 않았소?"

"예, 그랬지요."

대답하는 그녀의 두 눈에서 금방이라도 눈물이 떨어질 것만 같다.

전무심은 그녀에게 다가가며 말을 돌렸다.

"장주님께선 여전하시오?"

"그저 그래요. 병도 별 차도가 없고… 의원들은 천수가 그러니 어쩔 수 없다고들만 해요."

"지금 좀 뵈었으면 하오만."

"그래요. 저와 함께 가요. 아마 할아버지도 굉장히 반가워하실 거예요."

천소령은 소맷자락으로 눈가에 맺힌 눈물을 슬쩍 찍어내고는 전무심의 뒤쪽을 바라보았다.

종남과 화산의 제자들을 제외하고도 근 삼십 명에 달하는 사람들이 늘어서 있었는데, 자신이 아는 사람들은 궁사한과 소미하란뿐이었던 것이다.

"그런데 저분들은……?'

"내 형제 같은 친구들과 당분간 나의 동료가 되어줄 사람들이오. 믿어도 되는 사람들이오."

전무심이 그렇다면 그런 것이다.

그녀에게 전무심은 어느덧 그런 사람이 되어 있었다.

"가요."

그녀는 조금도 의문을 품지 않고 뒤돌아섰다.

전무심은 천소령을 따라가며 물었다.

"한데 별원이 비어 있을지 모르겠소."

천소령이 고개를 반쯤 돌리고 말했다.

"지금도 비어 있어요."

아마도 전무심이 떠난 이후로 아무도 들이지 않고 비워놓았는지도 몰랐다. 전무심이 다시 돌아올 거란 믿음을 가지고.

아버지의 거처를 비워놓았던 것처럼.

전무심은 천소령의 마음을 알고 가슴이 아팠지만, 그럴수록 담담한 표정을 지었다.

"궁 형과 소 낭자는 일행을 데리고 별원으로 가서 쉬고 있으시오. 나는 장주님을 만나고 올 테니까. 진옥, 너희도 저들을 따라가라."

"알겠소이다, 공자."

"예, 대형."

천수경의 얼굴은 전보다 더 초췌해져 있었다. 다리의 떨림
도 더 심해진 상태였다.

전무심은 말없이 천소령을 따라 천수경에게 다가갔다.

가까이 다가가자 그가 힘겹게 눈꺼풀을 들어 올렸다.

"생각보다 일찍 돌아왔구먼."

입가에 잔주름이 그어진다. 반가워서 웃고 싶은데 그러기조
차 힘든 듯하다.

"할 일이 좀 있어서 왔습니다."

"단순한 일은 아니겠군."

"그럴지도 모르겠습니다."

"오래 있을 건가?"

"어쩌면 그럴 거 같습니다. 해서 드리는 말씀입니다만, 당분
간 신세를 좀 졌으면 합니다. 물론 공짜로 머물지는 않을 것입
니다."

그때 천소령이 속삭이듯 말했다.

"전 공자가 많은 분들은 모시고 왔어요. 이제 종남과 화산의
제자들이 내일 떠나더라도 걱정없어요, 할아버지."

천왕교와 공손세가의 일로 종남과 화산의 제자들도 더 이상
머무를 수가 없는 상황이라는 것은 짐작하고 있던 터였다.

그런데 생각보다 빠른 철수다.

'내일이라……. 겨울은 보낼 줄 알았거늘.'

아마 천소령으로선 그들이 떠난 뒤를 걱정할 수밖에 없었을 것이다.

전무심은 내심, 천가장으로 돌아온 것이 잘했다는 생각이 들었다.

"비천산장의 횡포는 더 이상 걱정하지 않으셔도 됩니다."

전무심의 입에서 확신에 가까운 몇 마디 말이 떨어지자 천수경의 입가에 지어진 웃음이 짙어졌다.

"고맙구면. 아무 걱정 말고, 머무르고 싶을 때까지 머무르게나."

"그래요, 전 공자. 내 집이다 생각하시고 편하게 지내세요."

내 집.

천소령의 말 한마디에, 전무심은 송곳에라도 꽂힌 것처럼 가슴이 아팠다.

이제는 이런저런 마음을 대부분 털어냈다 생각했는데, 꼭 그런 것만도 아닌 듯했다.

"떠날 때까지는… 그리하겠습니다."

그래선지 흘러나오는 목소리가 살짝 떨리는 것처럼 느껴졌다.

"쉬십시오. 나중에 다시 찾아뵙겠습니다."

그리고 결국, 진짜로 묻고 싶은 말은 꺼내지도 못했다.

'아직 시간은 많으니까…….'

별원으로 돌아온 전무심은 사람들을 불러 모았다. 앞으로의 일에 대해 상의하기 위해서였다.

한데 그들이 모두 모였을 때다. 진성자가 송정을 데리고 전무심을 찾아왔다. 일전의 상유상처럼 시퍼런 눈두덩을 한 채.

당연히 상유상과 예종이 제일 좋아했다.

"깔깔깔깔! 그래서 마음을 곱게 먹어야 한다니까."

"우흐흐흐, 나보다 더 넓은 것 같군."

진성자는 그런 두 사람을 한 번 노려보고는 획 고개를 돌려 전무심을 바라보았다.

"큿, 데려왔네. 구워 먹든 삶아 먹든 마음대로 하게나."

찔끔, 자라목이 된 송정을 향해 전무심이 말했다.

"백의성수 황경과 가까운 사이라 들었소만."

송정의 눈이 커졌다.

"예, 제 조카 되는 사람입니다. 한데 무슨 일입니까? 그 사람이 무슨 일이라도 저질렀습니까? 무림의 일에는 절대 관여하지 않는 사람인데……."

"그래서 청한 것입니다. 그분께 도움을 청할 일이 있어서 말입니다."

"내 말을 잘 듣지 않을 텐데요."

송정이 어렵다는 투로 말하자 진성자가 조용히 말했다.

"네가 그를 구슬리면, 내 오늘 일은 잊으마. 하지만 그렇지 못하면, 삼 년간 폐관 수련할 각오를 해야 할 거다. 물론 나와 단둘이서."

결국 그 말에 황경은 송정이 맡기로 했다.

백의장까지는 이백여 리. 그곳까지는 평탄한 길이어서 종남과 화산이 천가장을 철수하기로 한 내일 아침까지는 돌아올 수 있을 터였다.

송정이 툴툴대며 나가자 전무심은 둘러앉은 사람들을 돌아보았다.

사진옥을 비롯한 친구들, 황무곤, 궁사한과 소미하란, 거승과 홍곽열, 그리고 진성자.

비록 열 명에 불과하지만, 모두가 절정에 다다른 고수들이었다.

거기다 거승과 홍곽열의 수하들을 비롯해 화운곡이 이끄는 흑화령이 있다. 그리고 겨울이 지날 때쯤이면 촉산의 사람들이 찾아올 터. 대대적인 싸움은 몰라도 국지전은 충분히 처리할 수 있을 것이었다.

'군악, 너는 알아야 한다. 세상은 너의 생각보다 훨씬 넓다는 것을.'

그날 저녁.

전무심은 둥근 달을 바라보며 후원으로 향했다.

쏟아지는 달빛을 어깨에 인 그는 후원이 가까워지자 가슴이 뛰었다.

'어쩌면 오늘 밤이 길어질지도 모르겠군.'

누군가가 후원에 있었다. 자신의 생각이 맞다면, 그는 자신에게 많은 이야기를 들려줄 것이 분명했다.

전무심은 날을 새는 한이 있어도 그 이야기를 다 듣고 싶었다.

아니나 다를까, 방 안으로 들어가자 한 사람이 기둥을 돌아나왔다.

유씨 노인, 바로 그였다.

"마침내 돌아오셨군요."

떨리는 목소리가 금방이라도 눈물로 변해 흘러내릴 것만 같았다.

전무심은 고개도 돌리지 않고 조용히 물었다.

"어떻게 아셨습니까? 제가 천가의 자식이라는 것을. 장주님도 알아보지 못했는데."

"주인님과 혼인을 한 이후 마님 곁에는 주인님과 우리 부부밖에 없었지요. 장주님이 마님을 싫어하셨으니까요. 그러니 마님을 두어 번밖에 보지 않은 장주님은 당연히 도련님을 알아볼 수가 없었을 겁니다. 도련님은 주인님보다 마님을 더 닮으셨거든요."

"제가 어머니를 더 닮았단 말입니까?

"얼굴 모양과 코, 입술은 영락없이 마님을 빼닮으셨습니다. 눈매는 주인님을 닮으셨지만."

어쩌면 그의 말이 맞을지도 몰랐다.

자신이 생각해도 자신과 어머니의 초상은 닮은 점이 많았다.

"어머니는 어떤 분이셨습니까?"

"정말 아름다운 분이셨습니다. 세상에 그렇게 아름다운 분이 있다는 것을 마님을 보고 알았지요. 그리고 그 마음은 얼굴보다도 더 아름다우셨습니다. 신분만 조금 더 갖추어졌다면 아마 장주님께서도 그렇게 싫어하시지는 않으셨을 겁니다."

"자세히 알았으면 좋겠군요."

"마님께선 스물두 살의 나이에 이곳에 오셨습니다. 주인님이 여행 중에 부상당한 마님을 모시고 오셨는데, 근 반년 가까이 치료를 하고서야 몸이 다 나을 정도로 큰 부상이었지요. 결국 마님의 몸이 다 낫자 주인님이 청혼을 하셨습니다. 물론 장주님은 결사반대를 하셨지요. 신분도 알려지지 않은 여인을 천가장의 며느리로 삼을 수 없다는 이유에서 말입니다."

"그래도 혼인은 하셨나 보군요."

"주인님의 고집이 어디 보통이었어야지요. 허허허……."

"그런데 왜 나가신 겁니까?"

유 노인은 가만히 전무심을 올려다보았다.

"역시 저 때문이었습니까?"

유 노인의 눈매가 가늘게 떨렸다.

"알고 계셨습니까?"

"한 가지 들은 이야기가 있습니다. 그전에 노인장의 이야기를 듣고 싶군요."

"자세히는 알지 못합니다. 워낙 장주님이 굳게 입을 다문지라. 다만 사람들에게는 장주님이 주인님과 싸웠는데, 주인님께서 화가 나 떠났다고만 알려졌습지요. 물론 이 늙은이는 그것만이 이유가 아니란 것을 어렴풋이 알고 있긴 했지요. 그것도 제 마누라 덕분이긴 했지만 말입니다."

"바로 그걸 알고 싶은 겁니다."

유 노인은 차분해진 태도로 천천히 입을 열었다.

"도련님의 눈빛이 남들과 달랐다는 말을 들었습니다. 장주님이 그걸 보셨는데, 하루도 지나지 않아 주인님과 다툼이 벌어졌지요."

역시 천사지안 때문인 듯했다.

그놈의 눈 색이 뭐가 문제라고!

"그 일이 있고 석 달도 지나지 않아서 장주님은 후회를 했습니다. 하루 종일 멍하니 창밖을 바라보시기도 하고, 때로는 이곳에 오셔서 밤을 새기도 하셨지요."

겨우 석 달도 지나지 않아 후회할 일을 왜 했단 말인가.

참으로 어리석은 분이 아니신가 말이다.

전무심은 한편으로는 화도 나고, 다른 한편으로는 가슴이 아팠지만, 눈을 반쯤 감은 채 이어지는 유 노인의 말에 귀를 기울였다.

"그러시더니 점차 외부의 일에 대해서 관여하지 않으셨습니다. 어쩌면 본 장이 몰락하기 시작한 것이 그때부터였는지도 모릅니다. 이청한이 몰래 돈과 사람을 빼돌리고 있다는 것도 몰랐으니까요. 그렇게 십 년이 지나자 몸마저 무너지기 시작하셨지요."

"아무리 그래도 장안제일이라는 천가장의 장주신데 몸을 고칠 만한 약을 구하지 못했단 말입니까?"

유 노인이 씁쓸한 표정으로 고개를 저었다.

"마음의 병을 어찌 약으로 고칠 수가 있겠습니까? 천하에서 이름 높다는 의원들을 모조리 초빙했습니다만, 결국 두 손 들고 돌아갔지요. 어쨌든 그 후로……."

보름달이 서산으로 넘어갔는데도 묻고 답하는 두 사람은 지치지도 않는 듯 끝없이 이야기를 나누었다.

가끔은 탄식이, 가끔은 탄성이, 또 가끔은 억눌린 신음이 방문 틈으로 새어 나왔다.

이야기는 그렇게 동이 틀 무렵이 되어서야 끝이 났다.

전무심은 아직 아무에게도 알리지 말란 말과 함께 유 노인을 돌려보냈다.

그리고 한곳으로 향했다. 아버지와 어머니의 영정이 있는 제각으로.

영정 앞에 초상을 펴놓고 절을 올리는 전무심의 등이 파르르 떨렸다.

목구멍에서 터져 나오려는 한마디를 그는 억지로 눌러 참았다.

'어머니……'

다른 말은 생각도 나지 않았다.

무슨 말을 할까. 보지도 못했고, 손길 한 번 느껴보지 못한 어머니이거늘.

그런데도 볼 때마다 눈시울이 뜨거워진다.

가슴이 달아오르고 목구멍이 들썩인다.

한 번이라도 봤으면 얼마나 좋았을까.

손이라도 한 번 잡아봤으면…….

따뜻한 품에 한 번이라도 안겨봤으면…….

어머니의 품에 안겨 투정이라도 부려봤으면…….

'어머니, 보고 싶습니다.'

끝내 전무심의 눈가에서 굵은 눈물방울이 뚝 떨어졌다.

전무심이 붉어진 눈으로 제각을 나온 것은 근 반 시진이 지나서였다.

그가 별원으로 돌아가자 얼마 되지 않아 두 사람이 찾아왔다.

종남의 현호자와 화산의 운양자였다.

진성자는 이미 꼬리도 보이지 않게 도망간 이후였다.

"말은 들었네. 자네가 천왕교에서 첩은당의 아이들을 구해 줬다고 하더군."

그나마 현호자는 조금이라도 고마워하는 말투였지만, 잠자코 있는 운양자는 조금도 고마워하지 않는 눈빛으로 전무심을 바라보기만 했다.

"해서 떠나기 전에 한 가지 물을 게 있네."

"물어보시지요."

"전 도우…… 천왕교 사람인가?"

"그렇다고도 할 수 있지요. 그곳에서 자라고 그곳에서 무공을 배웠으니까."

더는 참지 못하겠는지 운양자가 물었다.

"한데 왜 천왕교에 반기를 든 것인가? 듣자 하니 천왕교의 사람들 중 전 도우 손에 죽은 자들이 제법 있다는 말을 들었네만."

추궁하는 듯한 말투다.

하긴, 비록 지금까지는 큰 마찰이 없었다지만, 언제 검을 마주하고 피를 흘릴지 모르는 상황. 아마도 그는 전무심이 천왕교 출신이라는 것만으로도 신경을 쓰지 않을 수 없었을 것이다.

하나 그것이 결코 추궁당할 이유는 되지 않았다.

전무심은 깊어진 눈으로 운양자를 바라보았다.

"그들은 천왕교의 율법을 어긴 자들. 죽어 마땅한 짓을 했으니 죽였을 뿐이오."

"천왕교의 율법?"

"그렇소. 천왕교의 율법. 상대가 먼저 건드리기 전에는 절대 천왕곡 밖으로 힘을 유출하지 마라는 율법 말이오."

"하면 그들이 계속 나올 경우, 그들을 상대해서 손을 쓰겠군."

"분명히 그럴 것이오. 한데 물어보고 싶은 것이 그것이었소?"

"맹에서 전 도우에 대한 관심이 지대하다네. 그래서 말이네만, 맹으로 함께 가줄 수 있겠나?"

꼭 가야 한다는 투였다. 가지 않으면 뭔가 조치라도 취할 것 같은 표정.

전무심은 차갑게 굳은 얼굴로 고개를 저었다.

"나는 그곳에 갈 이유가 없소."

"아니, 있네. 전 도우도 말했다시피, 전 도우는 천왕교의 사람이 아닌가. 알고 있는 것이 그만큼 많다는 말. 맹에는 어떤 대가를 치르더라도 전 도우에게 그것을 듣고 싶어하는 사람이 많다네."

"대가? 금전적인 대가 말이오?"

"물론 그것이 될 수도 있겠지."

대답하는 운양자의 표정도 차갑게 굳어갔다.

그걸 본 전무심이 무심한 목소리로 말했다.

"내가 입을 열지 않으면, 강제로라도 입을 열게 할 것이란 말로 들리는군요."

"어쩌면 그럴 수도……."

운양자의 말이 끝나기도 전이었다.

"홍! 거, 정천무맹이 대단하긴 대단한 모양이군! 대형을 협박하려 하다니."

사진옥이 고후명과 어깨를 나란히 한 채 들어오면서 싸늘하게 코웃음 쳤다. 동시에 그 뒤에서 상유상과 예종이 황무곤과 뭔가를 쑥덕이는 소리가 들렸다.

"저 도사들이 어디가 아픈 거 아냐? 대형을 건드리려고 하다니 말이야."

"아직 대형을 몰라서 그런 거겠지 뭐."

"전 공자의 성질을 알면 절대 저런 말을 하지 않았을 텐데…… 쯔쯔쯔……"

운양자의 얼굴이 붉어졌다.

현호자의 코가 서서히 벌렁거렸다.

두 사람은 풋내기 같은 강호초출들이 감히 대문파의 장로인 자신들을 비웃는다는 것이 믿기지 않았다.

"그 말, 우리에게 한 것인가?"

현호자가 코를 씰룩이며 터져 나오려는 목소리를 억눌렀다.

그러자 고후명이 전무심을 보고 물었다.

"먼저 건드리는 사람을 치는 것은 율법에 어긋나지 않지요, 대형?"

"이런 세상물정 모르는 개 같은 종자들 같으니라고!"

호통을 내지른 현호자가 앉은 채로 붕 몸을 날렸다.

하지만 그것도 한 순간이었다.

번쩍!

한 줄기 번개가 눈앞에서 작렬했다.

"헛!"

현호자는 갑자기 코앞에 들이닥친 고후명의 비홍을 보고 대경하며 몸을 틀었다.

그는 고후명이 언제 검을 뽑았는지 보지도 못했다.

만약 노회한 경험이 아니었다면 그대로 목이 뚫렸을지도 모를 일이었다.

청운유수(靑雲流水)의 신법으로 몸을 튼 현호자는 벌게진 얼굴로 고후명을 노려보았다.

"네, 네놈이… 감히!"

고후명은 그런 현호자를 착 가라앉은 눈으로 직시한 채 느릿느릿 입을 열었다.

"우린 노도장 말대로 세상물정을 모릅니다. 그래서 하고 싶은 대로만 하지요. 싸우겠다면 절대 마다하지 않는다, 이 말입니다."

"이, 건방진……."

현호자는 분기를 참지 못하고 검병에 손을 얹었다.

바로 그때였다. 우수 검지를 들어 현호자의 손을 가리키는 전무심의 입에서 나직하고도 무거운 목소리가 흘러나왔다.

"그 검을 뽑으면 책임을 져야 할 것이오."

순간 현호자는 이를 앙다물었다.

화를 참기 위해서가 아니었다. 손이 움직이지 않았던 것이다.

마치 만 근 바위가 손을 짓누르는 듯하다.

꼼짝도 할 수 없는 상황. 그는 도저히 믿을 수가 없었다.

단지 손가락 하나를 들어 가리키고 있을 뿐이다. 그런데도 나름대로 무공에 자신있다는 자신이 손 하나조차도 움직일 수가 없다니!

그때 전무심이 다시 말했다.

"후명, 검을 집어넣어라. 내 뜻은 이미 전달했으니까."

거의 동시였다. 벌떡 일어선 운양자가 전무심을 향해 손을 휘둘렀다.

부드러운 곡선을 그으며 휘도는 손짓을 따라 부드러운 기운이 몰려온다. 무당의 자랑이라는 면장이 펼쳐진 것이다.

전무심은 좌수를 들어 현호자의 휘도는 두 손 사이로 일장을 내질렀다. 천강벽월의 기운를 담은 채!

쿠궁!

묵직한 충돌음.

"으음……"

답답한 신음이 흘러나오고,

쿵! 쿵!

두어 걸음 물러선 운양자의 얼굴이 와락 일그러졌다.

창백한 표정의 운양자를 향해 전무심이 말했다.

"다시 말하지만, 내 뜻은 이미 전달했소. 그대로 전해주셨으면 하오."

일지로 현호자의 움직임을 제어하고, 일장으로 운양자를 물리친 전무심은 할 말 다 했다는 듯 고개를 돌렸다.

명백한 축객령이다.

현호자의 얼굴이 붉으락푸르락 팔색조처럼 변했다.

그러나 조금 전의 일지를 몸으로 겪은 그는 함부로 움직일 수도 없었다.

'죽은 천왕교의 사람들 중 장로가 끼어 있는 것 같다더니……. 사실이었구나.'

더 있어봐야 체면만 구겨질 상황.

"험, 그래도 맹의 사람들을 구해주었다니 오늘은 이만 가겠네! 하나 부디 후회할 일은 하지 말아야 할 것이네. 나중에 보세!"

씹어뱉듯이 말을 마친 현호자가 홱 몸을 돌렸다.

순간 현호자는 갑자기 소름이 돋는 기분에 어깨를 부르르 떨었다.

"혹시나 해서 하는 말이오만, 어리석은 생각은 하지 마시오."

전무심의 전음이 머릿속에서 윙윙 울리는 데도 그는 그물에 갇힌 물고기마냥 움직일 수가 없었다.

그러다 전신을 감싼 그물이 온데간데없이 풀리자 그제야 속으로 깊은 신음을 흘렸다.

'으음……'

만일 조금 전에 옆에서 누군가가 손을 썼다면 어떻게 되었을까?

'젠장! 다 늙어서 이게 무슨 꼴이람!'

현호자는 생각만 해도 등줄기로 식은땀이 흘렀다.

"갑시다, 현호 사형. 저 건방진 자와 더 이야기할 게 뭐 있겠소?"

그때 속도 모르는 운양자가 재촉한다.

현호자는 이를 악물고 전무심을 한 번 바라보고는 걸음을 떼었다.

건방진 자가 아니다. 오만한 자도, 거만한 자도 아니다.

자부심. 자신에 대한 철저한 자신감을 가진 자다.

높은 하늘에 올라 누구든 올라올 테면 올라와 보라는 그런 자신감 말이다.

'곧 천하가 진동할 일이 벌어질지 모르겠군. 허, 거참……'

현호자와 운양자가 떠나가자 사진옥 등이 자리에 앉았다.

"저들이 순순히 포기하지는 않을 것 같군요."

사진옥의 말에 전무심이 천천히 고개를 끄덕였다.

"당연히. 나라도 그럴 테니까. 하지만 줘도 거저 주지는 않을 것이다."

"그럼?"

"그만한 대가를 받아내야겠지. 정보든, 뭐든. 애가 타는 것은 저들이지 우리가 아니니까."

전무심도 정천무맹과 협조하면 천왕교를 상대하기가 훨씬 수월할 거라는 것을 모르지는 않았다.

그러나 그들의 힘에 좌우되고 싶은 마음은 눈곱만큼도 없었다.

자신은 암천혈왕, 혈사자가 아니던가!

2

종남과 화산의 제자들이 떠난 지 채 이틀이 지나기도 전이었다. 천가장에 수십 명의 무사들이 머무른다는 소문이 장안에 퍼졌다.

그래선지 비천산장도 아무런 움직임 없이 조용했다.

굳이 큰 소란을 원치 않았던 전무심으로선 다행스런 일이었다.

사흘이 지나자 부상당한 혈곡의 무사들도 홍곽열과 몇몇 중상자들을 제외하곤 거의 모두가 자리를 털고 일어났다.

그리고 나흘째 되던 날, 전무심은 천가장을 떠나 황경을 찾아갔다.

황경은 송정에게 미리 말을 들어서인지 전무심을 내치지 않고 안으로 받아들였다. 불만이 가득한 얼굴로.

"황경이라 하외다."

"전무심입니다. 무림의 일에 관여치 않으려는 분을 뵙자고 해서 죄송합니다."

"어험, 별말씀을. 그래, 무엇 때문에 찾아온 것이오? 혹시 장주 때문에 왔다면, 미안한 말이지만 내가 더 이상 어떻게 할 수 있는 방법이 없소이다."

"물론 그것도 부탁해 볼까 했습니다만, 제가 뵙자 한 것은 다른 일 때문입니다."

전무심은 품속에서 환락단이 든 함을 꺼내놓았다.

"그게 무엇이오?"

전무심은 함의 뚜껑을 열고 황경을 바라보았다.

"한때 사천을 시끄럽게 했던 환락단에 대해 들어본 적이 있으십니까?"

처음에는 의아해하던 황경의 눈이 점점 커졌다.

"화, 환락단? 지금 환락단이라고 하셨소? 그럼 이것이?"

"그렇습니다. 우연히 얻은 환락단입니다."

"대체 이런 마물을 왜……?"

불안한 표정으로 쳐다보는 황경이다.

혹시라도 원하는 것이 환락단이 아닌지 의심하는 눈빛이다. 전무심은 황경을 똑바로 바라본 채 나직이 입을 열었다.

"누군가가 환락단을 이용해 사람들의 정신을 조종하려 하고 있습니다. 그래서 저는 환락단의 폐해를 막을 수 있는 방법이 있나 알아보려는 것입니다."

그래도 미심쩍은지 황경이 물었다.

"설마 이것을 만들어보려는 것은 아니겠지요?"

"곧 그것을 만드는 생산처를 제 손으로 완전히 없애려 합니다만, 그렇다 해도 이미 밖으로 나온 것은 어쩔 수가 없는 상황입니다. 다시 한 번 묻겠습니다. 신의께서는 이것의 폐해를 막을 수 있는 약을 만들 수 있겠습니까?"

황경은 탁자 위의 환락단을 뚫어지게 바라보았다.

점차 그의 눈에서 옅은 열기가 피어올랐다.

호기심이 인 것 같기도 했고, 의술을 익힌 자로서 도전해 보고 싶다는 욕구인 것처럼도 보였다.

전무심으로선 어느 것이라도 상관없었다.

"대가는 부족하지 않게 드리겠습니다. 하실 수 있겠습니까?"

전무심이 다시 물었다.

그제야 황경이 힘들게 입을 떼었다.

"한번…… 해보겠소. 하나 장담은 할 수 없소."

"얼마나 걸릴 것 같습니까?"

황경의 이마가 좁혀지고 주름이 그어졌다.

"얼마가 걸릴 지는 나도 모르겠소. 한 달이 걸릴 지, 일 년이 걸릴 지, 아니면 그보다 더 걸릴 지."

"시일이 당겨지면, 그만큼 많은 사람들이 살 수 있을 겁니다. 최대한 시일을 당겨주시기 바랍니다."

황경이 입술을 지그시 깨물었다.

그 모습을 보고 전무심이 말을 이었다.

"혹시 혼자가 어렵다면, 누구든 말만 하십시오. 제가 데려오도록 하겠습니다."

황경이 고개를 들었다. 자존심이 상한 표정이었다.

하지만 지금은 자존심을 생각할 때가 아니었다.

"수많은 사람의 목숨이 달린 일입니다. 신의께서도 제 말이 무슨 뜻인지 잘 아실 겁니다."

전무심의 나직한 목소리에 황경의 눈매가 잘게 떨렸다.

하는 수 없다 생각한 듯 그는 환락단에 눈을 고정시키고 한 사람의 이름을 꺼냈다.

"으음, 알겠소. 정 그렇다면…… 융중산의 한충문을 붙여주시오. 다른 것은 몰라도, 미약 계통에선 그가 중원제일이라 할 수 있소. 그가 올 동안 내 나름대로 최선을 다해서 환락단의 성분을 파악해 보겠소."

전무심은 장안으로 돌아오자마자 정조위를 찾아갔다. 그리고 영안촌의 화운곡에게 한 장의 서신을 지급으로 전달하게 했다.

융중산의 한충문을 백의장으로 데리고 오시오. 환락단의 중화제를 만들기 위함이니 어떤 방법을 쓰든 상관없소.

3

전무심이 천가장에 자리 잡은 지 열흘 만에 한차례 큰 눈이 내렸다.

무릎까지 싸인 눈에 모두가 외출을 삼가고 눈을 치우는 데 앞장섰다.

고수들이 눈을 치우는 속도는 일반 무사들에 비할 바가 아니었다.

심지어 초식을 펼치며 눈을 치우는 사람도 있었다.

특히 상유상은 철곤에 싸리나무를 묶어서 눈을 치우는데, 다른 사람보다 몇 배는 더 치웠다.

"우와! 굉장하구먼!"

천가장의 일반무사들이 감탄하며 소리를 지를 때마다 상유상의 철곤은 눈부시게 좌우를 휩쓸었다.

"음하하하! 이까짓 것쯤이야!"

그 모습을 보고 예종이 깔깔거리며 흐뭇해했다.

"잘하면 전문으로 눈 치우는 일을 시켜도 되겠는데? 처자식 굶겨 죽이지는 않겠어. 오호호홋!"

그런 두 사람을 바라보며 고후명은 입맛을 다시고,

"쩝, 저 무식한 힘도 쓸데가 있기는 있군."

사진옥은 팔짱을 낀 채 초식명을 외쳤다.

"유상, 팔방만개(八方滿開)!"

덩치로 상유상과 비견되는 거승도 몸이 어느 정도 나았는지 한바탕 난리법석에 끼어들었다.

"으라차차!"

넓은 그의 도가 휘둘러질 때마다 눈뭉치가 한곳으로 쓸려갔다.

홍곽열이 그 모습을 보고 고개를 저었다.

"쯔쯔쯔, 완전히 곰 두 마리가 날뛰는 거 같군."

웃고, 떠들고, 너도 없고, 나도 없고, 모두가 하나가 되어 눈을 치웠다. 혈곡의 무사들도 오랜만에 얼굴에 웃음을 띤 채 눈 치우는 일에만 전념했다.

한쪽에서 천소령과 함께 한데 어우러진 사람들의 눈장난을 쳐다보던 전무심의 입가에도 슬며시 웃음이 내걸렸다.

"호호호! 정말 굉장하군요. 눈을 저렇게 치울 수도 있다니 말이에요."

천소령의 웃음은 열흘 전과는 판이했다.

더구나 천수경의 병세가 더 이상 악화되지 않고 오히려 조금씩 좋아지고 있어서인지 그녀의 웃음은 더욱 밝아 보였다. 천지를 뒤덮은 눈만큼이나 환한 미소였다.

전무심이 그런 천소령을 향해 불쑥 한마디 했다.

"다행히 오늘은 그럭저럭 밥값을 하는 모양이오. 남보다 세배는 더 먹더니."

"예? 호호호호호!"

천소령이 죽는다고 배를 움켜쥐고 웃었다.

소미하란도 더 이상 참지 못하고 피식 웃음을 지으며 고개를 돌렸다.

그때 천소령이 소미하란을 향해 물었다.

"언니, 전 공자님이 저런 농담 자주 해요?"

소미하란은 마지못해 대답했다.

"글쎄, 한 달에 한 번? 좌우간 진짜 재미없어."

"어머, 세상에. 그러고도 얼굴이 굳지 않았다니 신기하네요."

"아마 굳지는 않을 거야. 가끔씩 인상도 쓰니까."

"예? 호호호! 언니도 그런 농담을 하시네."

언제부턴지 언니 동생 하는 두 사람이다.

전무심은 굳이 말리지는 않았다.

얼마나 외롭게 지냈으면, 소미하란이 자신을 좋아하는 줄 알면서도 질투를 하지 않고 언니라고 부를까 싶어 오히려 불쌍한 마음이 들 정도였다.

그렇게 반나절에 걸쳐 천가장의 눈을 거의 모두 치웠을 때다.

정문을 지키는 왕이가 헐레벌떡 전무심을 찾아왔다.

"전 공자님, 손님이 찾아오셨습니다! 헉헉!"

"손님?"

"예, 두 분인데, 한 사람은 거의 돼… 뚱뚱한 분이고, 한 분은 도복을 입은 것으로 봐서 도인 같은데, 공자님을 찾기에 일단 객당으로 모셨습니다."

'돼지처럼 뚱뚱한 사람이라…….'

문득 곤명 만수점의 주인, 손호방이 떠올랐다.

아무리 뚱뚱하다 해도 그보다 더할까?

전무심은 열심히(?) 눈을 치우고 있는 사람들을 바라보며 웃고 있는 천소령을 바라보았다. 그러자 천소령이 먼저 말했다.

"눈 때문에 오시느라 고생하셨을 텐데, 빨리 가보세요."

"그럼 잠시 가보겠소."

객당은 정문의 좌측에 있었는데 방 수만 이십여 개에 달했다. 하지만 최근에는 머무를 손님이 없어 거의 비어 있다시피 했다. 덕분에 오랜만에 든 손님은 객당에서도 제일 좋은 방을 차지하고 있었다.

전무심은 방문을 열고 들어가자마자 뜻밖의 사람을 보고 눈을 크게 떴다.

"허허허허, 오랜만이구먼."

"오랜만이오."

왕이가 돼지라고 말을 하려 했던 것도 이해가 되었다.

맙소사! 그는 정말로 곤명 만수점의 주인, 손호방이었던 것이다.

더구나 도복을 입은 자는 자신이 살려주었던 신마성의 곡초운이 아닌가.

"대체 어떻게 여기까지……?"

"그냥 심심해서……."

손호방이 가느다란 눈으로 웃음을 지으며 말했다. 출렁거리는 턱이 말할 때마다 좌우로 흔들렸다.

"심심해서 곤명에서 여기까지 왔단 말씀입니까?"

"뭐, 겸사겸사 왔지. 동자고가 다쳤다는 소문도 들리고 해서 찾아볼 겸 말이야."

동자고가 다쳤다고?

묻기도 전에 손호방이 말했다.

"신마성과 싸우는데 끼어들었나 보더군. 뭐, 이유는 말하지 않아 모르겠지만."

"많이 다쳤습니까?"

"별로. 어깨에 구멍 좀 나고 내장이 살짝 보이기 하지만, 죽을 정도는 아니더군."

그게 별로라고?

도대체 손호방의 머릿속에는 무슨 생각이 들어 있을까?

전무심이 빤히 바라보자 손호방이 굵은 손가락으로 코를 후비며 고개를 돌렸다.

그때 전무심이 불쑥 흑화령이 당한 상황을 들추며 물었다.

"총단이 와해당하고 대령주가 곤명으로 갔다는 이야기는 들었습니다. 한데 돌아가지 않으서도 괜찮겠습니까?"

손호방은 코를 후비던 손을 멈추고 작은 눈을 떼굴떼굴 굴리더니, 곧 시무룩한 표정을 지었다.

"내가 누군지 알고 있었군. 운곡이 말해줬나?"

"곤명 이야기를 하다보니 어쩔 수 없이 털어놓더군요."

"하긴 그놈 잘못만도 아니지. 좌우간, 뭐 내가 간다고 뾰족한 수가 있는 것도 아닌데 어떡하겠나? 그저 피해가 적었다는 것 정도로 만족해야지."

말끝에 고개를 숙이는 손호방의 어깨에 왠지 힘이 없어 보였다.

그제야 전무심은 곡초운을 바라보았다.

왠지 도복이 잘 어울려 보였다. 수십 년 도문에 몸담은 사람처럼.

"나를 찾아왔을 때는 그만한 이유가 있을 것 같군요."

"사문의 잃어버린 명예를 되찾으려 합니다. 해서 많은 생각 끝에 부끄러운 마음을 무릅쓰고 물어 물어 도우를 찾아왔습니다."

마치 진짜 도사인 것처럼 말하는 곡초운이다.

"사문의 명예를 찾는데 내가 무슨 도움이 된단 말이오?"

"제 사문은 도천문(道天門)입니다. 비록 크진 않지만 그래도 삼백 년을 이어온 도문(道門)이었습니다. 사조께서 전설로 전해지는 마선의 혈을 지녔다는 이유로 본 문은 멸문당하다시피 했지요."

그의 목소리는 담담했다. 그러나 전무심은 그 담담한 목소리에 배인 처연함을 마음으로 느낄 수가 있었다.

"그렇다면 내가 해줄 수 있는 것이 없을 것 같소만."

"그저 옆에만 있게 해주시면 됩니다. 도우께서도 사조처럼 전설의 기운을 타고나신 분. 그러한 기운을 타고났다고 해서 세상에 해악이 되지 않는다는 걸 확인하고, 본 문을 멸문시킨 사람들에게 본 문이 도적(道籍)에서 지워질 정도로 나쁜 짓을 하지 않았다는 걸 말하고 싶은 겁니다. 그래야 본 문을 다시 세워도 그들이 검을 들이대지 않을 테니까요."

그런 과정을 거치지 않고 문파를 부활시키면 다시 공적으로 몰려 멸문당할지 모르는 일. 전무심이 곡초운의 말을 이해하는 것은 그리 어렵지 않았다.

그리고 한편으로는 그를 도와주고도 싶었다. 자신 역시 전설로 전해진 이야기 때문에 저주에 가까운 피해를 본 사람이 아닌가 말이다.

"천가장에는 방이 많이 남아 있소. 머무르고 싶다면 마음대로 하시오."

"감사합니다, 전 도우!"

갑자기 곡초운이 털썩 무릎을 꿇고 고개를 숙였다.

"나는 당신에게 그런 인사를 받을 이유가 없소."

전무심이 가볍게 손을 저었다. 그러자 곡초운의 몸이 저절로 펴졌다.

손호방은 전무심의 가공할 내력에 눈을 크게 떴다.

그러더니 행여나 늦을세라 재빨리 말했다.

"나도 머무르겠네. 뭐, 방도 많이 남는다는데, 괜찮겠지?"

"내년이면 곤명에 있던 사람들이 호남으로 올라올지 모른다고 하더군요. 그때까지는 이곳에 머무르십시오."

"흘흘흘, 고맙네."

손호방은 수십 년간 험악한 낭인들을 다스리며 만수점을 경영할 정도로 온갖 수단에 능한 자였다.

그리고 곡초운 역시 상황 판단이 빠르고, 특히 신마성의 정보에 정통한 자였다.

작금 상황에서 무공보다 더 절실하게 필요한 능력을 갖춘 두 사람이다. 그러니 전무심으로선 마다할 이유가 전혀 없었다.

게다가 무공 역시 손호방은 겉보기와 달리 절정에 달한 고수고, 곡초운은 일류 중의 상급에 속한 실력을 지닌 자다.

솔직히 속된 말로 '이게 웬 떡이냐'며 대소라도 터뜨리고 싶은 마음이었다.

그래도 겉으로는 여전히 무심한 표정을 지으며 강하게 말했다.

"단, 마음대로 움직여서는 안 됩니다."

"음허허허허! 걱정 붙들어 매게."

"걱정 마십시오. 도우의 명이 떨어지기 전에는 절대 개인적인 행동을 하지 않겠습니다."

전무심은 두 사람과 함께 별원으로 돌아가며 그동안 의아하게 생각했던 것을 물었다.

"두 분이 여기서 처음 만난 것 같지는 않군요."

"사천에 있는 아이들이 비룡표국의 장안 지부에 연락을 해놓고 기다리면 된다고 하기에 그곳을 찾아갔다가 이 친구를 만났다네. 알고 보니까 같은 사람을 찾고 있지 뭔가. 그래서 함께 온 걸세. 허허허, 인연이란 게 참……."

문득 또 한 가지 의문이 들었다.

'손 노인은 곡초운이 신마성의 사람이었다는 것을 알고 있을까?'

하지만 묻지는 않았다. 곡초운은 이제 신마성이 아닌 도천문의 사람이니까.

대신 나중의 불필요한 다툼을 예방하는 차원에서 전음으로 곡초운에게 손호방에 대해서 알려주었다.

"손 노인은 흑화령의 사람이오. 그 말이 무슨 뜻인지 귀하가 더 잘 알 거요. 그러니 그대가 예전에 신마성 사람이었다는 걸 절대 말하지 마시오."

곡초운의 담담하던 눈이 휘둥그레졌다.

第六章

천동쌍마(天童雙魔)

日弟子趙孟頫敬書呈大政元四月

道吉廣爲傳

長塵前再拜禮一天師與

千秀芳景深更掩中樓　雨間容差現晚

草開枝近天下　漂然知名說家　界

死星
天血

1

원단(元旦)이 지나고, 닷새가량이 흘렀을 때다.

한 가지 소문이 강호를 뒤흔들었다.

─삼성(三聖) 중 한 분이시며, 소림의 활불이라는 공지 대선사가 열반하셨다!

단순한 죽음이었다면, 그렇게 시끄러울 것도 없었다.

문제는 누군가가 소림 안에서 그를 죽였다는 데 있었다. 삼성 중 한 사람을, 그것도 암수가 아닌 정면 대결로.

오유봉 끝자락에서 벌어진 격전을 직접 본 사람은 없었다. 다만 천지풍파라도 일어난 것 같은 주변 상황, 그 한가운데 가부좌를 튼 채 죽어 있는 공지 대선사의 모습, 그걸 확인한 소림의 장로원에서 사흘 만에 내린 결론이 정면 대결이라 하기에 그런가 보다 할 뿐이었다.

어쨌든 그 일로 정천무맹은 초상집이 되어버렸다.

한 사람이 아쉬운 판에 절대지경의 고수가 죽다니!

그 소식이 전해지자마자, 누가 부르지 않았는데도 정천무맹의 대회의장에 원로들이 모여들었다.

"삼천 명이 넘게 모여들면 뭐 한단 말인가? 어허……."

"그래도 아직 다른 분들은 건재하시지 않소?"

"누가 그걸 모른답니까? 문제는 적의 정확한 상황을 모르니 답답해서 그러는 거지요!"

"살아 돌아온 아이들의 말로는, 못해도 수십 명의 절정고수가 있다 했소이다. 그렇다면 적어도 절대지경의 고수가 서너 명은 있다고 봐야 할 거요."

"그 정도는 우리도 되지 않소?"

"되면 뭐 합니까? 이곳에 계시지 않는데."

"무슨 수를 써서라도 그분들을 모십시다. 설마 본 맹의 맹주께서 내린 명을 거역하시기야 하겠습니까?"

"그보다 전무심인가 뭔가 하는 애송이부터 데려옵시다. 그가 오면 보다 정확한 것을 알 수 있지 않겠소이까?"

"허, 누가 그걸 몰라서 그럽니까? 현호 사제가 그랬지 않습니까? 천가장에 있는 고수들을 제압하려면 종남의 제자들이 모조리 달려가야 할 판이라고 말이오. 천왕교를 상대하는 것만으로도 머리가 아픈 판에 몇 가지 정보를 얻자고 장안에까지 가서 대규모 싸움을 벌인단 말입니까?"

"정확한 것도 아니지 않소?"

"아아, 지금은 그게 중요한 것이 아닙니다. 공지 대선사께서 누구에게 돌아가셨는지, 그걸 먼저 알아야 합니다. 그것도 모르고 어떻게 적을 상대한단 말입니까?"

근 한 시진이 지나도록 소란은 가라앉지 않았다. 그 와중에도 상대의 말을, 그것도 서너 사람 건너편에 있는 사람들의 말을 하나도 놓치지 않고 대답하는 것을 보면 신기할 정도였다.

그러나 결론이 난 것은 아무것도 없었다.

맹주인 허경 진인이 깊게 파묻고 있던 몸을 일으킨 것은, 원로들의 결론 없는 의견이 근 한 시진가량 이어질 때였다.

맹주가 몸을 일으키자 모두가 입을 닫았다.

"여러분들의 말씀은 잘 들었고……. 우선 내 의견을 먼저 말해보겠소."

허경 진인의 낮은 음성은 대전의 끝에 있는 사람 귀에도 생생하게 전달되었다.

"노도는 공지 도우를 죽인 자가 누군지, 그걸 생각해 봤소."

그건 당사자인 소림조차 정확히 모르고 있는 상황이었다.

"소림에서 전해진 말로는 두 사람이 손을 쓴 것 같다고 하더구려. 그것도 공지 도우에 비해 결코 떨어지지 않는 실력을 지닌 자가 말이오."

잠깐 웅성거림이 있었지만 곧 조용해졌다.

"천하에 사람은 많으나, 공지 도우를 죽일 수 있는 사람은 극히 드문 상황이오. 물론 두 사람이 손을 쓴다고 해도 말이오."

그것만큼은 분명한 사실이었다.

"노도는 기억을 더듬어 그럴 만한 사람을 짚어봤소. 그리고 그 사람들 중 마도의 사람들을 꼽고, 그들과 오유봉에 남았다는 흔적을 떠올려 봤소."

갑자기 바늘 떨어지는 소리조차 들릴 정도로 정적이 맴돌았다.

허경 진인은 근 오십여 명에 이르는 원로들을 돌아보며 몇 사람의 이름을 꺼냈다.

"현 사마도를 장악하고 있는 구마 중 신마 희천양과 백안마군 사문천, 천독귀령 순우명, 사신 소리양환. 그들이라면 그와 같은 흔적을 남길 수 있을 것이오. 그리고 죽었을지는 모르지만, 전대의 마두들인 혼세칠마존 중 벽혈마검 혁우린과 천동쌍마의 무공이라면 그런 흔적이 남았을 거라 생각했소. 물론 실력으로만 말하면 그들 외에도 몇 사람 정도 더 있긴 하지만."

"현 강호의 상황으로 봐서 구마 중 두 사람이 함께 손을 쓴다는 것은 가능성이 희박한 일입니다, 맹주."

제갈경이 조심스럽게 나섰다.

허경 진인이 고개를 끄덕였다.

"그래서 더 좁혀질 수가 있었네. 물론 마도의 사람에 한정이 되어서 반쪽짜리 결론에 불과하지만 말이야."

"그럼 설마 천동쌍마란 말입니까?"

"그 두 사람은 오래전 공지 대선사와 약간의 감정다툼이 있었던 자들이지. 그것 때문인지 소림도 일단은 그들을 범인으로 지목하고 있는 것 같네. 문제는 그들이 정말 살아 있다면, 다른 사람도 살아 있을 수가 있다는 거네. 그것도 적으로서."

"맹주님의 말씀은…… 그들이 천왕교에 속해 있을지 모른다, 이 말씀이십니까?"

"내가 두려운 것은 바로 그것이라네. 오래전 언젠가 개방의 만리족적개를 만난 적이 있는데, 그 사람이 말하길, 천동쌍마를 비롯한 몇몇 마두가 천왕교에 몸담은 것 같다고 했다네. 사실은 그래서 어떤 대가를 치르더라도 전무심이란 젊은 도우를 만나려 하는 것이지."

"하오면, 우선은 그를 만나보는 게 급선무겠군요."

제갈경의 말에 허경 진인이 고개를 끄덕였다.

"그래서 말이네만, 아무래도 자네가 장안으로 가봐야 할 것 같네."

2

천라혈왕공을 대주천시키고 방을 나서는데 천소령이 찾아왔다. 하나의 봉투를 들고서, 평소 때와 다르게 가라앉은 표정을 한 채.

"그게 무엇이오?"

천소령이 머뭇거리며 말했다.

"좀 도와주셨으면 하는 일이 있어서요."

"말해보시오. 내가 뭘 하면 되는지."

"이걸 가지고 비천산장에 가주셨으면 해요."

"그게 무엇이오?"

천소령은 물끄러미 봉투를 보고 고개를 들더니 착잡한 표정으로 말했다.

"이런 말씀드리기 부끄럽지만, 제가 못나서 그런지 지금으로선 달리 방법이 없어요. 해서 마지막 방법을 써보려고 해요. 할아버지도 승낙하셨고요."

'진작 말하지. 내가 너무 무심했나?'

전무심은 쓸쓸한 표정으로 뒷짐을 진 채 비천산장의 정문을 향해 다가갔다.

비천산장의 정문은 천가장만큼은 아니어도 근처의 그 어떤 대장원의 정문보다 크고 넓었는데, 굳게 잠긴 정문 앞에는 두툼한 털옷을 입고 등 뒤에 검을 매단 두 명의 무사가 나와 있었다.

그들은 잡담을 나누다 말고 전무심이 다가오는 것을 알고는 입을 다물었다.

이 장의 거리를 두고 전무심이 걸음을 멈추자, 두 사람 중 땅딸막한 자가 한 걸음 앞으로 나섰다.

"어떻게 오셨소이까?"

"장주님을 만났으면 하오."

"약속이 되어 있으시오?"

"천가장에서 왔다고 전해주시오."

"천가장?"

천가장이라는 이름에 땅딸막한 자의 눈이 차갑게 빛났다.

천가장이라면 자신들과 좋을 수가 없는 관계였다.

최근에야 별다른 마찰이 없지만, 서너 달 전만 해도 매일같이 티격태격하며 장안의 상권을 놓고 싸우던 사이가 아닌가 말이다.

'씨발, 그때만 해도 좋았는데. 심심찮게 공돈도 생기고 말이지……'

어느 날 갑자기 천가장에 종남과 화산의 제자들이 몰려들고, 장주로부터 천가장과의 마찰을 금한다는 명이 떨어지지지 않았어도, 사흘에 한 번은 유곽을 드나들며 계집을 품었을 그였다.

당연히 전무심이 곱게 보일 리 없었다.

"약속이 되어 있지 않다면 만나 뵐 수 없소이다."

전무심 역시 문을 열고 반길 거라고는 생각하지 않았다.

그렇다고 말단 무사와 티격태격하고 싶지도 않았다.

"그럼 말이라도 전해주시오. 반 시진 후 청양루를 본 장이 접수할 것인 즉, 오든 말든 알아서 하라고 말이오."

땅딸막한 무사의 눈이 커졌다.

청양루라면 비천산장의 핵심 사업장 중 하나였다.

하루 벌어들이는 돈만 수천 냥에 달하는 알토란 같은 주루가 바로 청양루인 것이다.

"자, 잠깐만 기다리시오! 총관께 아뢰고 오겠소."

전무심이 무심한 표정으로 말했다.

"나는 차가운 바람이 부는 이곳에서 기다릴 생각이 없으니 그냥 가겠소."

"아니, 일단 들어오시오. 들어오셔서 객당에서 기다리시오."

객당에 앉아 차를 마시기도 전에 한 사람이 부리나케 안으로 들어왔다.

"나는 이곳의 총관인 구종경이라 하네. 자네는 누군데 청양루 운운한 것인가?"

조금은 어이없어하는 말투, 허튼소리를 하면 당장이라도 손을 쓸 것은 표정이었다.

전무심은 마저 차를 한 모금 마시고 입을 열었다.

"나는 전무심이라 하오."

"전……?"

구종경의 찌푸려졌던 눈살이 서서히 펴졌다. 그러더니 얼굴색이 하얗게 변했다. 전무심의 이름을 알고 있는 듯했다.

"자네가… 그대가… 전무심?"

"장주를 뵈러 왔소. 시끄럽게 할 생각이 없으니 안내해 주시오."

당연히 그리할 것처럼, 전무심은 자리에서 일어나 방을 나섰다. 그제야 구종경은 정신을 차리고 재빨리 앞장서서 전무심을 안으로 안내했다.

"따라오시지요."

이청한의 얼굴은 전과 많이 달라 보였다. 얼마나 마음고생을 했는지 볼이 홀쭉해져 있었다.

그런데다 전무심과 마주 앉자 손마저 가늘게 떨었다.

"오랜만이오."

전무심이 입을 열고 나서야 이청한의 떨리던 손이 잠잠해졌다.

그가 전무심을 똑바로 바라보고 탁한 목소리를 흘려냈다.

"왜 왔소? 나는 당신 말대로 조용히 있거늘."

"두 가지 할 말이 있어서 왔소."

이청한의 눈매가 파르르 떨렸다.

"할 말? 어디 말해보시오. 들어주지 못할 것은 없으니까."

"우선 한 가지, 당신이 거저 가져가다시피 한 곳 중 몇 개를 넘겨줘야 하겠소. 물론 정당한 대가를 지불할 것이오."

"훗, 천가장이 그동안 돈을 많이 벌었나 보군."

전무심은 천천히 고개를 저었다.

"몇 달간 벌어봐야 얼마나 벌었겠소?"

"그럼 무엇으로 대가를 지불하겠다는 것이오?"

"어음으로."

"어, 어음······?"

이청한의 부릅뜬 눈에서 불길이 일었다.

하지만 전무심의 눈과 마주치자 찰나간에 꺼져 버렸다.

"천가장을 담보로 한 어음이오. 아마 담보가 적지는 않을 것이오."

이청한이 흠칫하며 물었다.

"당신이 어떻게 그걸 보장한단 말이오?"

"내가 아니오. 나는 대리인으로 왔을 뿐, 장주와 천 낭자가 보장하기로 했소."

현재 남아 있는 천가장의 사업장만으로는 삼 년간 죽어라 해도 빚을 갚을지 요원한 상황. 천수경과 천소령이 깊은 고심 끝에 내린 결정이었다.

물론 전무심이 있기에 가능한 방법이기도 했다. 전무심이 천가장에 있는 한 비천산장을 걱정하지 않고 상단의 일에만 전념할 수 있을 테니까.

어쨌든 천가장을 담보로 한다면 그리 손해 볼 것도 없는 상황. 이청한은 마음을 가라앉혔다.

상대는 천왕교의 고수들을 혼자서 모조리 죽여 버린 저승사자와 같은 자. 사실 강제로 뺏으려 한다고 해도 막을 방법이 없었다.

만일 비천산장의 무사들을 동원해서, 다른 사람들까지 불러들여서라도 전무심을 없앨 수 있었다면 그렇게 했을지도 몰랐다.

그러나 머리를 쥐어뜯으며 아무리 머리를 굴려봐도, 잘해야 공멸이라는 계산밖에 나오지 않았다.

놈이 천가장에 돌아왔다는데 언제 움직일까?

설마 이제 와서 모두 죽이겠다고 설치지는 않겠지?

그냥 다 정리해서 도망갈까? 아니지, 내가 무슨 죄를 졌다고!

지옥 같은 하루하루였다. 잠도 오지 않았다.

그러던 차에 나온 전무심의 말은 그에게 단비와도 같았다. 최소한 무력으로 해결하지는 않을 것 같지 않은가 말이다.

"어느 곳을 원하는 것이오?"

전무심은 이청한의 말에 품속에서 봉서를 꺼내 툭 던졌다.

"이곳에 천가장이 원하는 곳이 적혀 있소."

이청한은 느릿하니 봉서를 집으며 고개를 들었다.

"할 말이 한 가지 더 있다고 들은 것 같소만……?"

"다시는 천가장을 건들지 마시오. 내가 있든 없든. 그렇게 만 한다면, 나 역시 더 이상 비천산장에 손을 쓰지 않을 것이오."

"그거야……."

이청한이 대답하기도 전이었다. 전무심의 전신에서 싸늘한 기세가 피어올랐다.

난데없는 무형지기에 이청한의 창백한 얼굴이 흙빛으로 물들었다.

"만일 또다시 저번과 같은 일이 벌어진다면, 비천산장이 피로 뒤덮일 것이오. 명심하시오."

이청한은 가슴에서 끓어오르는 핏물을 참지 못하고 울컥 토해냈다.

전무심은 무심한 눈으로 허리를 굽힌 이청한을 보며 천천히 자리에서 일어섰다.

"모든 일이 당신하기에 달려 있소. 이대로 편히 살 것인지, 아니면 지옥을 볼 것인지."

천가장으로 돌아가는 길이 왠지 가볍게 느껴진다.

조금은 밝아졌을 천소령의 얼굴을 생각하니 기분이 좋아진다.

왜일까?

천가장을 위해 뭔가를 했다는 것 때문일까?

'우습군. 원망만 하던 때가 언젠데?'

그는 쓴웃음을 지으며 하늘을 올려다봤다.

청명한 하늘은 열흘째 계속되고 있다.

천왕교에 대한 소식도 조용하다.

올 거라 생각했던 정천무맹의 사자도 오지 않는다.

모든 것이 고요히 가라앉아 있다.

폭풍전야!

그런데도 전무심은 조급한 마음이 들지 않았다.

호랑이는 살쾡이처럼 먹이를 찾아 돌아다니지 않는다. 길목을 잡고 기다려 먹이가 나타나면 단숨에 제압할 뿐.

그렇다. 그는 호랑이가 될 생각이었다.

천왕과 백리군악을 잡는 호랑이가!

이런저런 생각을 하며 느긋이 걷다 보니 문득 술 생각이 난다.

그러고 보니 혼자서 거리를 자유롭게 걸은 것이 얼마 만인지 생각도 잘 나지 않는다.

'술이라……. 그것도 괜찮겠군.'

전무심은 대로로 접어들자 술 마실 만한 곳을 찾아보았다. 그러다 갑자기 피식 웃음이 나왔다.

그저 술 마시고 싶다는 이유로 무작정 술집을 찾는 자신이 조금은 어색하게 느껴진 것이다.

그러한 마음 때문인지는 몰라도, 그는 커다란 술집보다 작은 술집을 찾아보았다.

골목 안쪽에 작은 술집이 하나 보였다.

만향루(萬香樓).

'만 가지 향이 있다는 뜻인가?'

새삼스럽게 술집 이름까지 풀이해 보는 자신이 우습기만 하다.

한데 의외다. 혼잔데도 그리 심심하지가 않다.

'혼자도 다녀볼 만하군.'

아는 이 아무도 없는 곳을 유유히 걷다 술생각이 나면 한잔 마시고 이곳저곳 기웃거려 보는 것도 가끔은 괜찮을 듯싶다.

차르륵!

주렴을 걷고 안으로 들어가 보았다.

만향루는 밖에서 보던 것보다 제법 컸다. 그래 봐야 십여 개의 탁자가 다였지만.

서너 개의 탁자에 앉아 술을 마시던 사람들이 힐끔거리며 바라본다. 그러든 말든 전무심은 비어 있는 탁자 하나를 차지하고 자리에 앉았다.

때맞춰 점소이 하나가 잽싸게 달려와 엽차를 따랐다.

"헤헤, 손님. 뭘 드시겠습니까?"

"술."

점소이의 얼굴이 살짝 일그러진다. 꼭 영안촌의 그 점소이처럼.

전무심이 말을 이었다.

"안주도 적당히 주고."

"저, 술은 뭐로……?"

"괜찮은 술이 있거든, 자네가 알아서 대충 가져오게."

점소이는 머뭇거리며 느릿하게 돌아섰다.

'씨발, 나중에 비싸다고만 해봐라!'

점소이가 돌아서자 전무심은 엽차로 목을 축이고 주위를 둘러보았다.

술 마시며 떠들어대는 십여 명의 손님, 점소이, 계산대의 주루 주인. 모두가 평범한 일상들이다.

때로는 저렇게 살아가는 사람들이 부럽기만 하다.

복수가 끝나면, 다행히 천왕교의 발호를 막을 수 있다면 그 후에 자신도 저렇게 평범하게 살아가고 싶다. 세상이 그를 놔 주기만 한다면 말이다.

천하? 권력?

그따위 것이 무슨 소용이란 말인가.

굳이 그렇게 하지 않아도 하늘 아래 온 세상을 내 마음대로 다닐 수 있거늘. 내 마음이 곧 천하거늘.

'백리군악, 과연 너는 행복한가?'

절대 그렇지 않을 것이다.

'내가 아는 너는 그런 것으로 행복할 수 있는 사람이 아니다.'

그래서 더욱 가슴이 아픈지도 몰랐다.

그런 백리군악의 가슴에 검을 꽂아야 할지도 모르니까.

하지만…… 이제는 어쩔 수 없었다. 빌어먹을 운명의 수레 바퀴가 그렇게 굴러가고 있는 이상은.

탁!

상념에 젖어 있는데 점소이가 술병과 잔과 안주가 담긴 접 시를 탁자에 내려놓았다.

전무심은 아무런 말도 하지 않고 잔에 술을 따랐다.

한 잔, 두 잔, 세 잔…….

느릿느릿, 일정한 속도로 술잔을 비우다 보니 얼마 지나지 않아 술병이 바닥을 보였다.

그러자 점소이가 귀신처럼 알고 뽀르르 달려왔다.

"더 드릴까요?"

전무심은 간단히 고개를 까닥거려 답을 대신했다.

점소이가 다시 술병 하나를 가져다 놓고 돌아섰을 때다. 한 사람이 그에게 다가왔다.

"혹시 술친구가 필요하지 않은가?"

나이가 사십 전후로 보이는 그는 술병이 반쯤 비었을 때 들어왔는데, 전무심조차 놀라지 않을 수 없을 정도로 내부에서 강대한 기운이 느껴지는 자였다.

평소였다면 관심을 가지고 그에 대한 파악을 먼저 했을지도 몰랐다. 그러나 지금 이 자리에서만큼은 그러고 싶지가 않았다.

심지어 자리가 많이 비어 있는데 왜 자신 앞에 앉으려 하는지도 묻지 않았다.

전무심은 돌아보지도 않고 눈으로 앞을 가리켰다.

상대도 별다른 말없이 의자에 걸터앉았다.

그제야 전무심은 상대를 자세히 살필 수 있었다.

키가 자신만큼은 아니어도 제법 커 보였다. 더구나 덩치가 있어서 그런지 전체적으로 보면 자신보다도 더 크게 느껴졌다.

굵은 눈썹, 텁수룩한 수염, 뭉툭한 코.

전체적으로 강한 인상을 풍기는 얼굴에 떡 벌어진 어깨는 보는 것만으로도 웬만한 사람은 주눅이 들 정도였다.

그리고 그의 옆구리에는 한 자루 칼이 매달려 있었는데, 한 뼘 넓이의 도신에 날의 길이만도 석 자쯤 되는 거도였다.

그는 거도를 풀어 탁자 한쪽에 턱 기대어놓고 텁텁한 목소리로 말문을 열었다.

"혼자서 술을 마시는 사람을 많이 봤지만, 자네처럼 마시는 사람은 처음 봤네."

그때 점소이가 두 사람을 힐끔거리며 술잔 하나를 더 내려놓았다.

전무심은 말없이 자신의 빈 술잔에 술을 따랐다. 그리고 잔이 채워지자 조금 전과 같이 천천히 술잔을 비웠다.

앞에 앉은 자 역시 똑같이 술을 따르고, 똑같은 속도로 술잔을 비웠다.

그렇게 석 잔째. 앞에 앉은 자가 잔을 내려놓더니 다시 입을 열었다.

"술을 좋아하나 보군."

전무심은 여전히 무심한 표정으로 술잔을 채웠다.

그리고 말했다.

"아주 좋아하지는 않소."

미처 생각지 못한 대답인 듯 중년인의 고개가 살짝 옆으로 꺾어졌다.

"그런가? 나는 자네가 하도 술을 경건하게 마시기에, 젊은 사람이 술을 매우 좋아하는가 보다 생각했는데 말이야."

"그냥 버릇이라 생각하시오."

이번에는 중년인이 술잔을 먼저 채웠다.

"나는 척우진이라 하네."

"나는 전무심이오."

그 말을 끝으로 두 사람은 술이 떨어질 때까지 입을 열지 않았다.

그러더니 점소이가 세 병째 술병을 가져오자 척우진이 먼저 입을 열었다.

"강호에 나온 지 십이 년이 되었지. 그동안 많은 사람들을 만났네. 개중에는 천하에 알려진 사람들도 있었고, 알려지진 않았지만 나름대로 일가를 이룬 사람들도 있었네."

전무심은 잔에 술을 채웠다. 처음부터 지금까지 변함없는 모습으로.

그러나 척우진은 술잔을 채울 생각은 하지 않고 전무심만 바라보았다.

"하지만 자네 같은 사람은 처음 보았네."

"무엇이 궁금한 것이오?"

"자네라는 사람."

전무심은 천천히 술잔을 비우고 무심한 목소리로 말했다.

"나는 그저 전무심일 뿐, 대천도(對天刀) 척우진이 관심을 가질 만한 사람이 아니오."

"나를 알고 있군."

"내 비록 강호에 대해 아는 게 별로 없지만, 당금 강호를 쩌렁쩌렁 울리는 칠절(七絶)의 별호를 모를 정도는 아니오."

척우진이 인상을 찡그렸다.

"불공평하군. 자네는 나를 아는데, 나는 자네를 모르다니."

"그건 불공평하다고 말하는 것이 아니오."

"그럼? 끄응. 설마 내가 멍청해서 모른다는 말을 하는 것은 아니겠지?"

"강호의 사람들치고 척우진이라는 이름을 모르는 자가 누가 있겠소? 그러니 불공평할 것도 없다는 말이외다."

척우진은 부리부리한 눈으로 전무심을 바라보더니 한숨을 쉬며 고개를 저었다.

"하아, 정말 모르겠어. 이거 정말로 내가 멍청이가 된 것 같군. 사람도 하나 제대로 판단하지 못하다니."

그때 전무심이 불쑥 물었다.

"한데 하남에 있다는 대천도가 장안에는 무슨 일로 온 것이오?"

그 질문이 떨어지자 척우진의 표정이 서서히 굳어졌다.

그는 앞에 놓인 잔에 술을 따르더니, 단숨에 입 안으로 털어넣고 낮게 깔린 목소리로 말했다.

"살인범을 잡으러 왔네."

"살인범?"

"소림에서 벌어진 일에 대해 소문을 들었는지 모르겠군."

전무심으로선 처음 듣는 이야기였다.

어쩌면 당연했다. 소림과 정천무맹이 입을 다물었으니, 아마 그 소문이 퍼지려면 한 달은 더 있어야 할 것이 분명했다.

전무심이 모르는 눈치를 보이자 척우진이 말을 이었다.

"소림의 활불이신 공지 대선사께서 돌아가셨네."

공지 대선사라면 화산의 도성 무양 진인, 황산의 검성 동방 진학과 더불어 삼성 중 한 사람이다.

노환으로 죽었다면 이런 이야기를 꺼내지도 않았을 터였다. 더구나 살인범을 잡으러 왔다지 않던가.

"범인이 누군지는 밝혀졌소?"

"아직 확실한 것은 없네. 다만 범인으로 의심되는 자들이 이쪽으로 갔다기에 부랴부랴 쫓아왔을 뿐이네."

"의심되는 자들? 그들이 누구요?"

척우진은 전무심을 가만히 응시했다. 말해도 되나 생각하는 듯했다.

하지만 망설임도 잠깐이었다.

"굳이 말 못할 것도 없겠지. 곧 알려질 테니까. 그들은 천동 쌍마라 불리는 자들이네."

순간 전무심의 표정이 얼음장처럼 차갑게 굳어졌다.

동시에 칠절 중의 한 사람, 대천도 척우진이 흠칫할 정도의 기세가 무형 중에 흘러나오고, 둘 사이로 흐르던 바람이 얼어붙은 듯 멈추었다.

살얼음을 깨며 무심히 흘러나오는 전무심의 목소리.

"혼세칠마존 중의 천동쌍마 말이오?"

척우진은 차마 목소리가 흔들려 나올까 봐 고개를 끄덕이는 것으로 대답을 대신했다.

그걸 본 전무심은 천천히 고개를 숙여 술잔을 잡았다.

언젠가 사부님께 들은 적이 있었다. 혼세칠마존이 천왕교에 들어왔다고.

'설마 천외비각이 열리기라도 했단 말인가?'

전무심이 잠시 생각에 잠긴 사이, 정신을 차린 척우진은 어이없는 표정으로 전무심을 바라보았다.

"대체… 자넨 누군가?"

눈을 든 전무심이 대답했다. 조금도 거짓없이.

"전무심이라 하지 않았소?"

"뭐 하는 사람이냔 말일세!"

빽! 소리 지르는 척우진을 보며, 전무심은 담담히 대답했다.

"지금은 천가장에서 보표를 하고 있소만."

반쯤 벌어진 척우진의 입에서 더듬거리는 목소리가 새어 나왔다.

"뭐, 뭐라? 보, 보표?"

이후로 죄없는 술병만 계속 고개를 술잔에 처박았다.

순식간에 술병이 비워졌다.

네 병째는 척우진이 주문했다. 신경질적인 목소리로.

"이봐! 술 좀 더 주게나!"

그러든 말든 전무심은 조금도 변하지 않은 목소리로 물었다.

"한데 귀하가 왜 소림의 일에 나선 것이오?"

척우진의 이마에 세 줄기 고랑이 파였다.

"공지 대선사님은 나에게 사백조와 같은 분이시네. 사부님의 백부님이시거든. 뭐, 꼭 그것이 아니더라도 내가 존경하는 분이셨고. 소림에서 삼십 년 만에 십팔금강나한 중 여덟 명이 출사를 했다는 말을 듣긴 했지만, 그렇다고 구경만 하고 있을 수는 없었지."

"한데 귀하가 그들을 쫓아 이곳으로 왔다는 말은, 그들이 장안으로 오기라도 했다는 것 같은데……."

전무심의 말에 척우진이 고개를 끄덕였다.

"나에겐 남들 뒤를 쫓는 재주가 뛰어난 친구가 하나 있다네. 그 친구가 말하길, 그들의 모습이 특이해서 뒤쫓는 게 그리 어렵지 않았는데 줄곧 서쪽으로 향한다고 하더군. 해서 정신없이 달렸지. 아마 그들의 목적지가 장안이라면, 내가 조금 빨리 왔지 싶군."

그 말에 전무심의 표정이 굳어졌다.

그들이 장안을 목적지로 삼았다면, 장안에 그들이 원하는 목표물이 있다는 소리.

'혹시…… 나?'

충분히 가능한 일이었다. 백리군악이 자신의 위치를 파악했다면. 그리고 백리군악이라면 충분히 그 정도는 알 수 있을 터였다.

"아무래도 돌아가 봐야겠소."

"훗, 왜? 그들이 자네를 찾아오기라도 할까 봐 그런가?"

척우진이 농담하듯 말했다.

하지만 전무심은 농담할 여유가 없었다.

"아마도 그런 것 같소."

키가 큰 두 사람이 길을 걷는다.

먹물에 담근 것처럼 시커먼 흑의를 입은 전무심이 성큼성큼 앞장서고, 황의에 커다란 칼을 찬 척우진이 어깨를 떡 펴고 뒤따라간다.

보이는 대로라면 가히 기개가 넘치는 모습이다. 그러나 두 사람은 남들의 눈을 의식할 여유가 없었다.

전무심은 백리군악과 천외비각과의 관계를 예상하느라 정신이 없고, 척우진은 앞서 걸어가는 전무심이 도대체 어떤 작잔지 생각하느라 머리가 빠개질 지경이었다.

'천외비각은 천왕조차 마음대로 할 수 없는 곳이라 알고 있었는데, 내가 잘못 알았단 말인가? 그렇지 않다면 백리군악이 어떻게 그들을 움직인단 말인가? 설마… 제삼자가?'

'하늘에서 뚝 떨어진 놈도 아니고…… 천하에 저런 자가 있다는 말은 듣지도 못했……. 가만? 천왕교가 장안에서 물먹었다는 소문을 들었던 것 같은데, 혹시?'

'제삼자가 은천비원일 리는 없다. 은천비원으로서는 천왕이나 백리군악조차 상대하기가 버거울 테니까. 그렇다면 누굴까? 아무리 높은 지위에 있다 해도 천왕의 말조차 우습게 아는 천외비각을 열었다는 것은 거의 불가능한 일일 텐데.'

생각을 거듭하던 전무심의 눈빛이 어느 순간 싸늘하게 가라

앉았다.

'그럼 또 다른 암중의 세력이 있거나, 아니면 천외비각이 스스로 움직였다는 말?

그것은 전무심조차 두려운 일이었다.

천외비각에 대해 알려진 것이라고는, 그곳에 있는 자들이 하나같이 절대지경의 고수라는 것 정도.

죽을 때까지 세상사에 관여하지 않겠다는 맹서를 하고 칩거할 자만이 들어간다 했다.

몇 명이 있는지도 모른다. 누군지도 모른다. 얼마나 강한지도 모른다.

그런 그들이 세상으로 나왔다. 맹서를 깨고!

그런데 천동쌍마가 정말 천외비각의 사람일까?

그것 또한 의문이었다. 하나 이제부터 알아보면 될 일.

만일 그들이 정말로 천외비각의 사람들이라면, 무슨 수를 써서라도 모두 죽이리라!

천가장이 가까워지자 전무심의 걸음이 빨라졌다.

그러더니 어느 순간 주욱 늘어지듯이 나아갔다.

소란스런 소리가 들려오는 것이다.

신음 소리, 악다구니를 써대는 소리!

제일 크게 들려오는 상유상의 목소리에는 쌍욕마저 섞여 있다.

"씨발 놈의 영감탱이들! 어디 갔어! 어디로 도망간 거야! 빨리 안 와!"

뭔가 일이 터졌다. 그것도 안에 있는 사람들이 감당 못할 일이.

전무심은 그대로 몸을 날려 지붕을 타 넘고, 곧바로 천가장의 담장을 넘어갔다.

그러고는 척우진이 따라오든 말든 신경 쓰지 않고 소리가 들려온 곳을 향해 날아갔다.

소리가 들려온 곳은 은행나무와 별원 사이의 공터였다.

전무심이 공터에 내려서자, 창백한 안색의 사진옥이 그를 보고 악을 쓰듯 외쳤다.

"대형!"

"대형이 오셨다!"

"전 공자!"

상유상과 예종과 고후명을 비롯해 모든 사람들이 전무심을 바라보며 안도에 젖은 표정을 짓는다.

전무심은 눈을 좁히고 말없이 벌어진 상황을 살펴보았다.

얼마나 치열한 격전을 벌였는지 얼어붙은 땅이 격전의 여파로 갈라지고 파헤쳐져 있다. 그리고 그 사이사이에 고여서 언 땅을 녹이며 스며드는 시뻘건 선혈.

공터의 한쪽에는 십여 명이 쓰러져 있는데, 몇 사람이 달라붙어서 지혈하고, 부러진 뼈를 맞추고, 벌어진 상처를 싸매며 안간힘으로 상처를 치료하고 있다.

그중 몇 명은 죽었는지 움직임이 보이지 않는다.

천가장의 무사로 보이는 자가 서너 명, 혈곡의 수하로 보이는 자가 두어 명.

머리가 부서진 자, 가슴에 구멍이 난 자, 허리가 거꾸로 꺾여 입에서 피거품을 뿜어내는 자마저 있다.

전무심은 굵은 가지가 부러진 은행나무에 눈을 고정시킨 채 나직이 입을 열었다.

"어떻게 된 거냐?"

사진옥은 입술을 깨물었다.

그는 전무심의 뒤쪽으로 날아 내리는 척우진에게는 눈길도 주지 않은 채, 숨을 한 번 크게 몰아쉬고 입을 열었다.

"반 시진 전쯤, 두 노인이 대형을 찾아왔습니다."

두 노인이라면, 놈들이다! 천동쌍마!

전무심의 눈빛이 무저의 늪처럼 가라앉았다.

'생각보다 빨리 왔군.'

잠시 생각하는 사이 사진옥이 말을 이었다.

"정문의 위사가 안으로 들렸는데, 대형을 데려오라고 막무가내로 행패를 부리기 시작했습니다. 결국 저희들이 나섰습니다만…… 단 일각 만에 이렇게……."

전무심은 사진옥의 말을 들으며 주위를 둘러보았다.

성한 사람이 하나도 없다.

열 명이 넘는 절정의 고수가 모두 크고 작은 부상을 당한 상태다.

이들 중 가장 강하다 할 수 있는 사진옥과 진성자마저 심각한 내상을 입은 상태였으니, 다른 사람들은 말할 것도 없었다.

하긴 상대는 절대지경에 이른 고수. 그나마 죽지 않은 것이 다행이라면 다행이었다. 끝까지 싸웠다면 태반이 죽었을 게 분명한 일이거늘.

전무심은 내심 안도의 숨을 내쉬며 다시 물었다.

"다른 곳의 피해는? 장주님과 천 낭자는?"

"무슨 이유 때문인지 한참 싸우다 말고 이곳을 떠났습니다. 덕분에 장주와 천 낭자는 무사합니다."

그때 분한지 상유상이 으드득 이를 갈고 물었다.

"제기랄! 네다섯 명이 죽기 살기로 합공하고 나서야 겨우 그 조막만한 늙은이들을 막아낼 수 있었습니다. 대형, 대체 그 자라다 만 것 같은 늙은이들은 누굽니까?"

분기에 찬 목소리가 떨려 나온다. 아직도 당시의 상황이 믿기지 않는다는 투다.

전무심이 그들의 이름을 무겁게 내뱉었다.

"그들은 천동쌍마다."

"천동쌍마요?"

상유상이 이마를 찌푸리며 기억을 더듬을 때다.

그 자리에 주저앉아 내상을 치료하고 있던 거승의 눈이 커졌다.

"맙소사! 그 늙은이들이 그럼……. 쿨럭!"

그가 충격을 받았는지 한 움큼의 피를 토했다.

홍곽열 역시 신음을 흘리며 이를 앙다물었다.

"끄응, 제기랄…… 어쩐지……."

은은히 공포마저 어린 표정이다.

하긴 마도의 전설 혼세칠마존 중의 두 사람과 싸웠으니 어쩌면 당연한 반응이었다.

전무심이 무심한 표정으로 사진옥에게 말했다.

"일단 사람들을 시켜 상황을 수습하고, 부상자들을 방으로 옮겨라."

"예, 대형."

"무엇보다 부상의 치료가 먼저다. 너희들도 안으로 들어가 몸을 다스려라."

고후명이 뭔가를 물어보려다 몸을 돌렸다.

궁사한과 소미하란도 전무심을 한번 바라보고는 서로를 부축한 채 뒤돌아섰다.

그러자 예종도 씩씩거리고 있는 상유상의 팔을 잡고 안으로 이끌었다.

"이거 왜 이래? 이거 놔! 아직 대형에게 물어볼 게 있단 말이야!"

"시끄러! 물어볼 게 너만 있는 줄 알아? 어련히 대형이 알아서 다 말해줄 텐데, 뭐가 그리 급해? 빨리 들어가! 내 대신 찢어진 옆구리 꿰매줄 테니까."

빽, 소리 지르는 예종의 도끼눈에 잔떨림이 일었다. 자신의 앞을 가로막은 상유상이 아니었다면, 자신의 가슴 하나쯤은 키득거리던 늙은이의 오동통한 손에 떨어져 나갔을지도 몰랐다.

"다음부터는 함부로 나서지 마!"

"어? 알고 있었어?"

"내 눈이 썩은 곰탱이 눈깔하고 같은 줄 알아? 빨리 안 와!"

그제야 상유상은 절룩거리며 예종의 뒤를 졸졸 따라갔다. 입을 삐죽거리면서.

끼어들지 않은 덕에 별다른 피해를 입지 않은 천가장의 일반무사들과 일꾼들이 뒷수습을 맡았다.

시신을 한쪽에 정리하고, 부상자들을 모두 방으로 옮기는 데 반 각가량이 걸렸다.

전무심은 뿌리박힌 나무처럼 그 자리에 서서 피가 스며든 공터를 바라보았다.

"정말이었군. 그들이 자네를 찾아왔다는 말."

뒤에 내려선 뒤 한마디도 하지 않던 척우진이 그제야 말문을 열었다. 도무지 알 수 없다는 의혹이 담긴 표정으로.

하지만 전무심은 말없이 고개를 들고 가지가 부러진 은행나무만 바라보았다.

가슴 한 조각이 잘려 나간 듯 아렸다.

아버지가 그렇게 좋아했다던 은행나무가 부러졌다.

추억이 부러졌다.

한편으로는 친구들의, 동료들의 부상을 걱정해야 할 판에 부러진 은행나무를 보고 가슴 아파하는 자신이 우습기만 했다.

"그들이 왜 그냥 떠났다고 보나? 자네를 찾아왔으면서."

그때 척우진이 의문을 참지 못하고 다시 입을 열었다.

전무심은 천천히 고개를 돌려 척우진을 응시했다.

"끝까지 싸웠다면, 이곳에 있던 사람들 중 태반이 죽었을 테지만, 대신 그들도 그만한 대가를 치러야 했을 것이오."

척우진의 이마에 주름이 졌다.

"물론 좀 전의 사람들이 대단한 고수들이라는 것은 나도 아네. 하나 천동쌍마는 저들이 어떻게 할 수 있는 사람들이 아니네. 나 역시 혼자서 덤벼들 생각은 아예 하고 있지 않을 정도의 고수들이 바로 그들이야."

"아니, 당신은 이곳에 있는 사람들을 자세히 모르오. 물론 실력으로만 본다면 당신 말이 어느 정도는 맞을 수도 있을 거요. 그러나 죽음을 두려워하지 않는 사람들을 실력만으로 평가할 수는 없소. 아마 천동쌍마는 싸우던 중 그걸 알았기에 물러갔을 거요. 큰 부상을 입어선 안 된다 생각했을 테니까."

"음……."

이해가 가는 말이었다.

목숨을 내던지면 두 배의 힘을 낼 수도 있는 게 사람이 아니던가.

더구나 만난 지 얼마 되지 않지만, 직접 비무를 해보지는 않았지만, 자신조차 그 깊이를 파악하기 힘든 절대고수가 전무심이다.

천하의 천동쌍마라 해도 중상을 입은 채 싸웠다가는 거꾸로 죽음을 각오해야 할 터. 그들은 그게 불안했을 것이다.

그래도 의문이 남았다.

"한데 왜 그들이 자네를 찾아온 것인가?"

전무심이 대답했다.

"누군가의 부탁으로 나를 죽이기 위해서 왔을 것이오."

"자네를? 왜?"

"자기들의 일에 방해가 되니까."

"대체 누가 천동쌍마를 움직일 수 있단 말인가?"

전무심의 입이 열린 것은 한참이 지나서였다.

언젠가는 밝혀질 이름, 굳이 감출 것도 없었다.

"백리군악."

"백리군악?"

처음 들어보는 이름에 척우진의 눈매가 가늘어졌다.

전무심이 몇 마디 덧붙였다.

"그가 바로 천왕교의 총군사인 제군이오."

전무심은 방으로 들어가 척우진과 마주 앉았다.

시비가 잔뜩 긴장한 표정으로 차를 내왔다. 시비가 나가자 전무심은 입술을 가볍게 축이고 척우진에게 간략하게 자신에 대해 말했다.

어차피 정천무맹이 알고 있는 상황. 척우진이라면 얼마 지나지 않아 알게 될 일. 굳이 숨길 필요도 없다 생각한 것이다.

그래도 자신이 천왕교 출신이라는 것. 천왕의 야욕을 막기 위해 강호로 나왔다는 것. 그리고 곧 천왕교가 움직일 거라는 것까지만 말했다.

적당히 선을 긋고 말하는데도, 이야기를 듣는 동안 척우진의 눈이 적어도 열두 번은 커졌다 작아졌다.

이야기가 끝나고 침묵이 흐를 때다. 천소령이 찾아왔다.

"소령이에요. 들어가도 돼요?"

"들어오시오."

전무심의 방에 들어선 천소령은 금방이라도 흘러내릴 것처럼 그렁그렁 맺힌 눈물을 닦아내며 고개를 들었다.

"너무 많은 사람이 죽고, 다쳤어요."

"바로 돌아왔어야 했는데……. 모두가 내 잘못이오."

"아니에요. 그들이 올 것을 누가 알았겠어요?"

알았든 몰랐든, 바로 왔으면 이런 일은 벌어지지 않았을 것이다. 전무심은 그러지 못한 것이 안타까웠다.

그러나 이미 지나간 일, 돌이켜 후회한다고 무엇이 달라질 건가. 그보다는 앞으로의 일을 생각하는 것이 더 현명한 선택이었다.

"갔던 일은 잘되었소. 이청한은 천가장의 조건을 모두 들어주기로 했소."

천소령은 남의 일이라도 되는 양 대충 고개를 끄덕였다.

많은 사람이 죽고 다쳤는데, 그깟 것이 뭐가 중요하냐는 표정이었다.

"천 낭자는 앞으로의 일만 생각하시오. 그것만으로도 충분히 힘들 테니까."

"예, 그럴게요."

마지못한 듯 고개를 끄덕이는 천소령이다.

전무심은 그런 천소령에게 꿔다 논 보릿자루처럼 앉아 있는 척우진을 소개했다.

"이분은 칠절 중 한 분이신 대천도 척우진이란 분이오."

비록 강호인은 아니지만, 천소령 역시 약간의 무공을 익힌 여인이었다. 더구나 천가장의 상회를 관리하려면 강호의 흐름을 모르고는 어림도 없는 이야기였다.

그러니 칠절, 그 놀라운 이름을 그녀가 어찌 모를까.

그녀는 놀란 눈을 크게 뜨고 척우진을 바라보았다.

"소녀는 천가장의 소령이라 합니다."

"척우진이라는 강호의 일개 무부요."

"대천도 척 대협이 어찌 일개 무부와 같겠습니까?"

"그냥 이 친구 옆에 있을 때만이라도 평범하게 대해주시오. 괜히 무안하니까."

그의 말뜻을 못 알아들을 천소령이 아니었다.

그녀는 공연히 가슴이 뛰었다.

전무심이 대단한 고수라는 것은 전부터 알고 있던 바였다. 하나 그렇다고 해서 칠절보다 더 대단하다고는 생각해 보지 않았었다.

한데 척우진의 말대로라면, 전무심이 칠절보다 더 대단한 것 같지 않은가 말이다.

무뚝뚝해 보이지만, 얼굴 잘생겼지, 무공 강하지, 거기다 마음씨까지 좋지.

더 무엇을 바랄까.

얼굴이 상기된 천소령은 상기된 얼굴을 감추려 더욱 깊게 고개를 숙였다. 그리고 숙인 김에 한 번 떠보는 것도 잊지 않았다.

"많은 가르침을 바라겠습니다, 척 대협."

"그게…… . 뭐, 이것도 인연이니……."

그때 전무심이 확실하게 못 박았다.

"걱정 마시오. 이곳까지 왔거늘, 나중에 모른 척하겠소? 대천도의 이름이 있는데."

"물론 저도 믿어요."

천소령은 척척 박자를 맞추고는, 두 사람을 어이없는 눈으로 바라보는 척우진은 아랑곳하지 않고 조용히 자리에서 일어섰다.

"처리할 일이 많으니 저는 나가볼게요, 이야기들 나누세요."

천소령이 나간 후, 한참 만에야 척우진이 고개를 저으며 입을 열었다.

"무섭군, 무서워……."

그때 밖에서 사진옥의 목소리가 들려왔다.

"대형, 들어가도 되겠습니까?"

우르르 몰려들어 와 자리에 앉은 사람들의 면면이 다채롭다.

사진옥, 고후명, 예종, 상유상, 황무곤, 궁사한, 소미하란, 손호방, 곡초운, 거승, 홍곽열.

몸들은 한 시진 전보다 훨씬 나아 보였는데, 뭔가 잔뜩 궁금한 것을 묻고 싶어 안달이 난 눈빛들이다.

먼저 입을 연 것은 전무심이었다.

"그들은 천외비각의 사람들인 것 같다."

뜬금없는 말에 거의 모두가 어리둥절한 표정을 지었다. 심지어 사진옥조차 그게 뭔 말이냐는 표정이었다.

하지만 황무곤은 달랐다.

눈을 부릅뜬 그가 가늘게 어깨를 떨며 물었다.

"방금 천외비각이라 하셨습니까?"

"그렇소."

"말도 안 됩니다. 천외비각이라니요? 그곳은 다시 나오지 않겠다는 맹서를 한 자들만 들어간 곳이 아닙니까?"

"맞소. 바로 그곳을 말하는 거요."

"어떻게 그럴 수가?"

답답한지 상유상이 고개를 들이밀었다.

"대형, 속 시원히 좀 말해보쇼. 대체 천외비각이 어디요?"

황무곤이 딱딱하게 군은 표정으로 씹어뱉듯이 말했다.

"교의 원로들 중 선택된 자들만이 들어갈 수 있는 곳. 천왕의 권위조차 거부할 수 있는 유일한 곳이지. 자세한 것은 나도 잘 모르네만, 아버님 말씀에 의하면 절대지경에 이르지 않고는 문턱도 밟을 수 없다고 하더군."

"혹시 천외천이라고 알려진 곳을 말하는 것이 아니오?"

"바로 그곳이네. 사실 천외비각이라는 이름조차 원로들이나 고위직 간부들 정도만이 알고 있을 것이네. 한데…… 문제는 그게 아니야. 그곳이 열렸다는 것, 그것이 진짜 문젤세. 천동쌍마를 생각해 본다면 말이야."

어느 곳이고 제일 강한 고수를 먼저 내보내지는 않는다. 천동쌍마는 천외비각에서 제일 강한 자가 아니라는 말이다.

무거운 침묵이 어깨를 짓눌렀다.

"군악이 보냈을까요?"

그때 조용히 앉아 있던 사진옥이 물었다.

전무심의 입이 천천히 열렸다.

"어쩌면…… 현재로선 가능성이 가장 크다고 할 수 있지."

"아닐 가능성도 있다는 말 같군요."

"내가 아는 한, 백리군악 단독으로는 절대 천외비각을 움직일 수가 없다."

"그럼 천왕과 완전히 손을 잡았다는 말?"

"글쎄, 내 생각은 좀 다르다."

전무심은 무심한 눈으로 좌중을 쓸어보았다.

사진옥을 비롯한 천왕교 출신들과 궁사한과 소미하란, 진성자는 또릿또릿한 눈으로 자신을 주시하고, 몇몇 사람은 미처 알지 못했던 사실을 깨닫고는 입을 반쯤 벌린 채 경악한 눈빛들이다.

때가 된 듯했다. 자신에 대해 알릴 때가.

하지만 그는 잠시 그 일을 미루고 하던 이야기를 마저 마무리했다.

"아무래도 세 번째 세력이 있는 것 같다."

고후명이 머뭇거리며 입을 열었다.

"은천비원 말씀입니까?"

전무심은 고개를 저었다.

"그들이 비록 한 축을 이루고 있기는 하지만, 그들은 그저 내부의 반발세력에 불과하다. 그리고 그들은 아니라고 할지 몰라도 너무 많은 것이 알려져 있지. 내가 말하는 세 번째 세력은 완전히 감춰진 힘을 말하는 것이다. 적어도 천왕과 백리군악에 필적하는 그런 세력 말이다."

뜨악한 표정을 짓는 다섯 사람이다.

그 말이 무엇을 뜻하는지 너무도 잘 알기 때문이었다.

천왕의 세력, 백리군악의 세력.

그들과 싸울 걸 생각하는 것만으로도 머리가 터져 버릴 것 같은데, 제삼세력이라니.

쿵쿵쿵!

"젠장! 제기랄!! 끝이 어디야!"

상유상이 미치겠다는 표정으로 탁자를 내려쳤다.

"시끄러! 네가 그런다고 그들이 쏙 들어갈 것도 아니잖아!"

그러나 그녀 역시 마음만은 상유상이나 다를 바 없었다.

그때 고후명이 나직이 말했다.

"대형이 누군지 몰라? 알려줘? 애들처럼 소란 피우지 말고 조용히 해."

그 말에 상유상과 예종이 입을 다물고 눈을 빛냈다.

'그래! 우리에겐 대형이 있어!' 꼭 그런 눈빛이었다.

전무심, 아니, 천유옥이 자신들의 대형이다.

천왕교의 사람들이 가장 두려워하는 혈사자가 바로 대형이란 말이다!

그런데 뭐가 두려워!

한결같은 생각. 말을 한 고후명이나, 듣고만 있던 사진옥도 얼굴이 붉게 달아올랐다.

전무심은 그런 친구들을 쓸어보며 느릿하니 말을 이어갔다.

"천하는 넓다. 그리고 사람도 많다. 우리가 생각 못할 정도로. 그 힘만 제대로 움직여 준다면, 천왕과 백리군악은 결코 자신들의 뜻을 이룰 수 없을 것이다. 있을지 모를 제삼세력 역시. 그러니 너희들은 일단 눈앞의 일에 최선을 다해라."

"예! 대형!"

절대적인 믿음.

그것은 큰 소리로 대답한 상유상만이 아니었다. 사진옥과 고후명, 예종, 궁사한, 소미하란. 그들도 같은 마음이었다.

그제야 전무심은 딱딱하게 굳어 있는 사람들을 돌아다보았다.

"눈치 챘겠지만, 우리는 한때 천왕교에 몸담았던 사람들이오."

"맙소사!"

참았던 숨을 내쉬듯 거승이 어깨를 늘어뜨리며 멍하니 전무심을 바라보았다.

손호방이 믿을 수 없다는 눈빛을 한 채 전무심에게 물었다.

"그러니까 자네와 이 사람들이 천왕교의 사람이라, 이건가?"

"어떻게 생각하시든 이것 한가지만은 분명합니다. 현재의 천왕교를 이끄는 자들과는 적이라는 사실 말입니다. 정 불편하시면 이곳을 떠나도 괜찮습니다. 어느 분이든."

"한 가지만 물어보지. 자네의 목적은 뭔가?"

전무심은 손호방을 직시한 채 한 자 한 자 대못을 박듯 말했다.

"천왕의 율법을 바로잡는 것. 그 일을 이루기 위해 천왕교를 무너뜨려야 한다면…… 그리할 것입니다."

그러나 가슴에 깊숙이 새겨진 또 다른 것은 굳이 말하지 않았다.

의부의 죽음에 대한 복수. 자신의 믿음이 깨어진 것에 대한 대가를 받아내는 것.

그것만은 직접, 자신의 손으로 해결해야 할 자신만의 문제니까.

"강요는 하지 않겠습니다. 선택은 여러분이 알아서 하십시오."

전무심은 말을 맺고 입을 다물자 손호방이 뚱뚱한 몸을 뒤로 눕혔다.

"늙은이가 이제 와서 어디로 가겠나? 몸도 무거운데."

무겁긴 확실히 무겁게 보인다. 사람들이 일제히 고개를 끄덕였다.

뒤이어 거승이 말했다.

"우리는 갈 데가 없는 몸이오. 쫓아내도 버틸 것이오."

또다시 사람들이 고개를 끄덕였다.

집도 절도 없는 사람들이 그들이다. 떠돌이보다는 나을 터. 당연한 선택이었다.

그걸로 모든 것이 결정되었다. 한 사람만 빼고.

상유상이 척우진을 턱으로 가리키며 물었다.

"그런데, 대형. 옆에 분은 누구십니까?"

전무심이 말했다. 그제야 생각이 났다는 듯.

"깜박했군. 이분은 척우진이란 분이시다."

"척우진? 유명한 사람입니까? 한가락 하게 생겼는데……."

연이은 상유상의 질문에 척우진은 울지도 웃지도 못하고 어정쩡한 자세로 손을 들어 올렸다.

"척… 우진이라 하네."

하지만 그의 이름을 아는 사람이 없는 것은 아니었다.

진성자의 눈이 휘둥그레졌다. 마도에 속한 거승과 홍곽열과 곡초운은 경악한 표정으로 몸이 굳어버렸다.

심지어 운남에서만 뒹굴거리며 산 것 같은 손호방도 가느다란 눈을 제법 크게 떴다.

진성자가 동그란 눈을 한 채 머리를 내밀고 물었다.

"도우가 바로 칠절 중의 도절, 대천도 척우진 대협이란 말씀이시오?"

그 말을 듣고서야 궁사한과 소미하란도 놀란 눈으로 척우진을 바라보았다.

칠절!

삼성, 오존의 뒤를 이어 당금 강호를 뒤흔드는 백도의 절대고수들이 바로 그들이다.

저 멀리 운남에서도 숱하게 들었던 이름들. 기억을 못한 자신들이 어리석게 느껴질 정도다.

'저 사람이 도 하나로 하늘과 맞선다는 대천도 척우진이라니.'

궁사한이 손바닥의 흥건한 땀을 움켜쥐고 척우진을 바라볼 때다. 척우진이 어색한 미소를 지으며 말했다.

"그리 자랑할 만한 이름은 아니오. 천하에는 숨은 기인이사들이 모래알처럼 많으니까."

사실이 그렇다. 당장 전무심만 해도 추측불가의 사람이니까.

그러나 아무리 그렇다 해도 칠절의 이름은 아무렇게나 불려질 이름이 아니었다.

"이제 보니 겁나게 유명한 분이셨구만."

상유상이 조금은 기가 죽은 목소리로 말했다.

"그러게 내가 입 조심하라고 했지. 에이그, 이 곰탱이. 덜컥 싸우자고 안 한 것이 다행이다 정말."

"뭐, 그래도 우리 둘이 함께하면 해볼 수 있지 않을까?"

"난 싫어. 아직은 힘들 것 같은데, 왜 손해 볼 짓을 해?"

티격태격하는 두 사람으로 인해 한껏 달아올랐던 분위기가 착 가라앉았다.

척우진은 자신의 이름이 밝혀진 이후로도 별로 달라지지 않은 분위기에 조금은 어이가 없었다.

그러나 한편으로는 그것이 마음에 들었다.

그의 이름이 강호에 울려 퍼진 것은 칠 년 전, 당시 천하오도 중 하나로 불리던 귀마도 정수창을 이십여 초 만에 두 조각 내면서부터였다.

그리고 오 년 전, 하북제일도라 불리던 벽양도 팽악을 백여 초 만에 물리치자 사람들이 그에게 대천도라는 별호를 선사했다.

그때부터였다. 사람들은 그를 척우진이라는 이름보다 대천도라는 별호로 더 많이 부르기 시작했다.

그 후 오 년, 언제 이런 경우를 당해봤던가?

그의 별호가 밝혀지면 사람들은 멀찍이 거리를 두었다.

가까이 지냈던 대부분의 사람들은 그가 자신들의 후광이 되어주었으면, 하는 것을 원할 뿐이었다. 그러다 보니 진정으로 사귀는 사람은 손가락으로 꼽을 정도였다.

어쩌면 그래서였을 것이다. 혼자서 행동하기를 즐겼던 것은.

그런데 이 사람들은 그것이 아니다.

전무심이라는 이해 불가의 젊은이는 놔두고라도, 저 곰처럼 커다란 덩치만 봐도 그렇다.

한 번 붙어보고 싶어하는 표정이 아닌가.

게다가 그 옆의 젊은 청년들도 하나같이 눈을 빛내며 자신을 바라본다.

이십대의 나이. 자신보다 십수 년은 젊은 청춘들.

당금 천하의 어떤 젊은이들이 칠절과 한 수 겨뤄보고 싶어 안달을 할까.

피가 끓는다. 십 년은 젊어진 기분이다.

이런 기분, 정말 오랜만이다!

'좋았어! 이런 놈들을 놔두고 가면 강호의 선배가 아니지. 이놈들, 내 네놈들과 함께 인생을 좀 즐겨봐야겠다! 우흐흐흐……'

결국 그는 부유하던 마음을 한곳에 붙여보기로 했다. 훗날의 고생은 짐작도 하지 못한 채.

"험, 당분간 여기 전 공자와 함께 이곳에서 지낼까 하오."

그 말이 떨어지자 사진옥 등의 눈이 더욱 빛을 발했다. 마치 먹잇감이 스스로 입 안에 들어오기라도 한 듯.

그때 전무심이 나직하면서도 무거운 목소리로 입을 열었다.

"나는 이분과 천동쌍마를 추적할 것이오. 진옥, 내가 없는 동안 네가 손 노선배와 함께 이곳의 사람들을 이끌고 천가장을 도와라."

"대형, 저희도……."

"아니다. 언제 천왕교가 출곡할 지 알 수 없는 상황이다. 일단은 몸을 정상으로 만드는 데만 전념해라. 그리 오래 걸리지는 않을 것이다. 그들이 나를 찾아온 이상은 그리 멀리 가지 않았을 테니까."

하는 수 없이 사진옥이 고개를 끄덕이자 진성자가 벌떡 일어서서 두 팔을 휘둘렀다.

"나는 따라가도 되겠지? 이렇게 멀쩡한데……."

전무심은 이번에도 고개를 저었다.

"천동쌍마만 나왔는지, 아니면 다른 사람도 나왔는지 알 수가 없는 상황이오. 그렇게 멀쩡한 걸 보니 꼭 이곳에 남으셔야 할 것 같소. 그래도 이곳에서 제일 강한 분이 아니오?"

전무심의 마지막 말에 사람들은 '정말 그럴까?' 하는 눈으로 진성자를 바라보았다.

그러나 남들이야 어떻게 쳐다보든 말든, 진성자는 기분이 좋은지 히죽 웃었다.

"하긴 다친 사람들만 남겨놓고 가기는 좀 그렇지……."

한데 막상 대답을 하고 보니 이상한가 보다. 진성자는 고개를 갸웃거리며 미간을 찌푸렸다.

'내가 뭘 놓친 거지? 왜 이리 찜찜하지?'

그사이 전무심이 자리에서 일어났다.

천가장의 상황은 거의 다 마무리가 된 상황. 이제는 천동쌍마, 그들을 잡아야 했다. 아니면 죽이든지.

3

　전무심과 척우진은 제일 먼저 장안에서 주루가 가장 많이 밀집해 있는 서남쪽의 대로로 향했다.

　주향과 음식 냄새로 가득한 거리는 수많은 사람들이 오가고 있었다.

　개중에는 중원인이 아닌, 서역의 사람들도 가끔씩 보였다.

　가무잡잡한 얼굴을 한 자들부터 창백하게 보일 정도의 하얀 얼굴을 한 사람들까지, 비단길의 출발지답게 온갖 서역 사람들이 지나다녔다.

　하지만 이전 장안에 왔을 때부터 그들을 봐온 전무심은 별다른 관심을 갖지 않고 그들을 지나쳤다.

　사실 두 사람이 주루가 많은 곳을 찾아온 이유는 술을 마시기 위해서가 아니었다.

　천가장을 나와 이곳까지 오면서 척우진이 천동쌍마를 추적해 온 그간의 상황을 이야기했는데, 바로 그 이야기 와중에 나온 한 사람을 찾기 위해서였다.

　그렇게 얼마를 갔을까, 척우진이 커다란 주루의 벽에 기대 앉은 한 거지의 앞에서 걸음을 멈췄다. 그러자 한겨울의 기다란 그림자가 거지의 몸을 덮었다.

　걸음을 멈춘 척우진이 말했다.

　"물어볼 게 있네."

천천히 고개를 드는 거지의 얼굴에서 잔뜩 짜증이 묻어 나왔다. 나이는 삼십대 초반에서 중반 사이로 보였는데, 얼굴이 더러운데다 머리카락마저 흐트러져 있어서 나이를 짐작하기가 쉽지 않았다.

'강호에 거지들이 모인 개방이라는 단체가 있다더니, 이자가 개방의 제자인가 보군.'

강호에 대해 기초적인 것만 아는 전무심이라 해도 눈앞의 거지가 개방의 제자임을 알아보는 것은 그리 어렵지 않았다.

거지의 옆구리에 매달린 자루, 거기에 세 개의 매듭이 지어져 있었던 것이다.

'삼결제자라는 말?'

그때였다. 고개를 든 거지가 척우진의 발치에 가래침을 뱉고는 신경질적으로 말했다.

"퉤! 좀 비켜주쇼. 햇빛이 가려지잖수?"

하지만 척우진은 자리를 비켜주는 대신 철전 몇 개를 거지의 쇠바가지 속에 던져 넣었다.

순간 거지의 눈이 반짝였다.

그때 척우진이 물었다.

"다리 세 개 달린 거지를 찾고 있네. 아마 어제오늘 사이 장안에 들어왔을 거네."

쇠바가지 속의 철전을 잡아가던 손이 우뚝 멈췄다.

"씨발, 재수 드럽게 없네. 마수걸이를 괜찮게 하는가 보다 했더니……. 에이, 퉤!"

가래침이 이번에는 정확히 척우진의 혁피화 위로 날아들었다.

척우진은 살짝 발을 옆으로 끌어 가래침을 피하고는 태연한 목소리로 다시 물었다.

"낙양의 술친구가 찾고 있다고 하면, 아마 뭐라 하지는 않을 거네."

거지가 눈을 치켜뜨고 척우진을 바라보았다. 햇빛 때문에 잘 안 보이는 듯 잔뜩 찡그린 채.

그러다 척우진의 옆구리를 보더니 눈을 동그랗게 떴다.

"대, 대천… 도?"

그런 거지를 보고 척우진이 말했다.

"그 친구, 지금쯤 나를 기다리느라 애가 타고 있을 텐데……"

불에 덴 듯 거지가 황급히 주절거렸다.

"대로를 쭉 따라가시면, 다리 하나가 나올 것입니다요. 그 다리에서 오른쪽으로 꺾어져서 가다 보면 커다란 집이 보이는데……"

거지가 알려준 곳은 커다란 장원의 담벼락에 붙어 있는 폐가였다.

반쯤 부서진 폐가 앞쪽은 곡강지(曲江池)로 흐르는 실개천이 흐르고 있었는데, 추운 날씨인데도 폐가 앞에는 두 명의 거지가 중간이 부러진 기둥에 기댄 채 이를 잡고 있었다.

전무심은 척우진과 함께 폐가로 다가갔다.

거지와의 간격이 오 장으로 좁혀지자, 이를 잡던 두 명의 거지가 슬쩍 눈을 들어 두 사람을 힐끔거리며 천천히 일어섰다.

그들이 말을 걸기도 전, 척우진이 먼저 소리쳤다.

"삼족, 안에 있는가?"

갑작스런 외침에 두 명의 거지가 눈을 크게 떴다.

그때 안에서 억눌린 목소리가 흘러나왔다.

"모두 물러서라. 뭐 하나? 들어오지 않고."

전무심은 척우진과 함께 폐가의 입구로 들어가며 좌우를 훑어보았다.

겉으로는 두 명의 거지만이 보였지만, 폐가의 안쪽 곳곳에는 대여섯 명의 거지가 더 숨어 있었다. 그들은 전무심과 척우진이 접근하는 것을 보고 밖으로 나오려다가 삼족개의 명이 떨어지자 슬그머니 다시 모습을 감췄다.

은밀하면서도 명에 철저한 움직임이다.

거지들의 방파라 하여 대충 생각했거늘 다시 보지 않을 수 없었다.

'제법이군.'

방 안은 제법 넓었다.

비록 여기저기 회벽이 갈라지고, 창문도 부서져서 거적으로 가려져 있지만, 멍석을 깔아놓은 바닥만큼은 생각보다 깨끗했다.

그러나 거지들이 사는 곳이어서인지 살림살이는 아무것도 없었다. 그저 방의 끝자락에 허름한 침상이 하나 놓여 있을 뿐.

바로 그 침상에 한 사람이 앉아 있었다. 사십이 훨씬 넘어 오십이 다 되어 보이는 턱이 긴 중년의 거지가.

아마도 그가 개방의 서른여섯 장로 중 한 사람인 삼족개(三 足丐)인 듯했다.

척우진의 말에 의하면, 그와 함께 낙양에서부터 천동쌍마를 추적하기 시작했는데, 잠시 행적을 놓치는 바람에 삼문협에서 헤어졌다고 했었다.

한데 창백한 안색이다. 왠지 병색이 감도는 모습.

척우진은 그를 보자마자 눈살을 찌푸렸다.

"어디 아픈가 보군."

나이 차이가 제법 나는데도 조금도 거리낌이 없는 말투다. 하지만 십 년 이상을 허물없이 사귄 친구기에 삼족개는 전혀 개의치 않았다.

"크크크. 천하의 대천도가 내 건강을 걱정해 주다니, 영광이 군."

"혹시… 그놈들을 만난 것 아닌가?"

누군지는 굳이 묻지 않았다. 삼족개는 척우진이 말한 '그 들'이 누군지 이미 알고 있었다.

"미쳤나? 내가 그 작자들과 싸우게. 나는 아직 죽고 싶은 생 각이 없다네."

"그럼 왜 이 꼴인가?"

"재수가 없었을 뿐이야. 자네와 삼문협(三門峽)에서 헤어지고 나서 오다가 혈곡의 잡종들을 만났는데, 놈들이 다짜고짜 손을 쓰지 뭔가?"

"혈곡 놈들이? 왜?"

삼족개가 빽 소리쳤다.

"무조건 손을 썼다고 했잖아! 아이고…….."

그러고는 옆구리를 움켜쥐고 종알거렸다.

"아마 발이 빠르지 않았으면 죽었을지도 모르지. 개 같은 새끼들. 동냥은 못 줘도 쪽박은 깨지 말라고 했는데…….."

"그래도 뭔가 이유가 있었을 것이 아닌가?"

"이유? 글쎄…….."

삼족개를 옆구리를 부여잡고 인상을 잔뜩 썼다. 그러더니 고개를 모로 꼬고 중얼댔다.

"근데 그 새끼들이 왜 낙남(洛南)에 있었던 거지? 화산이 곱게 보지 않을 텐데 말이야. 가만? 그래서 변복을 한 것인가?"

"낙남? 혈곡 놈들이 낙남에 있었단 말인가?"

"현(縣)에 들어선 것은 아니고, 낙남에서 북쪽으로 삼사십 리 정도 떨어진 곳에 석문(石門)이라는 작은 마을이 있는데 그곳에 있더구만. 옷도 빨간 옷이 아닌 갈색 옷을 입고 말일세."

척우진이 전무심을 돌아다보았다.

"자네, 혹시 아는 것 없나?"

전무심에게 거승과 홍곽열에 대한 말을 들은 척우진이다.

그러니 혈곡에 대한 것을 알지도 모른다 생각한 듯했다.

"짐작할 만한 것이 없는 건 아니오만, 정확한 것은 더 두고 봐야 알겠소."

그제야 삼족개는 전무심을 쳐다보았다.

단순히 척우진을 따라다니는 젊은 무사로 생각했는데, 척우진의 눈빛을 보나, 전무심의 말투로 보나 그것이 아닌 것처럼 보인 것이다.

"누군가?"

삼족개가 그러잖아도 긴 턱을 쭉 빼서 전무심을 가리켰다.

척우진이 먼저 대답했다.

"전무심이라고, 천가장의 보표네."

"천가… 장? 보표?"

천가장의 장주도 아니고 보표라니.

아무리 생각해도 도절(刀絶) 대천도 척우진과 격이 맞지 않는다. 한데 그때다. 척우진이 어깨를 으쓱 올리며 말했다.

"아! 그리고 나도 잠시 동안 천가장의 보표를 할 생각이네."

"……!"

충격을 받았는지 삼족개의 긴 턱이 아래로 축 처졌다.

'지미, 칼 맞은 데는 머리가 아니라 옆구린데, 설마 내가 잘못 들은 것은 아니겠지?'

하지만 척우진은 삼족개의 상태에 아랑곳없이 말을 이었다.

"좌우간 그건 그렇고, 자네가 나 좀 도와줘야겠네."

"내가? 대천도를?"

"놈들, 천동쌍마가 장안에 들어왔네."

삼족개의 눈이 커졌다.

"왜 우리 아이들에게서는 그런 보고가 없었지?"

"두어 시진 정도 전에 들어온 것 같아. 놈들이 천가장에 나타났거든."

"뭐야? 천가장에?!"

삼족개의 튀어나올 것처럼 커진 눈이 척우진과 전무심을 번갈아봤다.

"무사들 몇이 죽긴 했는데, 그나마도 다행히 그 이상의 피해는 입지 않았다네."

"자네가 때맞춰 도착했나 보군."

"나는 일이 다 끝난 다음에 갔네."

"그럼……?"

"그곳의 보표들이 놈들을 쫓아냈더군."

삼족개의 얼굴이 벌겋게 달아올랐다.

천동쌍마를 일개 보표들이 물리쳤다고?

그걸 자신더러 믿으란 말인가?

'척 가가 미친 거야, 내가 미친 거야?'

그때 척우진이 아쉬운 목소리로 말했다.

"조금만 빨리 갔으면 놈들을 때려잡을 수 있었을 텐데, 정말 아깝게 됐지 뭔가."

역시 자신이 잘못 들은 것이 아니고, 척우진이 제정신이 아닌 것이었다.

삼족개는 끌끌 혀를 찼다.

"허, 자네 혼자 천동쌍마를 때려잡는다고? 미쳤군, 미쳤어. 쯔쯔쯔……."

"누가 나 혼자 때려잡는다고 했나? 여기 이 친구가 있으니까 때려잡을 수 있다고 한 거지."

삼족개가 실눈을 뜨고 척우진을 바라보았다. 안됐다는 표정으로.

"내 몸보다 자네 머리를 먼저 고쳐야겠군."

"……?"

결국 전무심이 나섰다.

"시간이 없으니 바로 본론으로 들어갑시다."

"음? 그러지."

척우진은 실없는 사람 보듯 삼족개를 보면서 곧바로 본론을 꺼냈다.

"자네 아이들 좀 빌리세. 아마 놈들은 장안을 떠나지 않았을 거야. 어쩌면 성 안에 있을지도 모르지."

"쫓아냈다며?"

"져서 물러선 게 아니네. 다음을 생각해서 물러선 거지."

"다음?"

"이 친구를 죽이려고 왔거든."

"쿵! 이 젊은 친구가 삼두육비의 괴물이라도 되나? 그 노물들이 죽이려고 하게."

그제야 척우진은 한심하다는 눈으로 삼족개를 바라보았다.

"소위 개방의 장로라는 사람이 요즘 일어난 일도 모르나?"

"뭔 일?"

"최소한 천왕교의 장로 급 고수들이 강호에 나와 죽었다는 것 정도는 알 것 아냐? 그들이 어디로 가다 죽은지 아나?! 어이구! 내가 이런 사람에게 도움을 청하려 왔다니……."

"그게 어쨌다고……?"

막 반박을 하려던 삼족개가 느릿느릿 전무심을 향해 고개를 돌렸다.

"천가… 장? 그럼… 이 젊은 친구가……?"

헤, 입을 벌린 삼족개의 턱이 또다시 축 늘어졌다.

척우진이 그 꼴을 보더니 인상을 쓰며 빽! 소리쳤다.

"알면 됐네! 그만 처다보고, 말해봐! 할 거야, 말 거야?!"

휙 고개를 돌린 삼족개가 밖을 향해 소리쳤다.

"팔걸(八乞)은 모두 안으로 들어와라!"

비록 시작은 느리지만, 일을 시작하면 번갯불에 콩 튀겨 먹는 사람이 바로 삼족개였다.

"이제야 정신을 차렸군."

척우진은 만족한 얼굴로 한마디 더 쏘아붙였다.

"대체 개방은 어쩌자고 자네 같은 사람에게 하남감찰 자리를 맡긴 건가?"

그의 말이 끝나기도 전에 여덟 명의 거지가 안으로 들어왔다.

척우진은 이미 삼족개의 관심 밖이었다.

삼족개는 여전히 무심히 서 있는 전무심을 다시 한 번 바라보고는, 고개를 돌려 팔걸에게 빠르게 명령을 내렸다.

"천동쌍마가 장안에 들어왔다. 아마 어딘가에서 놀고 있을 것이다. 가서 찾아봐! 장안 분타의 아이들 모조리 동원하고!"

"예! 장로!"

자세한 이야기는 하지 않았다. 삼족개라면 하루가 지나기도 전에 자신에 대한 정보를 한 보따리 끌어안고 있을 테니까.

하지만 삼족개가 가만두지 않았다. 그는 뭐가 그렇게도 궁금한지, 폐가를 나와 장안의 중심부를 향해 걸어가는 중에도 꼬치꼬치 캐물었다.

"자네가 정말 그들을 죽였나?"

전무심은 삼족개가 야속하게 생각할 정도로 짧게 대답했다.

"그렇소."

"천동쌍마가 천왕교의 사람들이라고?"

"맞을 거요."

"그래서 그 노물들이 자네를 찾는단 말이지? 복수를 하려고?"

"내 생각대로라면."

"꽤나 무뚝뚝하군. 얼굴은 기가 막히게 잘생겼는데 말이야. 세상이 왜 이리 불공평한 거야?"

뭐가 불만인지 삼족개는 전무심의 아래위를 훑어보며 투덜 댔다.

그래도 전무심의 대답은 세 마디를 넘지 않았다.

"본래 성격이 그렇소."

"여자는 있나?"

"……."

전무심이 아무런 말도 하지 않자 척우진이 피식 웃으며 말했다.

"아마 있을걸? 그것도 굉장히 아름다운 여자가 말이야."

그 대답에 삼족개가 고개를 설레설레 저었다.

"있다면 자네 때문에 고생깨나 하겠군."

"그럴지도……."

"아마 속이 타버릴 거야. 이거야 원, 목석하고 이야기를 하는 것 같으니……."

그 후로도 삼족개의 질문은 끊이지 않았다.

전무심의 짧은 대답도.

결국 남북을 가로지른 대로에 들어서자 삼족개도 지쳤는지 더 이상 묻지 않았다.

대신 전무심이 물었다.

"섬서에 개방의 제자가 얼마나 있소?"

삼족개가 발딱 고개를 들었다. 웬일이냐는 눈빛을 한 채.

"많지. 아마 정식 가입한 방도들만도 오천 명이 넘을걸?"

엄청난 숫자였다. 전무심의 눈빛이 빛났다.

"개방이 정천무맹의 정보를 대부분 담당하는 걸로 알고 있소만."

"흥! 그건 그렇지. 하지만 말이야, 그 겉만 번지르르한 놈들은 우리만 보면 눈살부터 찌푸린다네. 뭐, 사실 우리가 깨끗하지 못해서 그렇게 봐도 할 말은 없지만, 그래도 우리가 지놈들을 위해 얼마나 뛰어다니는데 그딴식으로 봐?"

"나에게도 정보를 좀 줄 수 있소?"

"자네에게?"

"많은 것을 원하는 것은 아니오."

삼족개의 눈이 반짝 빛났다.

"그럼 자네는 우리에게 무엇을 해주겠나? 천가장에서 번 돈으로 우리를 먹여 살리지는 못할 테고……."

받는 것이 있으면 주는 것도 있어야 한다.

그것을 모를 전무심이 아니었다.

"우리가 아는 정보를 주겠소."

삼족개가 어이없다는 듯 풀썩 웃었다.

개구리가 뛰니까 올챙이도 뛸 수 있다고 생각하냐는 표정이다.

"큭, 지금 개방 앞에서 정보로 거래를 하자는 건가?"

그러나 전무심은 태연히 입을 열었다.

"곧 정천무맹에서 고위직에 있는 사람이 나를 찾아오지 않을까 생각하오. 물론 뭔가를 알고 싶어서일 거요. 나는 그들에게 내가 아는 것 중 중요한 것은 알려주지 않을 것이오."

삼족개가 걸음을 멈췄다.

척우진이 혀를 차며 삼족개를 닦달했다.

"멍청한 친구야, 되로 주고 말로 받을 수 있는데 뭘 망설여?"

"시끄러! 너도 천가장의 보표라고 한 손 거드는 거냐?!"

버럭, 소리친 삼족개는 옆에 멈춰선 전무심을 뚫어지게 바라보았다.

"그러니까, 우리에게만 중요한 정보를 주겠다? 책상머리에서 붓이나 굴리는 맹의 떨거지들에겐 찌꺼기만 던져 주고?"

"누구에게 말할 건지는 내 맘대로요."

"맹에서 가만두지 않을지도 모르는데? 아마 잡아가서라도 알려고 할걸."

"그럼 그들은 육신을 장안에 남겨 놓고 혼만 돌아가야 할 거요."

"……."

삼족개가 병 찐 표정으로 전무심을 바라보았다.

꼭 미친놈 쳐다보는 눈빛이다.

전무심이 다시 걸음을 옮기며 말했다.

"나는 정(正)도, 마(魔)도 아니오. 그저 전무심일 뿐. 누구도 나를 강제할 수는 없소. 어쨌든 어찌할 건지 결정은 당신이 하시오."

막 발작하려는 삼족개에게 척우진이 급히 전음으로 말했다.

"그는 나보다 강하다네. 그를 죽이려고 천동쌍마가 움직였다는 것을 잊지 말게."

삼족개가 무슨 소리냐는 듯 척우진을 바라보았다.

칠절 중의 도절이 스스로를 낮추다니.

그가 아는 척우진은 헛소리를 지껄이는 사람이 아니다. 그렇다면 사실이란 말.

'대체 저 새끼, 어디서 튀어나온 놈이야?'

삼족개는 지끈거리는 머리를 부여잡고 발을 뗐다.

일단은 눈앞의 일을 먼저 해결하는 것이 중요했다. 전무심과의 거래는 그 후에 생각해도 될 일이었다.

세 사람은 대로의 끝에 위치한 작은 객잔으로 들어갔다.

찬바람이 조금씩 강해지고 있었다. 마냥 밖에서 기다릴 수만은 없는 일. 세 사람은 탁자에 둘러앉아 소식이 오기만을 기다렸다.

한데 이상했다. 개방의 제자들에게서 아무런 소식도 오지 않는다. 아무리 상대가 천동쌍마라 해도 그냥 행적만 수소문하는 것이거늘, 뭐가 이리도 오래 걸린단 말인가.

그렇게 한 시진, 슬슬 열이 뻗칠 때다. 젊은 거지 하나가 세 사람을 향해 달려왔다.

"장로께 아룁니다. 두 노인을 찾았습니다."

잔뜩 인상을 쓰고 있던 삼족개는 공연히 젊은 거지만 닦달했다.

"왜 이리 늦은 거냐? 행색이 뚜렷한 두 놈을 찾는 것이 그리도 어렵더냐?"

"그게 아니라……."

"안이고 밖이고! 어디냐? 놈들이 처박혀 있는 곳이!"

'조또, 거시기에 불나게 뛰어다녔는데…….'

젊은 거지는 속으로야 투덜댔지만, 겉으로는 더 할 수 없이 공손한 태도로 입을 열었다.

"비천산장입니다, 장로!"

第七章

죽음, 그리고 시작

死星
天血

1

이청한은 딱딱하게 굳은 표정으로 두 노인을 바라보았다.

자신이 아는 한, 눈앞의 두 노인은 분명 천동쌍마였다. 사십여 년 전에 모습을 감춘 공포의 천동쌍마 말이다.

갈등이 일었다.

두 사람이 단순히 놀러 왔다면 별것도 아닌 일이었다. 좋아하는 것 다 주고 기분만 맞춰주면 될 테니까.

하지만 두 노인은 놀러 온 것이 아니었다.

전무심. 그를 죽이러 온 것이다. 그것도 천왕교에서.

"바로 이곳으로 왔으면 만났을 텐데, 아깝게 되었군. 낄낄낄낄."

소선망의 웃음에 백자명이 눈살을 찌푸렸다.

"어린 놈들이 그렇게 강하다니……. 제기랄! 피라미들만 몇 놈 죽였을 뿐, 진짜로 죽일 놈들은 하나도 죽이지 못했잖아? 공지하고 싸울 때 조금 다친 것 때문인가?"

"일단 몸을 추스르고 나면 다시 가자고. 분명 놈이 돌아와 있을 거네."

"이번에 가면 한 놈도 남기지 않고 깡그리 죽여 버리겠어! 감히 내 몸에 상처를 남기다니! 특히 그놈! 지랄 맞게 칼 쓰는 그놈은 내 반드시 찢어 죽이고 말 거야!"

"어쨌든 참 대단한 놈들이야. 그 나이에 그 정도 무공을 익히다니. 게다가 성깔이 어디 보통인가? 이건 뭐 미친놈처럼 함께 죽자고 달려들질 않던가?"

"흥! 그래 봤자지. 우리도 내상 때문에 전력을 다하지는 않았잖아?"

"좌우간 전무심이라는 놈을 죽이고 나면 그때는 아무 걱정 없이 놈들의 피 맛을 볼 수 있을 거네."

이청한은 피가 마르는 듯했다.

두 사람의 대화대로라면 전무심이라는 놈이 곧 죽을 것만 같았다. 그러나 십여 명이 죽었던 그날의 일을 생각하면, 공염불로 끝날지도 몰랐다.

더구나 말을 듣다 보니 절정의 고수가 열 명도 넘게 있는 것 같지를 않는가 말이다.

어떤 선택이냐에 따라 운명이 결정될 터. 이청한은 등줄기로 흐르는 식은땀을 느끼지도 못한 채 주먹만 움켜쥐었다.

그때 백자명이 물었다.

"그래, 사람들은 보내봤느냐?"

이청한은 최대한 태연한 표정을 지으며 허리를 숙였다.

"예, 어르신. 곧 소식이 올 것이옵니다."

천가장의 상황, 전무심의 행방을 찾는 것쯤은 문제가 되지 않는다. 문제는 그다음이다.

소선망이 말했다.

"천가장을 칠 사람들은 모았느냐?"

바로 그것이다. 천가장을 친다는 것!

천동쌍마는 자신이 나서주기를 바라고 있다. 귀찮은 잔가지들을 정리할 필요가 있으니까.

그리되면 전면전이나 마찬가지다.

두 사람이 전무심을 죽이면 장안을 집어삼킬 수 있다.

하지만 만에 하나, 천동쌍마가 지기라도 한다면 모든 것이 끝장이다.

마음 같아서는 무조건 천동쌍마 쪽에 손을 들어주고 싶다.

그런데 그때마다 귓전에서 전무심의 목소리가 왱왱거린다.

"한 번만 더 그러면 개미 새끼 한 마리 남기지 않고 쓸어버릴 것이오. 명심하시오."

지옥사자의 목소리다. 뇌리에 대못처럼 박힌 목소리가 오금을 저리게 만든다.

모든 것을 얻느냐, 모든 것을 잃느냐!

욕망이냐, 안정이냐!

이청한은 주르륵 흐르는 땀을 닦아내며 이를 지그시 깨물었다.

'그래, 남자라면 모름지기 한 번쯤은 모든 것을 걸고 모험할 필요도 있지!'

끝내 욕망이 안정을 구석으로 처박고 승리의 미소를 지었다.

"너무 걱정 마십시오, 어르신. 곧……."

바로 그때였다.

쾅!

갑작스런 굉음이 장원을 뒤흔들었다.

순간 이청한의 전신이 굳어졌다.

불길한 예감이 머리끝에서 발끝까지 찰나간에 치달린다.

'호, 혹시……?'

산산조각나며 터져 나가는 비천산장의 거대한 정문을 바라보며 세 사람은 걸음을 옮겼다.

갑작스런 굉음에 몇 사람이 뛰쳐나온다.

"웬 놈이냐!"

"웬 놈이 감히 본 장을 침입한 것이냐!"

달려나오던 자들이 경악과 두려움이 섞인 목소리로 소리친다. 한 뼘 두께의 정문이 산산조각으로 부서졌다는 것 자체가 믿기지 않는 표정이다.

"어? 저자는?"

그때 누군가가 전무심을 알아보았다. 전무심이 찾아온 지 반나절도 지나지 않았으니 어쩌면 당연한 일이었다.

"뭐야? 천가장에서 쳐들어오기라도 한 건가?"

"그건 아닌 것 같은데? 저 거지들은 개방의 거지들 같잖아?"

걸음을 멈추고 우왕좌왕하는 무사들.

전무심은 그들의 반응에 상관없이, 무심한 표정을 지은 채 연무장으로 들어섰다. 그리고 삼족개를 향해 입을 열었다.

"귀하의 일은 여기까지요. 안에는 둘만 들어가겠소."

달려나오는 자들은 십여 명. 그들이야 걱정될 게 없었다.

문제는 천동쌍마다.

삼족개의 무공이 비록 일류의 끝자락을 바라보는 수준이라지만, 천동쌍마는 그가 상대할 수 없는 사람이다.

솔직히 말하면 일수조차 감당할 수 없을지 모른다.

그걸 알기에 척우진도 삼족개를 뒤로 물러서게 했다.

"자네는 여기서 기다리게. 뒷수습을 해야 할지 모르니까."

비참하지만 현실이 그랬다.

삼족개는 와락 일그러진 얼굴로 두 사람의 등을 바라보고는, 획 몸을 돌려 팔걸에게 소리쳤다.

"우리는 관여치 않는다! 구경이나 하면서 주위에 사람들이 접근하지 못하도록 막아!"

"장로, 하지만……."

"시끄러! 나도 기분 더러우니까! 정 심심하면 비천산장의 애송이들이나 상대하면서 놀아!"

전무심은 삼족개의 고함 소리를 들으며 앞을 바라보았다. 두 줄기 거대한 기운이 다가오고 있었다.

'천동쌍마, 그대들은 천왕곡을 나오지 말아야 했다.'

누가 이길지는 모른다.

상대는 하나하나가 헌원무강과 비슷한, 아니, 어쩌면 더 강할지도 모르는 절대지경의 고수다.

그러나 확실한 것은, 그들이 아무리 강하다 해도 죽는 것은 변함이 없다는 것이다.

정작 문제는 다른 사람이었다.

'척우진이 과연 몇 초를 버틸 수 있을까? 십 초? 이십 초?'

척우진이 들으면 눈에 쌍불을 켜고 달려들 이야기다.

그러나 전무심은 당연하게도 그렇게 생각했다.

그의 초감각이 그렇게 말하고 있었으니까. 척우진은 결코 천동쌍마의 상대가 아니라고.

'어쨌든 십초 이상만 견뎌준다면…….'

전무심이 한 걸음 한 걸음, 넓은 연무장을 가로지를 때다.

고오오오!

전방에서 거대한 기운이 밀려들었다.

전무심은 우뚝 멈춰 서서 전방을 주시했다.

전각 뒤쪽에서 시작된 기운이 순식간에 연무장을 향해 밀려든다.

그러더니 눈 깜박일 시간도 없이 두 사람이 전각 지붕 위의 허공에 나타났다.

통통한 얼굴, 작달막한 키, 쌍둥이처럼 똑같은 모습.

바로 그들이었다. 천동쌍마!

"켈켈켈켈! 네놈이 제 발로 찾아오다니! 노인을 공경하는 정신 하나는 높이 사줘야겠구나!"

웅웅웅웅!

대기가 터질 듯 진동하며 사방으로 울려 퍼지는 목소리!

주위의 나무들이 사시나무라도 되는 듯 파르르 떨며 진저리를 친다.

진정 가공할 공력!

"크읍!"

"허억!"

둘러서 있던 사람들은 격한 신음을 흘리며 정신없이 물러섰다.

적아(敵我)가 따로 없었다.

개중 몇몇은 그 자리에 주저앉아 헛구역질을 하며 땅바닥에 고개를 처박았다.

불만이 가득했던 삼족개도 해쓱하니 질린 얼굴로 소리쳤다.

"제기랄! 뒤로 물러서! 모두 밖으로 나가!"

안간힘으로 비틀거리며 물러서는 팔걸의 표정이 생사대적과 싸움이라도 벌인 듯 창백하다.

천동쌍마!

그들이 지닌 힘은 범인이 상상할 수 있는 것이 아니었다.

뒤늦게 그 사실을 안 삼족개는 불안한 눈으로 전무심과 척우진을 바라보았다.

바로 그때였다!

허공 십여 장 높이에 떠있던 천동쌍마가 전무심과 척우진을 향해 쏘아진 살처럼 날아갔다.

"어느 놈이 전무심이더냐!"

백자명의 외침에 전무심이 천천히 무정을 뽑았다.

"나는 찾으러 나왔는가?"

"크크크! 젊은 놈이라더니, 역시 네놈이구나!"

소선망이 잇새로 비웃음을 흘리더니 쌍장을 내려쳤다.

콰아아아!

동시에 백자명도 손에 든 섭선을 휘둘렀다.

순간 한겨울에 폭풍이 휘몰아치고, 반경 삼 장이 두 사람의 손에서 발출된 경력에 뒤덮였다.

그런데도 전무심은 자신을 향해 떨어져 내리는 천동쌍마만 바라보았다.

들썩거리는 대지. 비틀어진 채 기음을 토해내는 대기.

끼이이이이!

금방이라도 갈기갈기 찢기고 뭉개져 처참하게 죽을 것만 같은 광경이었다.

"차아앗! 내가 바로 척우진이다, 늙은이들아!"

압박감을 참지 못한 척우진이 먼저 움직였다.

그는 자신의 커다란 도를 들어 밀려드는 장력을 마주 베어 갔다.

시퍼런 도강에 비틀린 대기가 쫘아악 갈라진다.

하지만 그것도 일순간일 뿐이었다.

"켈! 제법이구나, 애송이!"

코앞까지 날아온 소선망이 냉소를 흘리며 쌍장을 비틀자, 도강에 갈라진 대기가 다시 합쳐지면서 척우진을 짓눌렀다.

바로 그 순간이었다!

전무심이 코앞에 닥친 백자명을 향해 몸을 날렸다. 쏟아져 내리는 백자명의 회풍마선공쯤은 안중에도 없다는 듯.

그러면서 무정을 들어 내려쳤다.

시퍼런 강기가 맺혀 몽둥이처럼 변해 버린 무정으로!

찰나!

콰아아앙!

번천지복의 굉음이 울리고, 떨어져 내리던 백자명의 몸뚱이가 허공으로 튕겨졌다.

"헛!"

가공할 반진력!

허공으로 튕겨진 백자명의 눈이 한껏 커진다.

그러나 그는 경악할 시간조차 없었다. 전무심이 무령풍을 펼쳐 허공으로 날아오른 것이다.

숨 돌릴 새도 없이 백자명은 섭선을 휘둘렀다.

순간이었다. 허공에 뜬 전무심의 신형이 둘, 넷으로 갈라진다.

동시에 허공을 가득 메운 시퍼런 벼락!

콰과과광!

폭발이라도 일어난 듯 허공이 터져 나갔다.

전무심과 백자명이 동시에 뒤로 튕겨지고, 회오리바람이 일어나며 바닥이 휘말려 올라갔다.

"크윽!"

끝내 백자명의 입에서 신음이 흘러나왔다.

'빌어먹을! 내가 밀리다니! 말도 안 돼!'

몸을 고정시킨 백자명은 이를 갈며 고개를 들었다.

순간 그의 눈이 커졌다.

"저, 저놈이!!"

자신과 반대편으로 튕겨진 전무심이 소선망을 향해 검을 내려치는 것이 보인 것이다.

그는 황급히 흔들린 내력을 진정시키고 돌아가는 상황을 뚫어지게 바라보았다.

한데 그때였다.

척우진을 죽일 듯이 몰아치던 소선망이 어쩔 수 없이 몸을 뺀다.

치욕이다. 언제 천동쌍마가 등을 돌리고 물러섰던가!

찢어 죽이리라!

저 새파란 애송이놈을 까마귀밥으로 만들고야 말리라!

백자명은 자신의 애병인 천양마선에 전 공력을 실었다.

천양마선이 붉은 불덩이처럼 타올랐다.

사십 년 만에 천하를 공포로 몰아넣었던 천양마선공이 제 모습을 드러낸 것이다.

순간, 그는 붉게 타오르는 천양마선을 움켜쥐고 신형을 날렸다.

"이노오오옴!!"

한편 일검에 소선망을 뒤로 물러서게 만든 전무심은, 백자명이 천양마선을 앞세우고 날아오자 무심한 눈빛을 길게 가라 앉혔다.

놈들이 서두른다.

잘하면 구천마령의 힘을 빌리지 않고도 두 노물을 죽일 수 있을 듯하다.

전무심은 천라혈왕공을 구성까지 이끌어냈다.

후우우웅!

우수에 들린 무정이 울음을 토해낸다.

"오라! 천왕의 율법을 어긴 자들이여!"

전무심의 전음이 사자후처럼 백자명의 귀청을 떨어 울렸다.

달려들던 백자명의 두 눈에 의혹이 떠올랐다.

웬 천왕의 율법? 놈이 어떻게 천왕의 율법을 아는 거지?

하지만 그는 깊게 생각하지 않았다.

천왕이고 나발이고, 죽여 버리면 끝날 일!

"미친놈! 죽어라!"

콰아아아!

천양마선이 더욱 시뻘겋게 타올랐다.

단숨에 끝장을 내버리겠다는 듯!

전무심은 지그시 백자명을 바라보며 무정을 앞으로 뻗었다.

그러고는 천양마선에서 뿜어져 나오는 가공할 역도에 정면으로 부딪쳐 갔다.

구성의 내력이 실린 무정은 이미 단순한 검이 아니었다.

검강이 주욱 뻗더니 일 장에 이르렀다.

동시에 허공에 그려지는 세 개의 원.

천라삼첩망(天羅三疊罔)이 펼쳐졌다!

쿠구구궁!

찰나간에 벌어진 세 번의 격돌!

연무장의 석판이 주욱 갈라지고, 대지가 뒤집히며 일어난 먼지구름이 사방으로 퍼졌다.

갈라지고 부서지고, 강기의 파편에 주위는 이미 연무장의 기능을 상실한 상태였다.

그 가운데서 천라혈왕구검이 순식간에 연이어 펼쳐진다.

무정이 사자의 이빨을 드러내며 백자명을 압박한다.

하지만 백자명 역시 절대지경의 고수. 밀리긴 해도 당장 어떤 결과가 나오지는 않았다.

그렇게 칠팔 초가 순식간에 지나갔다.

언제부턴지 백자명의 입가에서 선혈이 흐르기 시작했다. 손에 들린 천양마선은 이미 서너 갈래로 찢겨진 상태.

패색이 짙어질수록 백자명은 악에 받쳐 달려들었다. 그러다 보니 접근전의 형태로 변해 버렸다.

"개새끼! 같이 죽자, 죽어!"

천동쌍마는 수십 년간 무공을 익힌 자들. 더구나 죽어도 혼자 죽지 않겠다는 심경으로 달려드는 백자명이다.

'이대로는 안 된다!'

이를 앙다문 전무심은 무정으로 천양마선을 휘감아 떨치고, 천강벽월의 힘이 깃든 좌수로 백자명의 가슴을 후려쳤다.

백자명도 좌수를 엇갈리듯 마주 뻗었다.

쾅!

전무심과 백자명의 두 손이 정면으로 부딪쳤다.

주욱 물러서는 두 사람. 백자명의 얼굴이 와락 일그러지고, 전무심의 표정도 딱딱하게 굳어졌다.

하지만 그 덕분에 두 사람 사이가 이 장 정도 벌어졌다.

바로 그때였다.

쿵!

전무심이 진각을 밟듯 한 발을 앞으로 내딛으며 무정을 쭉 뻗었다.

고오오오!

순간 무정에서 뻗쳤던 시퍼런 검강이 서서히 사라지기 시작했다.

그걸 보더니 백자명의 두 눈이 튀어나올 듯이 커졌다.

그는 입술 사이로 흘러내리는 선혈도 아랑곳하지 않고 주춤 뒤로 한 걸음 물러섰다.

왠지 싸울 의욕조차 상실한 표정. 그가 더듬거리며 말한다.

"무, 무형……?"

찰나의 순간! 전무심의 무정이 환하게 밝아졌다.

천라혈왕구검 중 여덟 번째, 천라무영혈(天羅無影血)!

그물처럼 덮쳐 오는 눈에 잘 보이지도 않는 검강!

백자명은 황급히 천양마선을 들어 앞을 가렸다.

하지만 소용이 없었다.

쩌억!

무정의 검강을 막으면서도 부챗살만큼은 끄떡없었던 천양마선이 두 쪽으로 잘라져 버렸다.

동시에 백자명의 이마도 갈라졌다.

"끄으으……. 미, 믿을… 수가……."

천천히 뒤로 넘어가는 그의 두 눈에 불신이 가득하다.

자신의 죽음을 믿을 수 없다는 것이 아니다.

전무심이 마지막에 펼친 일검, 천라무영혈을 믿을 수 없다는 뜻이다.

하나 그렇다고 해서 달라질 것은 아무것도 없었다.

천동쌍마 중 하나인 백자명, 그가 죽었다!

"퉤!"

전무심은 백자명이 완전히 움직임을 멈추자, 그제야 입 안 가득 차 있던 핏물을 뱉어냈다.

사실 그도 온전하지만은 않았다.

천라무영혈을 펼치기 위해 십성의 공력을 끌어올렸다. 그것도 백자명과의 격전으로 약간의 내력손실을 입은 상태에서.

매우 위험한 일이었지만 어쩔 수 없었다.

이대로 계속하면 십여 초가 더 지나야 승부가 날 상황. 그 시간이면 척우진이 죽을지 모르는 것이다.

그는 척우진이 죽는 것을 바라지 않았다. 그랬다면 처음부터 일행으로 받아주지도 않았을 테지만.

핏물을 뱉어낸 전무심은 소선망과 척우진의 싸움터를 향해 걸어갔다.

천동쌍마 중 한 사람을 죽이고, 한 걸음에 이 장씩 죽죽 미끄러져 간다.

그의 전신에서 피어오르는 패왕의 기세!

전무심이 다가가는 것만으로도 척우진을 몰아치던 소선망의 장세가 흔들렸다.

백자명의 죽음 자체가 그의 심혼을 뒤흔든 상황. 거기에 더해진 패왕의 기세다.

믿을 수 없는 일이지만 버젓이 눈앞에서 벌어진 일이다.

소선망은 손을 늦추며 전무심의 공격에 대비했다.

한순간, 위기에 몰린 척우진의 도세가 살아나기 시작했다.

금방이라도 무너질 것 같던 그가 노호성을 내지르며 도를 휘둘렀다.

"으아아아!!"

척우진은 현실을 믿을 수가 없었다.

무의 끝자락에 거의 접근했다고 생각했었다.

천하에 자신을 곤란하게 만들 사람은 손에 꼽힐 정도라 여겼었다.

혼자만의 자신감이 아니었다. 그동안 사실이 그랬고, 천하인 모두가 그렇게 말했다.

그러나 눈앞의 현실은 너무나 냉혹했다.

착각 속에 빠져 살아온 자신에게 어이없어 화가 날 정도다.

칠절? 도절? 대천도?

'개뿔이나!'

그따위 것은 깡그리 뭉쳐 시궁창에 던져 버리고 싶었다.

이십수 년간 정진해 온 멸절도에 담아!

일순간, 척우진은 휘두르던 도에 혼신을 담아 열두 번 내리그었다.

짜자자작!

소선망의 장세가 그물처럼 갈라지고, 줄기줄기 뻗어가는 도강이 소선망을 덮어버렸다.

의외인 듯 소선망은 눈을 크게 뜨고 빠르게 두 손을 휘둘렀다.

그의 붉은 두 손이 휘둘러질 때마다 갈기갈기 찢겨져 나가는 도강이다.

그러던 어느 순간이었다.

쾅!

척우진과 소선망의 기운이 정면으로 부딪쳤다.

소선망이 삼 보, 척우진이 주르륵 오 보를 물러났다. 하지만 표정은 정반대였다.

소선망은 불안한 눈으로 전무심을 힐끔거리고, 척우진은 불
길이 이는 눈으로 그런 소선망을 노려본다.

그것도 잠시, 척우진이 커다란 도를 늘어뜨리고 소선망을
향해 쇄도했다.

앙다문 잇새로 흘러나오는 핏물이 턱을 타고 가슴을 적신
다.

'오기라 해도 좋아! 더 이상 이렇게 비참하게 밀릴 수는 없
다!'

죽음을 각오한 자!

지금은 척우진이 그 주인공이 되었다.

비스듬히 사선을 그리는 그의 도에서 푸르스름한 강기가 넘
실대며 춤을 춘다.

조금 전보다 오히려 더한 기세다.

소선망도 그걸 느꼈는지 두 손에 공력을 배가시켰다.

애초에 도망간다는 말은 그의 머릿속에 있지도 않았다.

그렇다고 두 놈을 동시에 상대할 자신도 없었다.

방법은 하나, 놈이 오기 전에 눈앞의 건방진 놈을 죽이는 수
밖에 없다.

그것도 전무심이 오기 전에 최대한 빨리!

"예끼 놈!"

소선망의 붉은 두 손이 허공에 커다란 모란꽃을 그렸다.

너무도 아름다워 보는 이의 눈이 휘둥그레질 정도다.

혈망화(血望花), 피를 바라는 꽃.

그가 천외비각에 들어가 우연히 얻은 세 가지 수법 중에 하나였다.

척우진도 마주 눈을 부릅뜨고, 자신의 이마를 향해 날아드는 붉은 모란을 보고 정면으로 도를 휘둘렀다.

멸절도의 마지막 초식, 공멸(空滅)의 도!

둘 중 하나는 죽자는 마음이었다.

찰나였다!

붉은 모란꽃과 속이 빈 듯한 둥근 도막이 두 사람 사이에서 뒤엉켰다.

콰콰콰쾅!

귀청을 찢을 듯한 굉음!

혈망화는 갈기갈기 찢어져서 붉은 꽃잎을 흩날리고, 그물처럼 갈라진 도막은 산산이 부서지며 폭죽처럼 터져 버렸다.

그 여파에 반경 일 장의 대지가 둥근 원을 그리며 밀려났다.

그러나 밀려난 것은 대지만이 아니었다.

소선망도 밀려나고, 척우진도 밀려났다. 다만 약간의 차이가 있을 뿐.

"크억!"

밀려난 척우진의 입에서 피분수가 뿜어졌다.

피분수는 그가 남긴 발자국 안으로 쏟아졌다.

그의 발자국은 모두 네 개. 한결같이 다섯 치 깊이다.

반면에 소선망 앞에는 네 치 깊이의 발자국이 세 개뿐이었다.

더구나 창백한 안색이긴 해도 척우진보다는 훨씬 양호했다.

그만큼 차이가 난다는 말.

피를 토하고 고개를 든 척우진은 참담한 표정으로 입술을 깨물었다.

바로 그 순간!

하늘에서 거대한 번개 기둥이 떨어져 내렸다.

전무심, 단걸음에 삼 장 허공으로 떠오른 그가 무정을 내려 친 것이다!

암천뇌락(暗天雷落)!

암천의 검 중 일곱 번째 검이 모습을 드러낸 것이다!

발딱 고개를 든 소선망은 해쓱한 얼굴로 쌍장을 들어 올렸다.

동시였다!

그의 손에서 한 자 크기의 검은 꽃, 흑망화가 피어나더니 번 개 기둥에 부딪쳐 갔다.

콰과광!

두 줄기의 기운이 부딪친 순간! 바로 머리 위로 번개가 떨어 진 듯 우렛소리가 일었다.

이어서 흑망화의 장세가 번갯불에 타버린 재처럼 흩날리고, 처음으로 소선망의 입에서 짓이겨진 신음이 흘러나왔다.

"커어억!"

가공할 기세가 부딪쳤는데도 소선망은 한 걸음도 물러서지 못했다.

발이 한겨울 얼어붙은 땅속에 무릎까지 박혀든 상태였다. 그 바람에 그의 키가 한 자 반은 줄어든 듯 보였다.

하지만 그것이 끝이 아니었다.

전무심은 반동으로 이 장가량을 치솟은 뒤, 떨어져 내리며 또다시 무정을 내려쳤다.

또 하나의 번개 기둥이 소선망을 향해 일직선으로 떨어져 내렸다.

울컥! 한 움큼의 핏덩이를 게워낸 소선망은 대항할 생각조차 하지 않았다. 그는 그저 고개를 들고 멍청히 서서 허공에 뜬 전무심만 쳐다보았다.

문득 그의 입술 사이를 비집고 가느다란 목소리가 흘러나왔다.

"그놈이…… 잘못 안 거냐, 아니면……."

쾅!

그가 말을 끝맺기도 전, 시퍼런 번개가 약간 틀어지더니 그의 머리가 아닌 가슴을 관통했다.

소선망은 움직이지도 못하고, 그 자리에 선 채 뻥 뚫린 자신의 가슴을 내려다보았다.

그리고는 핏물이 쏟아지는 입을 달싹거렸다.

"알고도……. 그럼 왜?"

전무심은 소선망의 앞으로 천천히 내려서며 눈을 좁혔다.

소선망의 허리가 느릿느릿 앞으로 굽어지고 있었는데, 땅에 박힌 다리 때문인지 꼬꾸라지지도 않았다.

한데 그의 말투가 이상하다.

'뭘 잘못 알았다는 것이지?'

완전히 허리가 굽어진 소선망이 마지막 경련을 일으키고 있었다.

죽기 전 뭔가를 안 것일까, 아니면 단순히 경련을 일으키는 것일까?

하지만 지금은 그런 의문을 생각하고 있을 때가 아니었다.

천동쌍마를 죽인 대가는 결코 작지 않았다.

구천마령의 힘을 쓰지 않으려 하다보니 가볍지 않은 내상마저 입은 상태다.

끓어오른 진기가 금방이라도 목구멍을 뚫고 튀어나올 것만 같다.

'적어도 사흘간은 요상을 해야 할 것 같군.'

전무심은 일단 선 채로 진기를 휘돌렸다.

사실 다행이라면 다행이었다. 비록 많은 공력이 소모되고 내상이 심각하지만, 그나마 따로따로 상대했기에 이 정도로 끝날 수 있었다.

만일 척우진이 없는 상태였다면 구천마령의 힘을 빌려야 했을지도 몰랐다. 자신의 의지로도 감당이 안 되는 악마의 힘을 말이다.

그렇게 전무심이 진기를 휘돌려 끓어오른 내력을 가라앉히는 사이, 삼족개가 척우진에게 뛰어갔다.

"이봐! 괜찮나?"

척우진은 다시 한 번 입 안에 고인 핏물을 뱉어내고 그 자리에 주저앉았다. 그러자 삼족개가 다급히 그의 뒤로 가서 명문에 손을 얹었다.

그리고 얼마, 전무심은 들끓던 진기가 어느 정도 가라앉자 척우진의 등에 손을 얹은 삼족개를 바라보았다.

두 사람의 몸에서 뿌연 안개 같은 기운이 스며 나오고 있었다.

이곳은 적진이라 할 수 있는 곳, 그런데도 내력을 이용해 진기요상을 한다는 것은 그만큼 급하다는 말과도 같았다.

또한 자신을 믿고 있다는 뜻이었다.

'좋은 친구를 두었군.'

진기요상이 절정을 향해 치닫는 것을 보고, 전무심은 주위를 살펴보았다.

비천산장의 무사들은 감히 다가올 생각도 못하고 멀리서 바라보고 있었다.

그나마도 몇 되지 않았다.

하긴 그들에겐 오늘의 격돌이 인간들의 싸움이 아닌 무신들의 싸움으로 보였을 것이다. 그런데 그 싸움에서 비천산장과 적으로 보이는 전무심이 이겼으니 장원에 남은 사람이 몇이나 될 건가.

개중에는 넋 빠진 표정의 이청한도 보였다.

그는 전무심이 자신을 쳐다본다는 것을 알고 털썩 무릎을 꿇었다.

"그들은…… 본 장에 그냥 놀러 왔을 뿐이외다."

무릎을 꿇은 이청한의 입에서 절망이 가득한 목소리가 떨려 나온다. 물에 빠진 자가 지푸라기라도 잡으려 허우적거리는 듯하다.

당연히 말도 되지 않는 거짓말이다.

'아마 고뇌를 많이 했겠지. 이들과 도모하면 당장 천가장을 엎을 수 있으리라 생각했을 테니까.'

그 정도는 전무심도 모르지 않았다.

그러나 더 추궁하지는 않았다.

이청한의 가족을 모두 잡아 죽일 수도 없는 일이고, 곧 이곳의 일이 소문날 터. 이제 누구도 이청한과 함께하려 하지 않을 것이다.

결국 비천산장은 끝장난 거나 마찬가지였다.

'천동쌍마 때문에 비천산장까지 몰락한 셈인가?'

그때 삼족개가 창백한 얼굴로 척우진의 등에서 손을 떼고는 길게 숨을 내쉬었다.

그를 보고 전무심이 말했다.

"일단 천가장으로 옮기는 게 낫겠소."

전무심의 말에 삼족개도 고개를 끄덕였다.

"그렇게 하세. 팔걸!"

그가 부르는 소리에, 문이 떨어져 나간 정문 쪽에 있던 거지들이 우르르 몰려왔다.

"이 친구를 천가장으로 옮길 것이다. 들것을 준비해라."

"예! 장로!"

여덟 명의 거지는 사방을 둘러보더니, 곧바로 정문 옆으로 달려갔다. 그리고는 넓이가 여섯 자 정도 되는 쪽문을 뜯어서 들고 왔다.

일각 전만 해도 상상할 수 없었던 일이었지만, 삼족개는 만족한 표정을 지으며 고개를 끄덕였다.

"좋아, 그 정도면 되었다. 그 위에 조심스럽게 올려라."

팔걸이 척우진의 몸을 쪽문 위에 올리자 삼족개가 자리를 털고 일어섰다.

"이곳에서 아직 볼일이 있는 것 같으니, 내 먼저 가보겠네."

"곧 뒤따라가겠소."

"알겠네. 가자!"

전무심의 대답에 삼족개는 팔걸을 이끌고 장원을 나섰다.

그제야 전무심은 그때까지도 무릎을 꿇고 있는 이청한을 바라보고는 나직이 말했다.

"오늘은 그냥 가겠소. 하나 전에 내가 한 말, 절대 잊어서는 안 될 거요."

"알겠소이다!"

구명의 은혜라도 입은 듯 이청한이 머리를 처박았다.

하지만 누구도 그를 비겁하다고 욕하지 않았다.

천동쌍마를 죽이고, 삼십여 장 넓이의 연무장을 반 각도 되지 않아 뒤집어놓은 사람이 바로 그 앞에 있는 전무심인 것이다.

한데 바로 그때였다.

돌아서려던 전무심의 눈이 반짝였다.

허리를 굽히고 죽어 있는 소선망, 그의 가슴에 뭔가가 짓눌려 있었다. 허리를 굽히는 바람에 품속에 있던 것이 떨어진 듯했다.

자세히 보니 작은 함과 하나의 얇은 책자였다.

천동쌍마가 가치도 없는 물건을 품속에 지니고 다니지는 않았을 터였다. 그러한 물건을 비천산장에 남겨둘 수는 없는 일.

전무심은 허공섭물로 두 가지 물건을 거두어들였다.

한데 문득, 손에 들린 물건을 바라보던 전무심의 눈에 이채가 번뜩였다.

작은 함의 뚜껑에 하나의 글자가 새겨져 있었는데, 바로 그 글자 때문이었다.

'불(佛)?'

천동쌍마가 왜 불문의 물건을 가지고 있단 말인가.

도저히 이해할 수 없는 일이었다.

어쨌든 그것은 천천히 알아보면 될 일. 전무심은 함을 품속에 집어넣고 책자를 바라보았다.

겉표지에는 모란 그림과 네 개의 글자가 제목처럼 적혀 있었다. 그림과 글자는 거의 지워지다시피 희미한 상태였다. 그래도 읽지 못할 정도는 아니었다.

단망사화(丹望四花).

그림으로 봐서 소선망이 펼쳤던 무공구결을 적어놓은 책인 듯한데, 조금은 기이 제목이었다.

그렇다고 이곳에서 내용을 살펴볼 수는 없는 일. 전무심은 함과 책자를 품속에 집어넣고 소선망의 시신을 향해 걸어갔다.

죽은 자의 물건을 취한다는 것이 기분 좋을 리는 없었다. 그러나 놓고 가는 것보다는 나았다.

조금 전의 책만 하더라도, 그냥 놓고 갔다면 비천산장에 엄청난 물건을 넘겨줄 뻔하지 않았는가 말이다.

소선망의 시신 앞에 선 전무심은 무정의 들어 검집째 소선망의 품을 벌려보았다. 그러나 소선망의 품에는 더 이상 별다른 것이 나오지 않았다.

이후 백자명의 품도 살펴봤지만 역시 마찬가지였다. 그저 사오십 냥 정도 든 은자 주머니 하나만 들어 있었을 뿐.

전무심은 은자 주머니는 놔둔 채 돌아서며 이청한에게 말했다.

"소림에서 시신을 찾으러 올지 모르니 잘 보관해야 할 거요."

"예? 예……."

출발은 조금 늦었지만 천가장에 도착한 것은 삼족개 일행과 거의 동시였다.

전무심이 삼족개와 장원으로 들어가자 사람들이 일제히 쏟아져 나왔다.

제일 먼저 전무심에게 다가온 진성자가 쪽문에 눕혀진 척우진을 보고는 다급히 물었다.

"무슨 일인가?"

전무심이 별것 아니라는 표정으로 말했다.

"천동쌍마를 만났소."

"처, 천동쌍마를?"

진성자의 눈이 휘둥그레졌다.

뒤이어 도착한 사람들도 굳은 표정으로 전무심의 입만 바라보았다.

정신을 차린 진성자가 정신없이 물었다.

"어찌 되었나? 싸웠나? 하긴 싸웠으니 대천도가 저렇게 되었겠지. 그래, 결과는 어떻게 되었나?"

질문은 많았지만 내용은 하나였다.

누가 이겼냐, 하는 것.

전무심은 척우진을 옮기는 팔걸의 뒤를 따라가며 태연히 입을 열었다.

"그들의 제사를 지내줄 사람이 있을지나 모르겠소."

순간 사람들의 얼굴이 환하게 밝아졌다. 한 사람만 빼고.

상유상이 고개를 모로 꼬고는 예종에게 물었다.

"대형이 왜 그 늙은이들의 제사를 걱정하지?"

예종이 한심하다는 표정으로 상유상을 흘겨봤다.

"이 한심한 인간아, 산사람에게 제사를 지내는 거 봤냐?"

상유상이 말도 안 된다는 듯 소리쳤다.

"참나! 그런 멍청한 놈이 어디 있어?!"

"으휴, 진짜 걱정이다. 내가 어쩌다……."

"……?"

척우진의 부상은 생각보다 심각했다.

어깨와 가슴과 배에 세 개의 장인이 희미하게 찍혀 있었는데, 아무래도 스치듯 얻어맞은 장력에 내장이 상한 듯했다.

그나마 삼족개가 재빨리 진기요상 치료를 한 덕에 이탈된 장부(腸腑)가 없는 게 다행이었다.

척우진의 몸을 살펴본 의원은 고개를 설레설레 젓고는 이런 몸으로 죽지 않은 것이 다행이라는 표정으로 말했다.

"장부가 많이 부어서 함부로 움직이면 안 됩니다. 게다가 근육과 신경이 많이 상했습니다. 아무리 무공을 익힌 무인이라 해도 이 정도면 몇 달간 요양을 해야만 정상적으로 움직일 수 있을 겁니다."

하지만 전무심이나 삼족개는 그 몇 달이 며칠로 줄어들 거라 생각했다.

"일단 약을 쓰기 전에, 급한 대로 침을 써서라도 어혈(瘀血)을 빼내야겠습니다."

의원은 척우진의 몸을 여기저기 만지더니, 몇 군데에 침을 꽂고 어혈을 빼냈다.

그러고도 한참을 더 살피더니 절대 안정해야 한다는 말을 몇 번이나 더 당부하고 약을 짓는다며 방을 나갔다.

그제야 전무심이 삼족개를 바라보았다.

"빠른 시간 안에 결정을 내려줬으면 하오만."

그 말의 뜻을 깨닫는 것은 어려울 것도 없었다.

삼족개는 굳은 표정으로 고개를 끄덕였다.

"본 방에서 건넨 정보가 천왕교를 상대하는 데 쓰여진다면 굳이 반대하지는 않을 것이네. 최대한 빨리 답을 받아내겠네."

"부디 현명한 선택을 하길 바라겠소."

"걱정 말게. 나 역시 자네와 척을 지고 싶지는 않으니까."

그것이 솔직한 삼족개의 마음이었다.

이제 그는 아는 것이다. 전무심은 친구가 되어야 할 사람이지 적이 되어서는 안 될 사람이라는 것을.

총단에 연락을 취해보겠다며 삼족개가 먼저 방을 나섰다.

혼자 남은 전무심은 침상에 눕혀진 척우진을 바라보고는, 잠시 망설이다 품속에서 작은 함을 꺼냈다.

'아무래도 약 같은데……'

미미하게 흘러나오는 향은 분명 약향이었다.

다만 어떤 약인지를 몰라 망설이지 않을 수가 없었다. 약이라는 것이 무조건 먹인다고 도움이 되는 것은 아니니까.

'일단은 어떤 약인지를 알아보는 것이 순서겠지.'

전무심은 확인을 하기 위해 '불' 자가 쓰인 뚜껑을 열었다.

딸깍!

뚜껑을 열자 약향이 더욱 진해졌다.

향기만으로도 상쾌한 기분이 들고, 진기가 뭉쳐 답답하던 가슴이 시원해질 정도다.

전무심의 이마가 좁혀졌다.

금박에 싸인 엄지손톱만 한 단환이 솜으로 둘러싸여 있었는데, 약을 잘 모르는 자신이 봐도 대단한 약 같았다.

일반 약과는 그 향부터가 확실하게 다른데다, 겉을 둘러싼 금박만 봐도 안에 든 약이 상당한 가치를 지녔다는 걸 말해주고 있었다.

단순히 생각해도 어지간한 사람은 구경하기도 힘든 약 같았다.

그래서 문제였다.

보통 약이라면 그냥 써도 큰 문제가 없지만, 효력이 강한 약은 잘못 쓰면 독처럼 작용한다. 더구나 척우진은 내장이 크게 상해 있는 상태가 아닌가.

'먹어서 손해될 약은 아닌 것 같은데……. 일단 약에 대해 정확히 알아보고 나서 몸 상태가 나아지면 복용시켜야겠군.'

전무심은 다시 뚜껑을 닫고 함을 품속에 넣었다.

척우진의 방을 나온 전무심은 곧바로 자신의 방으로 갔다. 그리고 사진옥을 불러 아무도 들어오지 못하게 했다.

별원의 사람들이 모여들었지만, 사진옥의 한마디에 방 안으로는 들어가 보지도 못했다.

"대형께서 내상 치료를 위해 운기행공을 하신다며 아무도 들이지 말라 하셨습니다."

천동쌍마와 싸우고도 멀쩡하다면 그것이 이상했다.

사람들은 그제야 전무심의 몸이 걱정되는지 웅성웅성 떠들어댔다.

"제기랄, 대형이 다친 줄도 모르고 있었다니."

"하도 태연해서 괜찮은 줄 알았지."

"많이 다쳤을까요?"

"얼굴이 조금 창백해 보였는데, 아무래도 내상을 입은 것 같더구면. 하긴 상대가 누군가? 천동쌍마가 아닌가? 아마 이 사실이 알려지면 강호가 진동할 것이네. 하, 하, 하! 내가 그 자리에 가서 그들이 죽는 것을 봤어야 했는데 말이야."

마치 자신이 천동쌍마를 죽이기라도 한 듯 고개를 뻣뻣이 쳐든 진성자의 목소리가 높아진다.

그 꼴을 보고 예종이 피식 웃으며 말했다.

"훗, 그 자리에 있었으면 또 지렸을걸?"

진성자는 입을 닫고 재빨리 몸을 돌렸다.

"아, 뭐 하나? 전 도우 운기조식한다는데 돌아들 가지 않고."

손호방이 궁금한지 진성자를 졸졸졸 따라가며 넌지시 물었다.

"무슨 소리야?"

'이 뚱땡이 도우가! 물을 걸 물어야지?'

한편, 전무심은 침상 위에 가부좌를 튼 채 앉아서 내력을 끌어올렸다.

사실 누가 옆에 있다고 해서 운기를 못할 그가 아니었다. 이미 그의 경지는 대화를 나누면서 운공을 할 수 있을 정도였다.

단지 조용히 이런저런 생각을 하고 싶어 사진옥으로 하여금 아무도 들이지 못하게 한 것일 뿐.

'만일 이들을 백리군악이 보냈다면 분명 또 다른 조치가 뒤따를 것이다. 그것이 뭔지는 몰라도. 그걸 알아야만 앞으로의 싸움이 쉬워진다.'

한 발의 차이. 그것은 승자가 되느냐 패자가 되느냐, 하는 차이였다.

삶과 죽음의 차이 말이다.

하기에 정보를 모으는 데 최대한 힘을 쓰고 있는 것이기도 했다.

'봄이 되면 본격적인 진출을 하게 될 것은 불을 보듯 뻔한 사실이다. 한데 어느 정도의 힘을 내보낼까?'

이전의 천왕교는 구심점이 두 개였다. 천왕과 백리군악.

한데 자신이 느낀 대로라면, 또 하나의 힘이 있는 것 같다.

누굴까? 누가 천왕과 백리군악 사이에서 그 정도의 힘을 키울 수가 있는 걸까?

좌우간 천왕교의 거대한 힘이 세 갈래로 갈라진 것이 자신에게 좋은 일인지 나쁜 일인지는 아직 알 수가 없다.

언뜻 하나로 뭉친 것보다 나을 것 같지만, 그리 되면 세 갈래의 힘에 따로따로 대응해야 한다.

자신으로서는 잘해야 하나의 힘만을 상대할 수 있을 뿐이다. 그것도 기껏해야 국지전을 하며 상대의 주력을 상대하는 정도다.

어차피 국지전을 하며 상대의 힘을 빼려 한다면, 셋보다는 하나가 나을 수도 있는 것이다.

이러나저러나 쉽지 않은 상황.

하지만 그것보다도 걱정되는 것은 현 강호의 상황이었다.

'문제는 정천무맹이 전력을 투입해야 한다는 것인데……'

전무심의 눈빛이 한없이 깊은 무저의 공동처럼 깊어졌다.

마음먹고 설득하면 마존궁은 끌어들일 수가 있다.

문제는 정천무맹이다. 그들은 수십 개의 문파가 연합한 단체. 자신의 말에 전력을 기울일 그들이 아니다. 그들이 전력을 다할 경우는 하나뿐.

'발등에 불이 떨어지면 움직이지 않을 수 없겠지.'

그러기 위해서 자신이 할 수 있는 일은 단 하나다.

'그들이 당하더라도 일단은 지켜보는 수밖에 없는 건가?'

많은 피가 흐를 것이다.

그러나 하는 수 없었다. 더 많은 피가 흐르는 것을 막기 위해선.

'그사이에 나의 힘을 먼저 키워야겠지.'

전무심은 전신으로 치달리는 천라혈왕공의 기운을 단전으로 모으며 생각을 멈췄다.

더 생각할 여력도 없었다. 구천혈마령, 그 기운이 천라혈왕공에서 빠져 나오려 꿈틀거리고 있는 것이다.

'지독하군! 완전히 섞인 줄 알았는데.'

2

비천산장의 무사들 입에서 흘러나온 한 가지 소문에 장안이 뒤흔들렸다.

—비천산장에서 천동쌍마가 죽었다! 그것도 천가장의 보표에게!

사람들은 말도 안 되는 소리라며 코웃음 쳤다.

하지만 비천산장의 무사들이 한결같이 증언했다.

모두 사실이라고. 그 싸움에 칠절 중 한 사람인 도절 대천도 척우진이 끼어 있었는데, 그도 중상을 입고 천가장으로 옮겨졌다고.

그날 수많은 비천산장의 무사들이 해가 지기도 전에 비천산장을 떠났다.

그리고 이틀째가 되자 팔 할 이상의 무사가 떠나고, 비천산장에는 이청한과 개인적인 친분이 있는 무사들만 남았다.

천소령은 그러한 소문이 들려올 때마다 전무심을 찾아와 조잘조잘 상황을 전달했다.

"전 공자님, 비천산장에 남은 무사들이 백 명도 안 된대요. 그리고 그들이 돌려받기로 한 점포들도 모두 인수했어요. 아마 닷새 정도면 마무리 지을 수 있을 거예요. 아 참! 할아버지가 고맙다는 말씀을 꼭 전해달라고 하셨어요."

그녀의 목소리는 그 어느 때보다도 밝았다.

전무심은 밝아진 그녀의 목소리를 듣는 것만으로도 기분이 좋아졌다.

천수경만 조금 좋아지면 천소령의 얼굴에 드리워진 구름이 모두 걷힐 것처럼 보였다.

문득 천수경의 병든 모습이 어른거리자, 전무심은 죽은 소선망에게서 얻은 함이 떠올랐다.

'내상을 치료하느라 깜박했군.'

전무심은 아침을 먹자마자 잠시 만날 사람이 있다는 말만 남기고 혼자서 천가장을 나섰다. 그리고 곧바로 장안성을 빠져나가 백의장으로 향했다.

백의장에 들어가자 입구에서부터 많은 환자들이 보였다.

전무심은 바로 들어가지 않고 순서를 기다렸다.

그런데 일각이 지나기도 전에 황경이 그를 먼저 불러들였다.

"이리 들어오시오."

"조금 기다려도 되니 앞의 환자들을 먼저 치료하십시오."

전무심의 말에 황경이 손을 저었다.

"어차피 쉬려던 참이니 걱정 말고 들어오시오."

전무심은 어정쩡한 표정으로 환자들을 지나쳐 안으로 들어 갔다.

황경이 부스스한 얼굴로 한차례 핀잔을 주었다.

"당신의 마음을 모르는 바는 아니지만, 무기를 지닌 당신이 그러고 있으면 환자들이 불안해할 뿐이오."

그러고는 머쓱한 표정을 짓고 있는 전무심을 바라보았다.

"한데 무슨 일이오? 아직 환락단에 대해선 할 말이 없소만."

한충문은 보이지 않았다. 아마도 환락단의 연구 때문에 안 쪽에 있는 듯했다.

전무심은 품속에서 작은 함을 꺼내 황경에게 내밀었다.

"이것을 좀 봐주시겠습니까?"

전무심이 내민 함을 바라본 황경이 고개를 갸웃거렸다.

"그게 뭐요?"

주위의 약 냄새에 묻혀서인지 함에서 흘러나오는 미미한 향 은 거의 느껴지지 않았다.

전무심은 말없이 뚜껑을 열고 함을 황경의 손에 건네주었 다.

황경은 한참 동안 함 안의 단환을 살펴보았다.

그렇게 얼마를 봤을까, 여기저기 살피던 황경의 두 눈이 튀 어나올 듯이 커졌다.

"이, 이것은! 이것이 어떻게……?"

"아시는 물건입니까?"

"이건… 소림의 물건이오. 한데 어떻게 공자가 이것을 가지고 있는 거요?"

소림의 물건?

'불' 자가 쓰여 있는 것을 보고 불문의 물건일 거라 생각은 했지만, 설마하니 소림의 물건일 줄은 생각도 못한 전무심이었다.

'가만? 천동쌍마가 공지 대선사를 살해했다고 했지?'

그렇다면 천동쌍마가 소림에서 이 물건을 얻었다는 말이었다. 애초부터 천동쌍마의 물건이 아니었다는 뜻. 그 생각을 하자 찜찜했던 마음이 한결 나아진다.

전무심이 가벼워진 마음으로 대답했다.

"두 사람을 죽이고 얻은 물건입니다."

그 말에 황경의 표정이 굳어졌다.

사람을 죽이고 얻었다는 말에 기분이 상한 듯했다.

전무심이 말을 이었다.

"그들이 소림에서 공지 대선사를 죽이고 그 물건을 얻은 것 같습니다."

황경의 눈이 왕방울만 하게 커졌다.

과거에 크게 당한 이후로 무인들을 치료하지 않을 뿐이지, 그라 해서 무림의 일을 전혀 모르는 것은 아니었다.

더군다나 공지 대선사라는 이름은 삼척동자도 알고 있는 이름이 아니던가.

"공지 대선사라니? 그분이 돌아가셨단 말이오?"

"천동쌍마가 그분을 죽였다 합니다."

왕방울만 하게 커진 황경의 눈이 금방이라도 튀어나올 것처럼 붉거졌다.

"처, 천동쌍마?!"

그러다 조금 전 전무심이 한 말에 생각이 미치자 입마저 딱 벌어졌다.

"그, 그럼… 공자가 그들을?"

"운이 좋았지요. 마침 대천도 척우진이라는 분이 함께 있었으니까요."

운이라고? 그게 어디 운이라고 말할 성질의 일인가?

"그러니까…… 이 대환단이 바로 공지 대선사를 죽인 천동쌍마에게서 나왔다, 이 말인 거요?"

"바로 그겁니다. 한데 그 약의 이름이 대환단입니까?"

황경이 손에 놓인 함을 내려다보았다.

한순간 그의 커진 눈이 파르르 떨렸다.

"맞… 소. 십여 년 전 소림에 갔을 때, 운이 좋아 한 번 본 적이 있소. 내가 전에 봤던 것하고 조금 다르게 보이긴 해도, 이것은 분명 대환단이오. 만금을 주고도 구할 수 없다는 소림의 성약 말이오."

"음, 그럼 그 약을 다른 분에게 먹였어도 상관없었겠군요."

전무심의 말에 황경의 눈이 커졌다.

대환단이라는 천고의 성약을 다른 누구에겐가 먹이겠다니.

"누가 죽을병이라도 걸렸소?"

"함께 있는 분이 심한 부상을 당했습니다."

"심한 부상? 대체 어느 정도의 부상을 당했는데 대환단을 쓰려 한단 말이오?"

전무심은 간략하게 척우진의 상처를 설명했다.

황경은 전무심의 말에 깜짝 놀랐다.

부상자가 대천도라 불리는 척우진이라는 것 때문이었다. 그러나 부상 정도가 생각보다 큰 것을 알고 펄쩍 뛰며 말했다.

"저런! 큰일 날 뻔했구려. 만일 그 사람에게 이 약을 먹였으면, 아마 일각도 되지 않아 혈맥이 터져 죽었을 거요."

"예?"

"장부가 붓고 내부가 엉망이라 하지 않았소? 그런 사람이 대환단의 약효를 이겨낼 수 있다고 생각하시오? 멀쩡한 사람도 무작정 먹었다가는 들끓는 혈기로 인해 혈맥이 터져 죽을지도 모르는 것이 대환단인데?"

황경은 다그치듯이 빠르게 말하고는 느긋이 뒤로 몸을 젖혔다.

"그 사람에게는 그렇게 강한 약이 필요없소. 더구나 어느 정도 나으면 스스로 진기요상을 하면서 내상을 치료하면 될 텐데, 그런 성약을 왜 아깝게 낭비한단 말이오?"

전무심은 말 한마디도 못하고 찔끔했다. 그런 한편으로는 가슴을 쓸어내리며 안도했다.

하마터면 겨우 살아 돌아온 사람을 죽일 뻔하지 않았는가 말이다. 그것도 대환단이라는 천고의 영약으로.

"그럼 어떻게 써야 하는 것입니까?"

황경은 잠시 머뭇거리더니 조심스럽게 물었다.

"혹시 장주의 병 때문에 그러는 것이오?"

"그렇습니다."

"음……"

황경은 침음성을 흘리고는 조용히 입을 열었다.

"나중에 소림에서 이 사실을 알면 따질지도 모르오."

틀린 말은 아니었다. 공지 대선사가 대환단을 소지하고 있었다는 것을 그들이 알고 있다면, 그들은 천동쌍마가 그것을 가지고 갔다는 것도 알고 있을 것이 분명했다.

한 알의 대환단. 천동쌍마의 죽음.

전무심은 무심한 목소리로 입을 열었다.

"이미 물건은 소림의 손을 떠났습니다. 그들은 천동쌍마의 시신을 가져가는 것만으로 만족해야 할 것입니다."

비록 한이 다 씻긴 것은 아니지만, 잘하면 조부의 병을 고칠 수 있을지도 모르는 일. 전무심은 순순히 내주고 싶지가 않았다. 욕심이라 해도 하는 수 없었다.

"하긴……"

황경은 할 수 없다 생각했는지 대환단을 다루는 방법을 알려주었다.

"대환단은 소림에도 몇 개밖에 남지 않았다는 천고의 보물이오. 잘만 사용하면 다 죽어가는 사람도 살릴 수 있을 정도외다. 장주의 병이 워낙 오래된 데다 마음의 병이라서 큰 효과는 볼 수 없겠지만, 그래도 몸에 도사리고 있는 잔병 정도는 치료할 수 있을 거요."

수많은 약재를 쓰고, 천하에 이름 높다는 명의를 부르고도 겨우 병의 진행 속도만 늦추었을 뿐이었다.

심지어 치료하기 위해 쓴 약재 중에는 영약이라 불리는 것도 적지 않게 있었는데, 잔병조차 확실하게 고쳐진 것이 없었다.

그런데 자신의 생각대로 황경은 대환단을 쓰면 잔병 정도는 가볍게 치료할 수 있을 것처럼 말하는 것이 아닌가.

전무심의 목소리가 자신도 모르게 높아졌다.

"방법을 알려주시지요."

"하나를 다 쓸 필요도 없소. 반의 반 정도만 떼어서, 그것도 몇 조각으로 나누어 내가 주는 약과 함께 달이도록 하시오. 그리고 남은 것은 금박으로 잘 싸놓았다가 나중에 필요할 때 쓰도록 하시오."

황경은 서탁에 종이를 펼치고 붓을 들었다.

순식간에 십여 가지의 약재 이름이 종이 위를 가득 채웠다.

그걸 바라보는 전무심의 눈빛이 가늘게 흔들렸다.

그토록 원망스럽던 조부거늘, 아버지와 자신을 나락의 구렁텅이로 몰아넣은 조부거늘!

그런 조부가 나을 수 있다는 말에 왜 이렇게 가슴이 뛴단 말인가.

'아버지, 제가 옳은 것일까요?'

그에 대한 답은 들려오지 않았다. 아마 영원히 들려오지 않을 것이다.

전무심은 마음이 흐르는 대로 놔두기로 했다.

아무리 원망스럽다 해도 조부다. 이미 회한의 세월을 이십수 년간 살아온 분.

어쩌면 아버지라 해도 용서하셨을지 몰랐다.

전무심이 고뇌하고 있는 사이 황경이 약방문을 하나 더 적고는 사람을 불렀다.

"호종, 이 약재를 찾아 이분께 드리도록 해라."

"예, 스승님."

호종이라는 제자가 나가자 황경이 재차 주의를 주었다.

"워낙 약효가 강해서 더 많이 넣어봐야 오히려 해만 끼칠지 모르오. 그러니 내가 말한 양만큼만, 그것도 반드시 서너 번 쪼개어서 넣으셔야 하오. 그리고 다른 약도 하나 지어줄 테니, 그것은 척우진이란 분에게 먹이도록 하시오. 아마 장기의 부기가 빠르게 가라앉을 거요."

"알겠습니다. 한데 척 형에게도 대환단을 조금 먹이는 것 정도는 괜찮을지 모르겠군요."

황경은 전무심을 빤히 바라보더니 한숨을 쉬며 고개를 저었다.

"후우, 대체 알 수가 없구려. 대환단을 남 못 줘서 안달인 사람이 있다니."

전무심은 쓴웃음을 지었다.

'당신이 어찌 알겠소? 내 몸은 구천마령침으로 인해 어지간한 영약이 소용없는 몸이거늘.'

하지만 굳이 그런 사실을 알려주지는 않고 담담히 말했다.

"약이란 필요한 사람에게 쓰는 것이 옳은 것 아니겠습니까?"

"그건 그렇지만……. 좌우간 정 그렇다면 장주에게 쓴 것만큼만 쓰시오. 그것 역시 한 번에 쓰지 말고 말이오."

"그리하도록 하지요."

그때까지도 두 사람은 전혀 짐작도 못하고 있었다.

함에 든 대환단이 결코 일반적인 대환단이 아니라는 것을.

소림 역사 이래 단 두 알밖에 만들지 못했다는 금강대환단이라는 것을.

전무심은 천가장으로 돌아오자마자 천소령을 찾아갔다.

그리고 자신이 가져온 약재 중 천수경을 위한 약재 속에 대환단 조각을 나누어 집어넣고 천소령에게 내밀었다.

"백의장의 신의께서 특별히 조제해 주신 것이니 오늘 저녁에 올리도록 하시오."

천소령은 놀란 눈으로 전무심을 바라보았다.

사실 백의장주 황경은 이 년 전에 이틀간 머무르다 간 적이 있었다. 그는 이틀이 지나자, 자신으로선 더 이상 손 쓸 방법이 없는데다, 장원의 환자들을 제자들에게만 맡겨둘 수 없다며 백의장으로 돌아갔다.

그 이후로도 몇 번을 더 청했지만, 그는 자신이 간다고 별 뾰족한 수가 없다면서 약방문만 적어주곤 했었다.

한데 그런 황경이 특별히 제조한 약재를 구해 오다니.

"어떻게……?"

"내가 가끔 그곳에 간다는 것은 알고 있을 것이오."

그녀도 말은 들었다. 무엇 때문인지는 몰라도 전무심이 황경을 가끔씩 찾아간다는 것을.

"마침 황 의원에게 볼일이 있어 갔는데, 좋은 약재를 구했다며 전해주라 하더구려. 완치는 힘들겠지만 잔병 정도는 나을 수 있다 했소."

"고마워요, 전 공자……."

천소령의 눈에 방울방울 눈물이 맺혔다.

겉으로 표현은 안 했지만, 병을 앓고 있는 할아버지를 볼 때마다 행여나 병이 심해질까 봐 매일같이 마음을 졸여야 했다.

완치는 언감생심 바라지도 않았다. 그저 할아버지의 방에서 밤새 앓는 소리만 들리지 않아도 원이 없었다.

그녀는 전무심이 내놓은 약재를 소중히 갈무리했다. 그리고 전무심을 바라보며 배시시 웃었다.

"오늘 뭐 드시고 싶은 것 없으세요? 제가 장 숙수에게 특별히 말해놓을게요."

전무심은 조용히 고개를 저었다. 그러면서 방밖을 향해 턱짓을 했다.

"나보다 저 밖에 박쥐처럼 매달려 있는 친구들을 위해 박쥐 요리를 할 수 있냐고 물어봐 주시오."

천소령의 눈이 동그래졌다.

"예? 박쥐 요리요?"

동시에 밖에서 비명에 가까운 소리가 들렸다.

"으악! 난 싫어!"

"네가 다 먹어! 전에는 열다섯 마리도 먹었잖아!"

"후명, 두 사람더러 우리 것까지 다 먹으라고 하고, 우리는 오늘 오랜만에 외식이나 하자고."

"그거 좋지. 들어보니까 청양루의 음식 맛이 괜찮다고 하던데 말이야."

第八章
소림의 방문

千秀芳景深處掩中藏　雨間容差現改

羊閭放近天下　淳熙知名隱家界一　隸奇奉

長塵前再拜禮一天師與

道吉廣為傳

日弟子趙孟順裝書墨大政元四月

兰大城大

死星天血

1

이청한은 멍하니 술잔을 들여다보았다.

술잔에 마주 앉은 부인의 얼굴이 비치자 그는 일그러진 얼굴로 술잔을 목구멍에 털어 넣었다.

"이제 그만 하세요. 벌써 닷새째에요."

건너편에 앉은 부인의 말에 이청한은 히죽거리며 반쯤 풀린 눈을 들었다.

"크크크, 그만 하라고? 뭘 말이오?"

"사람들이 떠나가고 있어요. 이러다간 정말 망하겠어요."

"이미 망했는데 또 망할 게 있단 말이오?"

"그래도 아직 남은 게 많잖아요. 이 정도만 해도 죽을 때까지 먹고사는 데 지장없어요. 제발, 가족들을 생각해서라도 이제 일어나세요."

와장창!

이청한은 탁자 위에 놓인 것들을 손으로 쓸어냈다.

술병이 깨지고 접시가 엎어지며 술과 음식이 사방으로 튀었다.

"내가 뭘 잘못했는데! 남아대장부로 태어나 명예와 권력에 욕심을 부린 것이 뭐가 잘못이란 말이오!"

"물론 그런 욕심 부는 거 당연한 걸 수도 있어요. 하지만 천가장을 떠나고, 그곳의 사람들을 적대시 한 것은 분명히 당신이 잘못했어요."

"왜 이제야 그 말을 하는 거지? 당신은 그동안 그 일에 대해선 아무 말도 하지 않았잖소?"

"전부터 말했으면 당신이 들었을까요? 아마 듣지 않았을 거예요. 그리고 더 매달렸겠죠. 어쩌면 힘으로 단번에 해결하려 했을지도 모르고 말이에요."

이청한은 술에 찌든 눈으로 다소곳이 앉아 있는 부인을 바라보았다. 초점이 잡히지 않아 부인의 모습이 춤을 추는 듯 보였다.

"크크크. 당신, 그거 아시오? 내가 당신을 볼 때마다 숨이 막혔다는 거. 항상 열등감에 빠져서, 당신을 앞서보려고 죽어라 일에 매달렸다는 것을 말이오! 우흐흐흐, 이번 일이 성공했으면 당신을 이길 수 있다 생각했는데……. 빌어먹을!"

"그리 생각했다면 미안해요. 하지만 이거 하나만 알아두세

요. 아무리 그래봐야 저는 당신의 부인일 뿐이라는 걸 말이에
요."

"크크크크크. 그렇지, 당신은 내 마누라였지. 너무나 뛰어
나서 안기가 겁날 정도로 똑똑한 마누라. 바보 멍청이인 나는
부인을 이기기 위해서 죽어라 무공을 익히고, 그걸로도 안 되
겠으니까 천하제일의 부자가 되어보려 했지. 이제는 다 틀어
졌지만 말이야!"

"그래도 아이를 셋이나 만들었잖아요. 뭐, 아이들을 저 혼자
만들었나요? 당신이 밤에 정신없이 덤벼들어서 만들었지."

이청한은 미친 듯이 크크거리다 말고 고개를 슬며시 쳐들었
다.

그의 눈에는 믿을 수 없다는 눈빛이 가득했다.

"당신이…… 그런 말을 하다니. 믿을 수 없군."

여인이 쓴웃음을 지으며 고개를 저었다.

"저도 여자예요. 사랑받고 싶고, 투정 부리고 싶고, 질투도
하고 싶은 여자 말이에요. 다만 당신이 다른 것만 보느라 그걸
몰랐을 뿐이지요."

이청한은 고개를 세차게 저었다.

술기운 때문에 자신이 잘못 듣지 않았나 생각하는 듯했다.

그때 여인이 말했다.

"우리 이제 편안히 살아요. 여기저기 구경도 좀 다니고, 아
이들하고 이야기도 더 많이 하고. 돈은 충분하잖아요. 천가장
에서 나올 돈만 해도 평생 펑펑 쓰고도 남을 텐데 뭐가 걱정이

에요?"

이청한은 멍하니 바닥에 흐트러진 술병과 음식찌꺼기를 쳐다보았다.

여인은 자리에서 일어나 이청한의 곁으로 다가갔다.

"하나를 잃으면 하나를 얻는다 했어요. 하지만 사람들은 잃은 것만 생각하다 얻을 수 있는 것을 놓치는 사람이 대부분이죠. 그것마저 흘려보내면 모든 것을 잃는데도 말이에요. 당신은 어느 걸 바라는 거죠? 정말 모든 걸 잃고 싶은 거예요?"

그녀의 손이 어깨를 감싸자 이청한이 어깨를 부르르 떨었다.

"또… 진 건가? 당신에게?"

"지긴 누구에게 져요? 당신은 아무에게도 지지 않았어요."

갑자기 이청한이 울음을 터뜨렸다.

"크흐흐흑! 안 지기는! 이제는 마누라에게도 지고, 세상에도 지고, 술이나 퍼먹는 병신쭉정이, 멍청한 놈이 바로 나란 인간이란 말이오! 당신이 내 마음을 알기나 해!"

여인은 이청한의 어깨를 잡은 손에 힘을 주고, 술에 찌든 그를 가슴에 안았다.

"남자는 세 번 이상 울지 않는다고들 하지요. 하지만, 오늘만큼은 마음대로 우세요. 제 가슴에다."

그렇게 얼마나 지났을까, 이청한이 부인의 가슴에서 머리를 들었다.

그리고는 머쓱한 표정으로 주위를 훑어보았다.

"젠장, 전에는 아무리 술을 마셔도 취하지 않았는데……."

"걱정 말아요. 바로 치울 테니까. 그러니 당신은 가서 한숨 주무세요."

이청한은 아무런 대답도 하지 않고 몸을 일으켰다.

휘청, 발이 꼬이고 몸이 흔들린다.

"저에게 기대세요."

"아니, 나 혼자 걷겠소."

"이제 힘들 때는 서로 기대고 같이 걸어요."

그는 아무런 말도 하지 않고 부인의 어깨에 팔을 두른 채 침상을 향해 걸음을 옮겼다.

한데 바로 그때였다. 밖에서 헛기침 소리가 들려왔다.

"크음. 장주님, 구총관입니다."

이청한의 부인은 이청한을 침상에 눕히고 밖을 향해 물었다.

"무슨 일이지?"

"손님이 오셨습니다."

"누구라 하시던가?"

"소림에서 오셨다 합니다."

잘은 몰라도 소림이라면 천동쌍마 때문에 온 것이 분명한 일일 터였다. 전무심이 그러지 않았던가. 소림에서 찾아올지 모른다고.

"잠시만 기다리라 전해주시게. 내가 갈 테니까."

천동쌍마의 시신은 관에 넣어져 전각 안에 보관되어 있었
다.

날씨 때문인지 조금도 부패하지 않은 상태였다.

"아미타불, 소문대로 천동쌍마가 틀림없는 것 같습니다."

"그렇다면 정말 이들이 천가장의 보표에게 죽었단 말인가?"

"확인해 봐야겠지만 엉터리만 소문만은 아닌 듯합니다, 사
숙."

"허어⋯⋯."

여정 대사의 입에서 탄식이 흘러나왔다.

공지 대선사를 죽인 천동쌍마가 다른 사람에게 죽었다.

대천도 척우진이라는 이름은 이해할 수가 있었다. 그러나
척우진보다 전무심이라는 청년이 천동쌍마를 죽이는 데 더 많
은 공을 세웠다고 하질 않던가.

개방의 제자가 한 말이니 믿지 않을 수도 없는 일. 여정은
고개를 저으며 천동쌍마의 시신을 바라보았다.

그때 천동쌍마의 시신을 뒤지던 중년승이 몸을 일으키더니
침중한 표정으로 말했다.

"사숙, 물건이 없습니다."

"그렇겠지. 아무래도 시신을 그대로 놔두지는 않았을 테니
까. 일단 이곳의 주인을 만나보도록 하자."

아홉 명의 소림승이 밖으로 나가려 할 때다.

"천첩이 소림의 고명하신 스님들을 뵙습니다."

이청한의 부인인 초부인이 전각 안으로 들어서며 합장을

했다.

"아미타불, 소림의 여정이라 하오. 이렇듯 불현듯이 찾아와서 죄송하외다."

"별말씀을 다하십니다."

"한데 장주께선 아니 계시는지……?"

"몸이 좋지 않아 지금 누워 계십니다. 궁금한 것이 있으시면 저에게 묻도록 하십시오. 성심을 다해 대답해 드리겠습니다."

"저런, 몸이 아프시다니 걱정이 많으시겠구려."

"걱정해 주셔서 감사합니다. 하나 시일이 지나면 나을 병이니 너무 염려하지 않으셔도 됩니다."

"장주께 물어볼 것이 있었는데, 여시주께서 아실지 모르겠습니다 그려."

"어지간한 일은 제가 다 알고 있습니다. 물어보시지요."

여정은 차분하게 대답하는 이청한의 부인을 지그시 바라보았다.

십팔나한의 몸에서 흐르는 기운은 아무나 상대할 수 있는 것이 아니다. 그런데도 무공을 깊이 있게 익히지 않은 듯 보이는 여인이 조금도 흔들리지 않는다.

여정은 내심 감탄한 마음으로 나직이 물었다.

"혹시 천동쌍마의 몸에서 물건에 대해 아는 게 있는지 모르겠소이다."

초부인은 조용히 미소 지으며 대답했다.

"두 사람의 몸에서 나온 물건 중 저희가 가지고 있는 것은

약간의 은자가 든 주머니 하나뿐입니다. 나머지는 천가장의
전무심이라는 공자가 모두 가져갔습니다."

2

여정이 십팔나한 중 여덟 명을 대동하고 찾아왔을 때 전무
심은 척우진의 몸을 살피고 있었다.

사진옥이 그들이 왔다는 것을 알렸다.

"소림승들이 찾아왔습니다, 대형."

놀랄 것도 없었다. 이미 예상했던 일.

"어디로 모셨느냐?"

"일단 객당의 일급 객실에 모셨습니다."

"가보자."

"직접 가보실 겁니까?"

"어차피 내가 가지 않으면 해결되지 않을 일이 있다."

"예?"

황색 승포을 걸친 소림승은 모두 아홉이었다.

그중 의자에 앉아 있는 얼굴이 붉은 노승이 눈에 들어왔다.

나머지 여덟은 모두 중년 승이었는데, 그들은 노승을 중심
으로 빙 둘러서 있었다. 아마도 척우진이 말한 십팔나한 중 여
덟인 듯했다.

전무심이 들어가자 앉아 있던 노승들이 고요한 움직임으로

천천히 일어섰다.

전무심은 포권을 취하며 살짝 고개를 숙였다.

"제가 전무심입니다."

"아미타불, 소림의 여정이라 하오."

"편히 앉으시지요. 천가장이 소림에서 오신 손님을 함부로 대접했다는 말을 들을 수는 없는 일 아니겠습니까?"

여정 대사의 눈에 이채가 띠었다.

소림의 팔나한과 자신 앞에서 저토록 여유를 부리며 행동할 수 있는 젊은 사람이 몇이나 될 것인가.

여정 대사가 감탄하며 자리에 앉았을 때다.

전무심이 단도직입적으로 물었다.

"천동쌍마의 일로 오셨는지요?"

"그렇소이다. 시주께 한 가지 물어볼 게 있어 왔소이다."

"말씀하시지요."

"천동쌍마를 시주와 척 시주가 쓰러뜨렸다 들었소."

"비천산장에서 들으셨나 보군요. 사실입니다."

"아미타불, 우선 그들을 죽여 소림의 한을 갚아주신 것에 감사를 드리겠소."

"그저 운이 좋았을 뿐입니다."

담담한 전무심의 말에 여정이 잠시 머뭇거리다가 물었다.

"혹시 쓰러진 천동쌍마에게서 얻은 것이 없었소이까?"

"대환단 말씀이십니까?"

전무심의 즉각적인 대답이 뜻밖이라는 듯 여정의 눈이 조금 커졌다.

"역시 전 시주가 얻으셨나 보구려."

전무심은 여유를 주지 않고 질문을 던졌다.

"그에 대한 것을 논하기 전에 저 역시 물어볼 게 있습니다."

"물어보시구려. 본사의 어른을 해친 흉수를 잡아주셨는데 대답해 드리지 못할 게 뭐 있겠소."

그 말에 전무심의 눈빛이 반짝였다.

"노스님께선 공지 대선사님을 해친 범인과 대환단 중 어느 것을 중히 생각하십니까?"

여정 대사의 고요하던 표정이 찰나간 굳었다.

그러나 수양이 깊은 선승답게 곧바로 청정을 유지했다.

"아미타불. 어찌 공지 사숙의 일을 대환단과 비교할 수 있겠소이까?"

"그럼 이곳까지 오신 이유는 단순히 확인하고자 함인지요?"

여정 대사가 물끄러미 전무심을 바라보았다. 복잡한 눈빛, 전무심이 말하고자 하는 뜻을 안 듯했다.

"단순한 대환단이었다면 그저 고마움을 표하고자 왔을 것이오. 하나……."

단순한 대환단이었다면?

그 말인즉 단순한 대환단이 아니라는 말이다.

그러나 결과는 매한가지였다. 이미 한쪽이 소모된 이상은.

여정이 말을 흐리자 전무심이 먼저 말했다.

"그게 무엇이든 이미 늦었습니다."

여정은 물론이고, 뒤쪽에 서 있던 팔나한의 표정도 무겁게 굳어졌다.

"그 말은…… 이미 전 시주가 복용했다는 말인가?"

"제가 아닙니다. 환자가 있어 사용했습니다."

처음으로 여정의 이마에 주름이 졌다.

대환단인 줄 알고도 자신이 복용하지 않고 환자에게 복용시켰다 한다.

뭐라고 하자니 소림이 각박하다는 소리를 들을 수밖에 없고, 그렇다고 그냥 지나치자니 금강대환단의 가치가 너무도 크다.

수양이 깊은 여정 대사조차 고민이 될 수밖에.

고민에 잠긴 여정 대사를 향해 전무심이 말했다.

"대가를 원한다면 드리지요."

그것도 문제다. 이미 천동쌍마를 제거해 공지 대선사의 복수를 대신해 준 전무심이다. 거기에 대가마저 달라 한다면 사람들이 소림을 욕할 것은 불 보듯 뻔한 상황.

결국 여정 대사는 불호를 외며 고개를 저을 수밖에 없었다.

"나무아미타불 관세음보살……. 공지 사숙의 한을 갚아준 전 시주에게 대가를 바란다는 것 자체가 부끄러운 일, 아마 방장께서도 이해해 주실 것이외다."

"그리 생각해 주신다면 고맙긴 합니다만, 그래도 제 나름대로 대가를 치르겠습니다. 훗날 소림이 전모의 힘을 필요로 할 경우, 제 힘이 닿는 대로 도와드리지요."

대환단으로 인해 조부의 병이 나아지고 있으니, 그 정도의 보답은 해줘도 좋을 듯했다.

한데 그 말에 기분이 상했는지, 뒤쪽에 있던 나한승 중 한 사람이 노기가 서린 목소리로 말했다.

"소림은 누구의 도움을 바랄 정도로 약하지 않소이다, 전 시주."

"세상일이란 것은 아무도 모르는 법 아니겠습니까?"

"갈! 그대는 지금 소림을 농락하겠다는 건가!"

중년 승이 눈을 부라리며 전무심을 노려보았다. 그러자 여정 대사가 그를 말렸다.

"법창, 그만 하거라."

"하오나 사숙, 금강대환단은 소림의 보물입니다. 이 일은 이리 가볍게 넘길 사안이 아니지 않습니까?"

"이미 환자에게 썼다지 않느냐?"

"그 말이 사실인지 아직 확인을 하지는 않았잖습니까?"

결국은 전무심의 말을 믿을 수 없다는 말이다.

전무심은 무심한 눈으로 중년승 법창을 직시했다.

"나를 믿지 못하겠다는 말이오?"

"금강대환단이 어떤 물건인지나 알고 있으신가?!"

"아무리 귀하다 해도 공지 대선사보다는 중요하지 않다 하더이다. 또한 천동쌍마보다 덜하다 하더이다. 한데 그것이 다 허울 좋은 말이었단 말이오?"

전무심의 나직한 질타에 법창의 넓은 얼굴이 붉어졌다.

"사숙께서 그리 말씀하신 것은 분명하네. 하나 사숙과 달리 우리는 장문 방장께 따로이 명을 받은 것이 있으니 무조건 사숙의 의견에 따를 수 없음이네!"

"그럼 어떻게 하겠단 말이오?"

"금강대환단만 내놓으면 되네."

"훗! 그러니까 내 말을 믿지 못하겠다, 그 말이로구려."

"솔직히 우리는 믿을 수가 없네. 설령 전 시주가 그 물건을 대환단으로 잘못 알았다 해도 그렇네. 대환단이 어떤 것인데 일반 환자에게 쓴단 말인가?"

전무심의 표정이 무저의 늪처럼 가라앉았다.

"아무리 중한 약이라 해도 쓰임이 없다면 한낱 길거리 쇠말똥만도 못한 것이 아니겠소? 쓰지도 않을 약을 소림은 왜 만든 것이오? 자랑하기 위해서 만들었소?"

"감히!"

얼굴이 붉어진 법창이 대뜸 소리치며 발을 굴렀다.

쿵!

그러자 조용히 서 있던 나머지 일곱 명의 나한이 소리없이 전무심을 에워쌌다.

찰나간, 여덟 사람에게서 뿜어져 나온 웅혼한 기운이 방 안에 가득 찼다.

전무심은 자신을 중심으로 맴도는 기운을 느끼고도 여정 대사만 바라보았다.

"만일 내가 이들을 이기면 없던 일로 해주실 수 있겠습니까?"

그 말이 떨어지자 팔나한의 몸에서 뿜어지던 기운이 더욱 강해졌다.

그때 팔나한의 뒤로 물러선 여정 대사가 씁쓸한 표정을 지으며 조용히 입을 열었다.

"시주를 높게 보았기에 팔나한이 함께 손을 쓸 것이네. 그것은 공지 사숙조차 혼자서 상대할 수 없는 거대한 힘이라네."

"저는 공지 대선사가 아닙니다."

"천동쌍마라 해도 감당할 수 없을 것이네."

"천동쌍마를 너무 모르시는군요. 만일 제가 그를 죽이기 전에 천동쌍마를 만났다면, 대사와 팔나한은 결코 소림으로 돌아갈 수 없었을 겁니다."

쿵!

이마를 좁힌 여정 대사가 선장으로 바닥을 찍었다.

"자넨 너무 세상을 모르는군. 소림은 결코 자네가 능멸할 수 있는 곳이 아니라네."

바로 그때였다.

전무심의 몸에서 천라혈왕공의 기운이 흘러나오기 시작했다.

일순간, 팔나한의 기운이 뒤로 밀리며 일 장의 공간이 만들어졌다.

동시에 전무심의 입에서 무심한 음성이 흘러나왔다.

"제가 모르는 건지, 아니면 소림이 모르는 건지 모르겠습니다. 하나 분명한 것은 세상은 소림의 생각보다 훨씬 넓고 깊다는 것입니다."

콰아아아아!

마치 소나기가 쏟아지는 듯했다.

전무심의 몸에서 인 천라혈왕공이 용틀임을 시작하자, 가공할 기세가 팔나한을 향해 몰려갔다.

견디지 못한 팔나한은 한 걸음 물러서서 부릅뜬 눈으로 전무심을 노려보았다.

"아! 미! 타! 불!"

팔나한의 입에서 동시에 범창이 울려 퍼지고, 원을 그리며 움직이기 시작한 팔나한의 열여섯 개 손이 전무심을 향해 뻗었다.

소림 칠십이절 중 일곱 번째 절기인 금강대천수가 팔나한의 손에서 한꺼번에 쏟아졌다.

전신을 쥐어짜는 듯한 압력!

전무심은 침중하게 굳은 얼굴로 천천히 두 손을 들어 올렸다.

구성의 천라혈왕공이 운기되며 혈왕천심기가 두 손으로 몰린 순간, 전무심은 폐옥에서 얻은 손이 떠올랐다.

'이 기회에 그 손을 시험해 봐야겠군.'

소림의 팔대나한을 시험 상대로 삼겠다는 전무심이다.

만일 그의 내심을 알았으면, 팔나한은 분노에 심장이 터져 버렸을지도 몰랐다.

하지만 전무심이 말하지 않는 한 그것은 아무도 모르는 일이었다.

그렇게 전무심이 손을 들어 올린 순간, 또 하나의 전설이 만들어졌다.

단 세 번의 손짓이었다.

한 번의 손짓에 금강대천수가 와해되고, 두 번의 손짓에 전신이 부서져 가는 느낌이었다.

그리고 세 번째 손이 자신들을 덮치자 팔나한은 죽음을 생각해야만 했다.

그것은 직접 당하고도 도저히 믿을 수 없는 일이었다.

"아, 아, 아미… 타불……. 대체 어떻게 그런 무공이……."

법창의 텅 빈 듯한 눈은 중앙에 우뚝 서 있는 전무심에게서 떠날 줄을 몰랐다.

팔나한은 모두 벽 쪽으로 날아가 처박힌 상태였다.

전무심 역시 자신이 펼친 수공에 놀라움을 금치 못했다.

천왕이 남긴 글을 보고 얻은 것인지라 강할 거라 생각은 했다. 그러나 예상했던 것보다 훨씬 강하다. 펼친 자신이 앞으로 조심해서 사용해야겠다는 생각이 들 정도로.

어쨌든 팔나한이 대항을 포기하자 전무심은 여정 대사를 바라보았다.

"천동쌍마와 싸워 척 대협은 중상을 입고 저 역시 작지 않은 내상을 입었지요."

굳이 많은 생각을 할 필요도 없었다.

만일 천동쌍마를 만났다면 다 죽었을 거라는 그 말, 사실이었다.

제아무리 수양이 깊은 여정 대사라 해도 마음의 동요가 일지 않을 수 없었다.

"시주의 말을…… 인정하지 않을 수 없군."

그런 여정 대사를 향해 전무심이 말했다.

"아무도 오늘 일을 모를 겁니다."

여정 대사는 전무심을 물끄러미 바라보더니, 천천히 손을 들어 올려 반장을 했다.

"아미타불……. 선재, 선재. 내 전 시주의 마음을 깊이 간직하리다."

그가 어찌 모를까. 전무심의 말인즉 소림에 치욕이랄 수도 있는 일을 덮겠다는 말이라는 걸.

"소림 역시 금강대환단에 대한 것을 잊을 것이네. 혹시라도 남은 것이 있거든, 부디 유용하게 쓰시길 바라겠네."

"감사합니다."

소림승들이 돌아가자 전무심은 다시 한 번 황경을 찾아갔다.

저녁 무렵이 되어서야 돌아온 전무심의 손에는 약재 꾸러미가 들려 있었다.

그리고 다음날 저녁, 전무심의 방에 네 사람이 불려 왔다.

"대형, 찾으셨습니까?"

사진옥이 고개를 숙이자 전무심은 네 개의 약사발이 놓인 탁자를 가리켰다.

"모두 거기 앉아."

자리에 앉은 네 사람은 네 개의 사발에 따라진 약을 보고 어리둥절한 표정을 지었다.

사진옥의 날카로운 눈빛도 이때만큼은 순진하게 보일 정도였다.

"이게 뭡니까?"

"보약이다."

"보약? 웬 보약입니까?"

"장주와 척 형의 약만 가져왔다고 하도 눈치를 주기에 가서 얻어 왔다."

전무심의 해명에 상유상이 헤벌쭉 웃음을 흘렸다.

"우흐흐흐흐, 과연 대형이십니다. 저희들의 속마음을 귀신처럼 알아채다니."

평소라면 핀잔을 주었을 사진옥과 고후명도 쑥스런 표정만 지으며 사발에 담긴 약을 바라보았다.

하지만 예종은 자신의 마음을 숨기지 않고 다 드러냈다.

"음호호호! 이게 보약이란 말이죠? 그러잖아도 옆구리 결린 것이 다 낫지 않았는데……."

그러자 고후명이 흘겨보며 말했다.

"그건 엊그제 유상하고 밤에 씨름해서 그런 거잖아."

"호호호. 왜 부러워? 그럼 너도 씨름할 여자 하나 꿰차. 밤에 심심하지 않게."

"하여간, 여자가 되어가지고 그런 말을 막 내뱉어도 되는 거냐?"

"왜? 남자만 그런 말 하라는 법 있어? 음호호호! 유상, 너도 그렇게 생각해?"

그러나 그녀의 말투 따위는 상유상의 관심 밖이었다.

"이거 먹으면 밤에 힘 좀 쓸 수 있겠지?"

그제야 생각났다는 듯 예종의 눈매가 날카로워졌다.

"만일 그거 먹고도 대충 돌아누우면 죽을 줄 알아!"

"휘유, 저걸 누가 말려……."

결국 사진옥과 고후명은 두 사람을 포기하고 사발에 시선을 돌렸다.

그때 전무심이 말했다.

"제법 귀한 약도 들어 있으니까, 마시고 밤새도록 운기해야 제대로 약효를 받을 수 있을 것이야."

"귀한 약재? 그럼 후명이 먹은 것만큼이나 귀한 겁니까?"

사진옥이 슬며시 물었다.

전무심은 입가에 잔잔한 미소를 지으며 고개를 끄덕였다.

"그보다 뛰어나면 뛰어났지, 못하지는 않을 거다."

대형이 그렇다면 그런 거다.

고후명이 먹었다는 것만큼 귀한 약재?

그럼 내공이 늘어날지도 모른다는 말!

사발을 노려보는 네 사람의 눈이 반짝거렸다.

그리고 그런 네 사람을 바라보는 전무심의 마음도 조금은 가벼워졌다.

자신 때문에 이 년이 넘도록 박쥐만 먹고 고생을 한 네 사람이 아니던가.

'대환단보다 더 좋다는 것이니 효과는 있겠지.'

第九章
내 앞에 행복이 있거늘

日弟子趙孟頫敬書至大改元四月

道吉廣爲傳　長庭前再拜禮一天師與

千秀芳景深夏掩空霧而開容畫現改

草閣放迎天下　深此知名賢容　旱

死星天血

1

창가의 햇살이 유난히 시원하게 느껴진다.

이렇게 창가에 서서 햇살을 느껴본 것이 얼마 만인지 기억도 잘 나지 않았다.

천수경은 입술이 푸들푸들 떨렸다. 격정을 참을 수가 없었다.

하지만 입 밖으로 그 감정을 내보이지는 않았다.

"하, 할아버지!"

천소령의 놀란 목소리가 등 뒤에서 들려오는데도, 그는 고개를 돌리고 빙그레 웃기만 했다.

이게…… 이게 행복이거늘.

내 앞에 행복이 있거늘.

뭐가 그리도 못마땅해서 스스로 행복을 내팽개쳤던 것일까.

'허허허. 어리석은 늙은이, 어리석은 늙은이…….'

그때 천소령이 나비처럼 품속으로 날아들었다.

눈가에 그렁그렁한 눈물을 매단 채.

"할아버지!!"

"어이쿠, 이 녀석! 다 큰 녀석이…….."

끝내 천수경도 눈꼬리를 타고 흘러내리는 물기를 막지 못했다. 그는 눈을 꼭 감고 천소령의 어깨를 잡은 손에 힘을 주었다.

'이제는 전과 같은 실수를 하지 않을 것이다. 절대로!'

전무심이 가져온 약을 먹은 지 사흘째 되던 날의 일이었다.

―천가장주 검협 천수경이 몸을 일으켰다!

그 소문이 돌자 하루에도 수십 명이 천가장을 찾아왔다. 천수경의 회복을 축하한다는 명목으로.

하지만 그들의 진정한 뜻은 꼭 그것만이 아니었다. 그동안 장안의 상권을 좌지우지했던 비천산장이 거의 몰락한 거나 다름없는 이상, 천가장에 밉보여서 좋을 것이 없다는 속셈에서였다.

천소령은 손님을 맞이하랴, 인수한 점포를 관리하랴, 말 그대로 몸이 두 개라도 모자랄 지경이었다.

그런데도 그녀의 입가에는 항상 웃음꽃이 피어 있었다. 그런 그녀를 보고 있노라면, 전무심조차 세상이 온통 행복으로 넘치는 곳이 아닌가 생각될 정도였다.

그래도 그리 나쁜 기분은 아니었다.

그렇게 천수경이 몸을 일으킨 지 사흘이 지날 즈음, 과거 비천산장에 몸담았던 사람들이 하나둘 천가장을 찾아왔다. 대부분이 무사들이었다.

어차피 자신들은 언제 떠날지 모르는 사람들인데다, 인수한 점포가 늘어나면서 일할 사람이 태부족인 상황. 전무심은 천소령에게 그들을 선별해서 받아들이도록 하고는, 무사의 선별 작업은 강호 경험이 풍부한 손호방과 곡초운에게 맡겼다.

그 때문인지 천가장이 무사들을 모집한다는 소문이 돌았다. 그리고 단 이틀, 천가장에 수백 명의 무사들이 모여들었다.

손호방과 곡초운은 그들 중 백오십 명 정도를 일차로 선발했다.

개중에는 일류 이상의 고수도 십여 명이나 되었다.

두 사람은 그들을 다섯 개의 당으로 나누고 각 당마다 삼십 명씩 배치했다.

어설프긴 하나 무력마저 갖추어지자 더 이상 천가장에 대해선 걱정할 것이 없어졌다.

그때부터였다.

전무심은 별원에 머물며 천왕교와의 일전을 준비했다.

다행히 척우진의 몸도 예상보다 훨씬 빠르게 좋아졌다. 그 이유에 대해선 오직 전무심만이 알았다.

또한 부상을 당했던 사람들도 상처가 거의 다 완치된 상태였다. 그들은 두 번 다시 당하지 않기 위해 별원에서 구슬땀을 흘리며 수련에 몰두했다.

특히 척우진은 정신적인 충격이 상당했는지 하루의 반을 방 안에서 스스로를 다그쳤다.

기합 소리도 들리지 않았다. 무기 부딪치는 소리도 들리지 않았다. 그러나 문이 닫혀 있는 별원 옆을 지나가는 사람들은 등골 시린 기운에 자신도 모르게 어깨를 움츠려야만 했다.

2

찻잔을 내려놓은 그가 묻는다.

"천동쌍마가 전무심이라는 자에게 죽었다고 들었다. 사실 이라더냐?"

"그렇다 합니다."

백리군악은 가라앉은 목소리로 짧게 대답했다.

서문진휘는 이미 알고 있는 사실인데도 믿어지지가 않았다. 아마 천하의 누구라도 마찬가지 마음일 터였다. 그러나 그는 이미 밝혀진 사실을 부정할 정도로 어리석은 사람이 아니었 다.

"으음……. 전부터 그자의 이름을 듣기는 했다만, 대체 그자 가 누구기에 천동쌍마마저 당한단 말이냐?"

백리군악은 이마를 찌푸린 채 천천히 고개를 저었다.

"저 역시 그것이 의문입니다, 외숙부. 도대체 정체를 알 수 가 없으니……. 대천도 척우진이 함께했다는 말은 들었습니다 만, 그가 아무리 강하다 해도 그는 천동쌍마 두 분 중 한 분의 상대도 되지 않습니다."

그 말만 들어서는 정말로 모르는 듯했다.

서문진휘는 이마를 잔뜩 찌푸리고 빈 찻잔만 응시했다.

"그거 참……."

"한데 천외비각의 반응은 어떻습니까?"

서문진휘가 빈 찻잔에서 시선을 들고 말했다.

"너도 짐작했겠지만, 이번 일로 천외비각의 늙은이들이 술렁거리고 있다."

"노하신 분들이 많겠군요."

"서로 나가겠다고 난리다. 말로는 복수를 위해서라고 하지만 웃기는 소리지."

백리군악의 눈빛이 찰나간 반짝였다.

"한두 분 정도는 내보내도 괜찮지 않겠습니까?"

"천동쌍마조차 죽은 마당이다. 아직 천왕이 힘을 다 보이지도 않았는데, 자칫 쓸데없이 우리 쪽 전력만 소모될 수 있어."

신중한 서문진휘의 말에 백리군악은 고심하는 표정으로 한 가지 의견을 내놓았다.

"그래도 어차피 그분들의 뜻을 꺾기는 힘들 겁니다. 음… 이렇게 하면 어떻겠습니까?"

"좋은 생각이라도 있느냐?"

"외숙부께서도 아시다시피, 천동쌍마가 당한 이유 중 하나가 독자적으로 움직였기 때문입니다. 장안의 비천산장은 그들에게 아무런 도움이 되지 못했지요. 만일 누군가가 옆에서 조금만 도와주었어도 절대 그렇게 당하지는 않았을 겁니다."

서문진휘가 느릿느릿 고개를 끄덕였다.

"그건 그렇다만……."

"그러니 이번에는 공손세가를 함께 움직이게 하는 겁니다. 그곳에는 본 교에서 보낸 무사들이 제법 있으니, 그들로 하여금 천외비각의 어르신들을 보좌하게 한다면 쉽게 당하지는 않을 겁니다. 어차피 조금 있으면 본 교의 주력이 섬서로 나가게 될 터, 그사이 세력을 확고히 다지는 셈도 되고 말이지요."

"음, 그들이 순순히 말을 들을지 모르겠구나. 워낙 천방지축인 자들이라서……."

"세상에 보기 드문 아름다운 여인을 붙여주고 공손세가에 그분들만의 공간을 만들어주는 것도 한 방법이 되겠지요. 본 교의 율법 때문에 기껏해야 평범한 시비들만 봐오셨을 테니 말입니다."

"여인이라……."

"절제된 생활을 하신 분들이라 어떨지 모르겠습니다만, 그분들도 남자가 아니겠습니까? 물론 그분들이 싫어한다면 그때 가서 다른 방법을 찾아보면 되지요."

"흠, 그것도 그럴듯하구나."

마침내 서문진휘의 고개가 천천히 아래위로 움직이자, 백리군악이 넌지시 말했다.

"그리고 외숙부, 아무래도 천왕가의 움직임이 심상치 않습니다. 혹시 그들 중에 아는 사람이 있습니까? 그들의 움직임을 알아야 천왕에 대한 대책을 세울 수 있을 것 같습니다만."

순간 서문진휘의 눈이 번뜩였다. 병색이 짙은 그의 얼굴과는 전혀 어울리지 않는 눈빛이었다.

백리군악은 그 눈빛을 보고도 못 본 척 말을 이었다.

"듣자 하니 천왕정의 주인인 사도무연이 몇몇 원로들과 접촉하고 있다는 말이 들려오더군요. 잘하면 내부에서부터 천왕의 세력을 흔들 수도 있을 것 같습니다."

서문진휘는 바로 입을 열지 않고 잠시 망설였다. 그러더니 백리군악을 직시한 채 힘들게 입을 떼었다.

"자신있느냐?"

백리군악이 대답했다.

"어차피 한판 승부는 피할 수 없습니다. 많이 알면 알수록 그만큼 유리할 싸움이 될 것입니다."

결연한 표정, 단호한 목소리다.

서문진휘는 굳은 표정으로 백리군악을 바라보더니, 한참 만에야 느릿느릿 고개를 끄덕였다.

"음, 자칫하면 섶을 지고 불로 뛰어드는 꼴이 될 수 있어 나중에 알려주려 했다만, 네 뜻이 그렇다면 내 알려주마. 하나 조심해야 할 것이다. 천왕가는 네 생각보다 훨씬 강하다."

백리군악의 고개가 깊숙이 숙여졌다.

"제가 어찌 외숙부의 염려를 모르겠습니까? 명심하고 조심하겠습니다, 외숙부!"

숙여진 백리군악의 눈 깊은 곳에서 찰나간 새파란 불길이 일었다 사라졌다.

'이로써 외숙부의 보이지 않는 팔 중 두 개를 알게 되는 건가?

3

눈보라가 몰아치던 아침나절이었다.

안강에 머물러 있던 화운곡이 영안촌에 남아 있는 무화단의 수하로부터 전해진 한 장의 서신을 가지고 전무심을 찾아왔다.

일단의 무리들이 천왕교를 나와 섬서로 들어갔습니다. 숫자는 모두 이십여 명에 불과했지만, 모두가 엄청난 고수들로 보였습니다. 저희는 상당한 거리를 둔 채 그들이 가는 방향만을 뒤쫓아갔 사온데, 그들의 목적지는 석천인 듯했습니다. 지시 바랍니다.

서신에는 몇 사람의 모습에 대한 설명도 곁들여져 있었다.

그중에 세 사람에 대한 설명이 전무심의 관심을 끌었다.

덩치가 커다란 청의중년인이 이끄는 그들 중 두 명의 노인은 청의중년인조차 함부로 못하고 공경하는 것 같았습니다.

그중 한 노인은 네모진 얼굴에 염소수염을 하고, 옆구리에는 석 자 길이의 몽둥이를 꽂혀 있었는데, 몽둥이의 손잡이로 보이 는 곳에는 아수라의 형상이 조각되어 있었습니다. 그리고 또 다 른 노인은 마른 몸에 키가 제법 크고, 얼굴이 마치 주둥이 오른 것마냥 전체적으로 붉었는데, 칼집이 피처럼 붉은 칼을 등에 매고 있었습니다. 또한…….

"석천으로 갔다면 공손세가로 간 것 같은데……. 더 이상의 움직임은 없었소?"

"아직 보고를 받지 못했습니다. 제 생각으로는 눈이 많이 와서 쉽게 움직이지 않고 있는 듯합니다."

유난히 눈이 많은 겨울이었다. 제아무리 무공을 지닌 고수라 해도 춥고 다니기 힘든 눈길에 장거리를 움직이고 싶지는 않을 터였다.

자신이 겨울에 대규모의 싸움이 벌어지지 않을 거라 생각하고 봄이 오기 전에 정보를 모으려 한 것도 그 때문이었다.

"눈이 녹고 날이 풀리기 시작하면 그들의 움직임이 활발해질 거요. 그때를 대비해 놈들의 움직임을 철저히 관찰하시오."

"알겠습니다, 주(主)…… 공자."

화운곡은 재빨리 말을 바꾸고 흘깃 전무심을 올려다보았다. 다행히 전무심은 그 말에 대해 별다른 생각을 하지 않는 듯 보였다.

'아직은 내 마음을 드러낼 때가 아니야, 아직은……. 뭔가 그럴듯한 일을 해놓고, 그때 가서 주군으로 모셔야 한 자리 차지할 거 아냐? 우흐흐흐…….'

화운곡이 내심 자신의 생각에 만족해서 속으로 음흉한(?) 웃음을 흘릴 때였다.

전무심이 화운곡을 직시한 채 말했다.

"천왕곡에 한 번 더 들어갔다 와야겠소."

화운곡의 고개가 번쩍 쳐들렸다.

음충맞은 웃음은 이미 싹 사라진 뒤였다.

"예?! 그곳엘…… 또요?"

"이번에는 그리 위험하지 않은 일이오."

아무리 위험하지 않은 일이라 해도 범의 아가리에 들어가는 일이 아닌가.

화운곡은 거의 우는 표정으로 전무심을 바라보았다.

그러나 전무심은 무표정한 얼굴로 명을 내렸다.

"내가 써주는 서찰을 패왕전의 공 노인에게 전해주고 기다리면 공 노인이 뭔가를 주던가, 아니면 어떤 말을 해줄 거요. 그대는 그것만 받아오면 되오."

화운곡도 천왕곡의 대략적인 지리 정도는 이미 알고 있었다. 하기에 그나마 자신이 가야 할 곳이 패왕전이라는 말을 듣고는 가슴을 쓸어내렸다.

"그 일만 하면 됩니까?"

하지만 이어지는 전무심의 말에 슬금슬금 불안이 엄습했다.

"만일 공 노인이 없거든, 한 사람을 찾아가시오."

"하, 한 사람? 누구를……?"

"서쪽 구석에 있는 석심장이라는 자그마한 장원을 찾아가서 하천광이라는 사람을 만나시오."

하천광이라는 이름을 내뱉는 전무심의 눈빛이 찰나간 흔들렸다. 하천광의 이름 뒤에 떠오르는 또 하나의 이름 때문이었다.

그러나 곧 무심한 표정으로 되돌아온 전무심은 화운곡에게 석심장의 위치를 자세히 설명해 주었다.

"찾기는 그리 어렵지 않을 거요."

"하천광…… . 석심장…… ."

행여나 잊을세라, 화운곡은 머릿속에 새기듯이 하천광의 이름과 석심장의 위치를 되뇌었다.

그때 전무심이 말했다.

"그에게 서신을 건네주고, 봄이 오기 전에 결과를 전해주라 하시오."

화운곡은 온기 하나 느껴지지 않는 전무심의 목소리에 심장이 얼어붙는 듯했다.

"아, 알겠습니다."

전무심은 고개 숙인 화운곡의 등에서 눈을 떼어 창밖을 바라보았다.

'두고 보면 알겠지. 정말 나에게 도움이 될 곳인지…… .'

4

화운곡이 천왕곡으로 떠난 지 닷새가 지났다.

유난히 옷섶을 파고드는 칼바람이 차갑던 날, 십여 명의 손님이 천가장을 찾아왔다. 정천무맹의 군사인 제갈경과 그를 호위하고 온 정천무맹의 고수들이었다.

전무심은 별원의 모든 사람들에게 방에 들어가 있으라 하고
는, 그들을 자기 방에서 혼자 맞이했다.

제갈경은 별원에 흐르는 기운이 심상치 않음은 느꼈지만,
그리 크게 생각하지는 않았다. 하기에 그는 깊은 생각을 하지
않고 세 사람만 대동한 채 방 안으로 들어갔다.

'저 청년이 바로 전무심이라는 청년인가?'

방 안에는 오직 그뿐이니 당연히 그러할 터.

전무심을 본 첫 그의 느낌은 키가 크다는 것, 그리고 젊은
사람답지 않게 무게가 느껴진다는 것 정도.

그러나 그것뿐이었다. 그는 전무심이 척우진과 함께 천동쌍
마를 죽였다는 것을 도저히 믿을 수가 없었다.

그래도 아쉬운 것은 자신인지라 가볍게 포권을 취하며 인사
를 했다.

"정천무맹의 군사를 맡고 있는 제갈경이라 하오. 만나서 반
갑소."

"전무심입니다."

전무심은 고개도 숙이지 않고 간단히 포권만 취했다.

그 모습에 제갈경과 함께 온 중년인들 중 마른 몸에 도 한
자루를 등에 맨 자가 눈살을 찌푸렸다. 하지만 상황이 상황인
지라 바로 발작하지는 않고 자신의 이름을 밝혔다.

"나는 팽독이라 하네."

이어서 덩치가 큰 중년인이 어린아이 머리통만 한 주먹을
들어 대충 포권을 취했다.

"황보진이네."

"안휘의 남궁수한이네. 알지 모르겠네만, 천왕곡에서 만난 남궁경이 바로 내 조카라네."

남궁수한의 말에 전무심이 무심히 입을 열었다.

"만나 뵙게 되어 반갑습니다. 아쉽게도 저는 천왕곡에 들어갔던 사람들을 다 만나보지는 못했습니다. 남궁경이라는 분도 마찬가지지요."

그러고는 노려보는 팽독과 남궁수한의 눈빛에 개의치 않고 탁자 쪽을 가리켰다.

"일단 자리에 앉으시지요."

그럭저럭 인사를 나누고 자리에 앉자 제갈경이 먼저 입을 열었다.

"오면서 소문을 들었소. 척 대협과 함께 천동쌍마를 죽였다던데……."

"운이 좋았을 뿐입니다."

"운? 그 일이 운만으로 되는 일이라면 공지 대선사님의 죽음이 너무 허망하지를 않소?"

"비록 큰 부상을 입은 것은 아니지만, 그들은 제 상태가 아니었지요. 그러한 때 그들을 만난 것만도 운이라 할 수 있지 않겠습니까?"

사실 제갈경은 물론이고, 팽독이나 황보진, 남궁수한도 천동쌍마의 무위를 실감하지 못하고 있었다. 그저 옛날에 워낙 악명을 떨치던 마두라서 은연중 두려움을 가지고 있었을 뿐.

그러다 보니 이제는 전무심에게 죽었다는 천동쌍마가 대단하게 느껴지지도 않았다.

더구나 대천도 척우진이 큰 부상을 입었다는 걸 보면, 그가 다 죽여놓은 천동쌍마를 전무심이 어부지리로 죽였을지도 모른다는 생각이 드는 그들이었다.

그런 한편으로는, 공지 대선사가 그들에게 죽은 것 역시 어쩌면 늙어서 제대로 무공을 펼치지 못했기 때문이 아닐까? 하는 생각마저 했다.

"하긴……. 그래, 그거야 어쨌든 다행한 일이고……."

말을 길게 끈 제갈경은 정색한 채 전무심을 직시했다.

"우리가 이곳까지 온 데는 그만한 이유가 있음이오."

"말해보시지요."

"소협은 천왕교의 사람이 아니오?"

전무심이 무심한 눈으로 제갈경을 바라보았다.

"질문이 적당하지 않군요."

"적당하지 않다? 내 질문이?"

"제가 현재의 천왕교와 같은 편인지 아닌지를 알고자 하는 것이라면 차라리 직접 물으시지요. 그것이 불필요한 시간을 줄이는 길인 듯합니다만."

제갈경의 가늘고 긴 눈썹이 살짝 치켜 올라갔다.

그 말만으로도 전무심은 자신이 천왕교 사람임을 밝힌 거나 다름없었다.

그러나 그러함으로써, 은연중 상대를 몰아붙이려던 자신의 의도 하나가 무너져 버렸다.

그는 입이 썼다.

상대에게서 정보를 알아내기 위해선 기선 제압이 중요했다. 한데 기선을 제압하기는커녕 오히려 상대의 말에 말려든 기분이 든 것이다.

'흠… 쉽지 않을 거라 생각은 했지만, 어쩌면 생각보다 더 힘들지도 모르겠어. 젊은 놈이 능구렁이처럼 아주 노련하군.'

하지만 이제 전초전일 뿐이었다. 그리고 그는 어떻게든 전무심의 머릿속에 든 정보를 빼내야만 했다.

"내 귀에는 소협이 그들과 한편이 아니라는 것처럼 들리는군. 하긴 천왕곡에 들어갔다가 위험에 처했던 본 맹의 사람들을 구해주었으니……."

"때마침 친구들을 구하기 위해 천왕곡에 들어갔기에 가능한 일이었습니다. 어찌 보면 그 역시도 운이 좋았을 뿐이지요."

한데 말을 끊더니 한다는 말이 또 운이란다.

제갈경은 남들이 하지 못할 일을 하고도, 모든 것을 운으로 돌리는 전무심이 은근히 얄미워졌다.

그럼 그곳에서 빠져나오지 못한 사람은 운이 없어서였단 말인가!

"그럼 운이 없었으면 아무것도 못했을 거란 말이오?"

날 선 목소리가 제갈경의 목구멍에서 튀어나왔다.

하지만 전무심은 끄덕도 하지 않았다.

"물론 그렇지는 않았을 겁니다. 하나 운이 좋았던 것보다는 분명 못했을 겁니다. 안 그렇습니까?"

탕!

제갈경의 옆에 앉아 있던 팽독이 손바닥으로 탁자를 치고
는, 전무심을 향해 눈을 부라렸다.

"우리는 말장난하자고 온 것이 아닐세!"

전무심은 눈썹 하나 흔들리지 않고 천천히 고개를 돌렸다.

"제가 말장난하는 것처럼 보입니까?"

"아니라면 뭔가! 모든 것이 정말로 운이었다, 그 말인가?"

"운도 운 나름. 행운이란 기다린다고 생기는 것이 아닙니
다. 만일 그렇게 생각하는 사람이 있다면, 그는 지독한 욕심쟁
이일 겁니다. 나는 준비가 되어 있는 상황이었기에 그 운을 잡
을 수 있었을 뿐, 만약에 아무런 준비도 하지 않고 있었다면,
운은커녕 내 목숨이 달아났을 것입니다."

팽독이 반박하지 못하고 눈썹만 꿈틀거렸다.

전무심이 그를 똑바로 쳐다본 채 물었다.

"만일 제가, 귀 맹의 현재 전력으로는 천왕교에 대적해 봐야
제자들을 죽음의 구렁텅이로 몰아넣는 꼴밖에 되지 않는다 하
면, 귀하들은 수긍할 수 있겠습니까?"

"뭐라?! 그걸 말이라고 하나!"

팽독이 발끈해서 소리쳤다.

제갈경이 손짓으로 가로막았다.

"아아, 팽 형은 잠시만 참으시오."

그러고는 전무심을 향해 입을 열었다.

"소협이 생각하는 천왕교의 전력을 알지 않고는 대답을 하기가 어려운 질문 같구려."

"어려울 것도 없습니다. 정천무맹도 천왕교에 대해 나름대로 판단한 것이 있을 터. 어차피 내 말을 믿지 못할 거라면 물을 것도 없지 않겠습니까?"

사실이 그랬다. 그러니 터무니없는 차이라면 믿지 못할 것임이 자명한 일.

제갈경은 가슴이 서늘해졌다.

전무심의 말인즉 정천무맹이 생각하고 있는 것보다 천왕교의 힘이 훨씬 강하다는 뜻이 아닌가.

하지만 정확한 것을 알기 전에는 신중한 그조차 아직은 수긍할 수 없었다.

그가 물었다.

"본 맹에는 삼천의 제자들이 집결해 있소. 그래도 부족하단 말이오?"

"숫자도 숫자지만, 그보다 더 중요한 것이 있습니다. 귀하라면 알 법도 합니다만."

"우리 정천무맹에 모인 사람들 중 적어도 일천 명이 일류고수라 불릴 수 있는 사람들이오. 개중에는 절정의 고수도 수십 명은 되오. 그 정도로도 부족하단 말이오?"

"한 가지 묻지요. 정천무맹에 천동쌍마를 죽일 수 있는, 아니, 그들과 대적할 수 있는 고수가 몇 명이나 있습니까?"

제갈경은 잠시 말문을 닫고 전무심을 노려보았다.

하지만 그는 무저의 늪처럼 깊게 가라앉은 전무심의 눈에서 아무것도 찾아낼 수가 없었다.

결국 그는 다른 쪽으로 말을 돌렸다.

"수천 명이 움직여 싸우는 것은 전쟁이라 할 수 있소. 단순한 무사들의 비무와는 다른 일이오. 전쟁에서는 고수도 중요하지만, 그보다는 그들을 적절하게 쓰는 것이 더 중요하외다."

"물론 맞는 말씀입니다. 하나 아무리 그래도 절대고수의 숫자는 결코 무시할 수 있는 것이 아니지요."

"소협의 말을 듣자 하니 천왕교에 그 정도의 고수들이 더 있다는 말처럼 들리는구려."

"최소한 귀 맹의 사람들보다는 많을 것입니다."

핵심을 교묘하게 비켜가는 전무심의 말투에 제갈경은 한숨을 내쉬었다.

"하아. 전 공자, 천왕교가 움직이기 전에 그들을 상대할 방법을 찾아야만 하는데도 우리에겐 이렇다 할 정보가 없는 형편이오. 해서 우리에겐 전 공자의 정보가 절대적으로 필요하오. 내 말, 이해하겠소?"

전무심의 입술 끝이 살짝 치켜 올라갔다.

"마치 무력이라도 쓰겠다는 말처럼 들리는군요."

"필요하다면 어쩔 수 없지 않겠소?"

나직이 한마디를 내뱉은 제갈경의 표정이 싸늘하게 굳어졌다.

동시에 옆에 앉아 있던 팽독과 황보진, 남궁수한이 자리에서 일어났다.

일순간, 세 사람의 전신에서 강력한 기운이 흘러나오기 시작했다.

전무심이 일어선 세 사람을 찬찬히 둘러보고는 자리에서 일어섰다.

"이들이 나를 어찌할 수 있을 거라 생각하십니까?"

여전히 무심한 목소리. 마치 무시하는 듯한 말투다.

황보진이 눈을 부라리며 소리쳤다.

"보자 보자 하니 정말 건방진 자로구나!"

하지만 전무심은 그의 말을 듣지 못한 것처럼 제갈경만 쳐다보았다.

"정천무맹과 척을 지고 싶은 생각은 없으니 못 들은 것으로 하겠습니다. 그러니 그냥 돌아가십시오. 한 가지 부언하자면, 이들과 밖에 있는 사람들을 믿고 공연한 일을 벌이지 않았으면 합니다."

"네놈이 감히!"

분노한 황보진이 한 걸음 앞으로 나섰다.

그는 자신의 말에 아무런 반응도 보이지 않는 전무심이 괘씸하기만 했다. 게다가 마치 같잖은 짓 말고 알아서 물러가라는 말투가 아닌가.

"다 늙어빠진 천동쌍마를 죽였다고 해서 스스로를 대단하게 생각하나 본데, 웃기지 마라, 애송이!"

그리고 '애송이!'라는 말이 떨어짐과 동시, 다시 한 걸음 나아가며 간격을 좁힌 그는 전무심을 향해 커다란 두 주먹을 교차시켰다.

전광석화!

어찌나 빠른지 수십 개의 주먹이 지네의 마디처럼 길게 이어져 뻗어갔다.

하지만 전무심은 주먹이 뻗어 오는데도 움직이지 않았다. 그러더니 황보진의 두 주먹이 가슴과 어깨를 거의 동시에 후려쳐 오자 가볍게 어깨를 틀며 주먹을 가슴으로 안았다.

팽독과 남궁수한의 입가에 비릿한 조소가 떠오른 순간!

퉁!

묘한 기음과 함께 황보진의 몸이 뒤로 튕겨졌다.

한데 그게 끝이 아니었다. 튕겨지는 황보진의 그림자인 양 전무심이 죽 딸려간다.

뒤늦게 팽독이 대경해 소리쳤다.

"조심해!"

그가 등 뒤의 칼을 잡아갈 때다.

픽!

둔탁한 소리가 들리더니 황보진의 얼굴이 와락 일그러졌다.

"이놈!"

뜻밖의 상황에 팽독과 남궁수한이 도와 검을 빼 들고 전무심의 측면을 덮쳤다.

허공을 날다시피 튕겨진 황보진이 벽면에 부딪치기도 전, 전무심의 활짝 펴진 두 손이 팽독과 남궁수한의 도검을 휘어

감았다.

순간 앞이 캄캄해지는가 싶더니, 수십 개의 수영이 두 사람의 도검을 감쌌다.

쩌저정!

"어헛!"

"흡!"

강맹하기 그지없는 혼원벽력도가 일수에 와해되고, 남궁세가의 자랑이라는 창궁검형의 진로가 방향을 틀었다.

다급히 주르륵 물러선 두 사람은 이를 악물고 도검을 잡은 손에 내력을 쏟아 부었다.

푸르스름한 도기 검기가 두 사람의 검을 에워싸며 흐른다. 아직 검강을 일으키지는 않았지만, 결코 그에 못지않은 상승의 검기다.

"제법이구나! 하지만 이제 시작이다!"

팽독은 쓸개를 씹은 표정으로 으르렁대고는 벼락처럼 칼을 휘둘렀다. 그러자 남궁수한도 눈을 부릅뜬 채 말없이 허공을 가르며 검을 내질렀다.

좁은 방 안이 순식간에 도기와 검기로 가득 찼다.

전무심의 몸이 두 줄기의 도기 검기 사이의 미묘한 틈바구니를 파고든 것은 바로 그때였다.

한 자 크기로 커진 시퍼런 천강벽월의 손 그림자가 두 자루의 도검을 향해 정면으로 부딪쳐 간다.

찰나!

콰광!

굉음이 방 안을 떨어 울리며 팽독과 남궁수한이 팔을 늘어뜨린 채 정신없이 물러섰다.

흐트러진 머리를 번쩍 치켜든 두 사람의 얼굴에 떠오른 것은 경악, 그 이상도 그 이하도 아니었다.

"수, 수강?!"

검강보다 펼치기 어렵다는 수강을 가볍게 펼쳐내는 전무심이다.

어디 그뿐인가? 검강 못지않은 기운을 동반한 도검이 힘없이 튕겨졌다.

핏기 하나 없이 창백한 그들의 얼굴 근육이 파르르 떨렸다.

당하고도 믿을 수 없다는 눈빛.

전무심은 그들을 바라보며 나직이 입을 열었다.

"정녕 피를 보고 싶다면 하는 수 없지. 하나 각오해야 할 것이다."

순간 소름 돋는 한기가 네 사람의 심장을 바늘 끝처럼 파고들었다.

『천사혈성』 제6권 끝

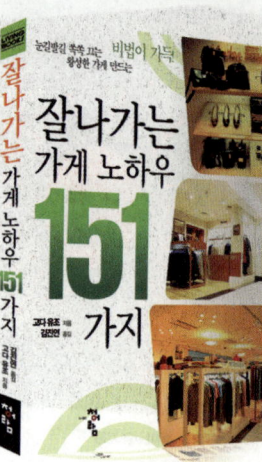

초등학생이 반드시 읽어야 할 좋은 책 49권

각 학년별로 초등학생이 반드시 읽어야할 좋은 책을
선정하여 통합논술의 기본이 되는 '올바른 독서법'을
일깨워 줍니다.

교과서와
함께하는
초등학교 통합논술

초등1학년 | 값 12,000원 / 초등2학년 | 값 9,500원 / 초등3학년 | 값 11,000원 / 초등4학년 | 값 9,500원 / 초등5학년 | 값 9,500원 / 초등6학년 | 값 11,000원

♣ 혼자 할 수 있어요.

엄마가 책 읽는 방법을 가르쳐 주어도 좋아요.
독서지도하는 선생님이 가르쳐 주어도 좋답니다.
"초등 교과서와 함께하는 **통합논술 시리즈**"는
아이 스스로 독서할 수 있도록 꾸며진 책이에요.
엄마와 선생님은 요령만 가르쳐 주시면 된답니다.

♣ 교과서의 중요한 내용이 총정리되어 있어요.

각 학년별로 중요한 교과 내용이 함께 수록되어 있어요.
초등학생은 교과서 내용을 충실하게 공부해야 합니다.
아울러 그와 병행한 독서가 대단히 중요하지요.
"초등 교과서와 함께하는 **통합논술 시리즈**"는
두 가지 방법 모두 알려준답니다.

♣ 이 책은 훌륭하신 선생님들이 함께 쓰신 책이랍니다.

동화작가 선생님들이 쓰셨어요. 소설가 선생님도 쓰셨습니다.
국어 논술독서지도 선생님들도 함께 쓰셨지요.
"초등 교과서와 함께하는 **통합논술 시리즈**"는
엄마의 마음으로 모든 선생님들이 함께 꾸민 책이랍니다.